經典釋文動詞異讀新探

黃坤堯著

臺灣學生書局印行

經典釋文動詞異讀新探

目　　錄

第四章　《釋文》動詞異讀分類研究……81

第一章 前 言

一、本書所謂「異讀」是指古漢語中一字有兩讀（或兩讀以上），而兩讀之間又有某種特定的音義關係的語言現象。北齊顏之推已注意到這種現象，唐陸德明《經典釋文》甚至更用來辨析經典的讀音，大概當時並無專名，泛稱「音義」。宋賈昌朝稱這種現象爲「字音清濁」；元劉鑑稱爲「動靜字音」；明清以後又叫「一字兩讀」、「同字異指」、「歧音異義」、「一字數音」以至「讀破」、「破讀」、「虛實」、「體用」等，並沒有劃一的名稱。民國以後，「破音字」這個名稱就比較流行了❶。何容說：

> 從前讀古書遇到這類的字，常是在字上記一個墨圈或畫一個墨點，叫做「圈破」或「點破」，來表示出應該注意這個字的讀法，稱之為「破讀」。有「破讀」的字，稱為「破字」，也就是現在我們所說的「破音字」。❷

這個解釋是很清楚的，「破音字」這個術語在臺灣比較流行，大陸學者則喜歡稱爲「多音字」，後者的好處在於表示兩讀並無「正」、「破」之別。不過這兩個名稱都不能揭示異讀的音義關係。雖然很多學者做過成系統的研究，卻找不出大家都接受的名稱。例如周祖謨稱爲「四聲別義」；Downer❸及王力站在同源詞的角度大概想稱爲「詞的派生」(Dervation)；周法高本來稱爲「語音區別詞類說」，後來可能發覺「詞類」一詞過於狹隘，就改稱爲「音變」(Phonetic modification)，而特別聲明這是「指語法(形態方面)的音變」❹說的；吳傑儒則稱爲「異音別義」。可見情況相當混亂。現在大家比較接受周祖謨「四聲別義」這個名稱；不過這種語言現象並非「四聲」及「別義」所能概括的，因爲除了四聲的變換外，主要還牽涉到聲母清濁的變換。至於「義」也並不限於「詞義」，也包括「詞性」方面的變換。本書寧願用「異讀」而不用「四聲別義」，目的只是希望讀者注意一個字不同的讀音與意義的固定關係而已。至於「詞的派生」、「音變」等名稱則牽涉同源詞或構詞法等問題，這不是本書討論的重點，暫不援用。

二、所謂「動詞異讀」是指《釋文》中一字兩讀，而兩讀都是用作動詞的。它們的詞義基本相同或相近，由於語法功能不同，導致語義方面也有細微差異，因此有區別爲兩讀的必要。陸氏處理這些動詞異讀時，一方面留心動詞內部詞性、詞義的區別，一方面也很注意這些動詞跟其他詞類或其他句子成分之間的搭配關係。本書透過一些有代表性的例句來分析《釋文》的動詞異讀，目的是觀察陸德明怎樣描寫動詞。形容詞由於可以包括在廣義的動詞之中，如果一讀是動詞，一讀是形容詞，也在收錄之列(見第十、十一類)。又《釋文》異讀幾全與動詞有關，假如另一個讀音牽涉到名詞及其他虛詞等，本書暫不討論。又兩讀同是動詞，如果可以理解爲假借改讀或兩個不同的字，沒有甚麼意義上的聯繫，亦不討論(參見第三章第一節)。除非前人屢見稱引，才附於「辯證」討論之。(例如:「折」、「斷」、「管」、「出」、「去」、「糴糶」、「句」、「卑」、「空」、「善」、「齊」、

「和」、「調」、「遲」、「陰」、「聽」、「張」等十七字。)

三、本書所討論及引用的音系全以中古音爲主，也就是《切韻》到《廣韻》一系的語音系統。除了特別的說明外，一般不牽涉上古音及近、現代音。《釋文》主要是描述一種讀書音的系統，專門針對古書的注釋；目的似不在表達一套完整的音系。例如陸氏常用「如字」來代替了標準音，而不將這個「如字」的反切或直音正確地寫出來；此外又多用「附近之近」、「閒厠之閒」、「牧養之牧」、「應對之應」、「爭鬥之爭」、「刺史之刺」、「拯救之拯」、「多少之少」等詞滙的形式來反映讀音。不過最主要的原因就是陸德明常爲一些最淺易、最常見的字注音，如「上」、「下」、「遠」、「近」、「好」、「惡」、「見」、「爲」等，動輒出現三數百次以上，用意在提醒讀者這些都是兩讀的字，不可隨便讀作「如字」，以免曲解文意，貽笑大方；所以陸氏不厭其煩地一再注明，叫讀者注意讀音與訓詁的關係，用心良苦。因此，我們要爲《釋文》建立一套音系時，很多「如字」、常用字並無反切可用，我們只能借用《切韻》音系的反切去標注它的讀音，這樣可信的程度當然受影響了。此外《釋文》讀音的基本缺點在於資料來源複雜，有些具名，有些不具名，大多數都是前有所承的。古今通塞，方言差別，如果不加細擇，熔於一爐，一定會將某些不同的聲類或韻部合併起來。王力認爲《釋文》比《切韻》的音系簡單，原因即在於此；王力又說《釋文》是當時的長安音❺，這種結論更難成立。例如王力承認「《經典釋文》作於癸卯年，即公元583年，陳後主至德元年，隋文帝開皇三年，比陸法言《切韻》的成書還早了十八年。」❻在這個時候，陸氏一直住在南方，未嘗北上，他又怎麼能反映長安音呢？最近邵榮芬完全剔除徐邈、劉昌宗等六朝諸家訓釋的讀音，專爲陸德明做了一次系聯，「肯定陸氏反切音系是當時南方的標準音系，也就是當時的金陵音系」，並稱之爲「南切韻」❼。不過除了聲、韻的歸併以外，邵榮芬的研究也沒有突破《切韻》的範疇。中古音的研究基本上已有了一個明確的系統，今爲描述方便，本書有關聲紐、韻目、聲調的名稱全依《廣韻》，並參用周法高的擬音❽，暫不爲《釋文》另訂一套音系。

四、《釋文》的「如字」指習用的音義，除特別情況外，陸德明通常都不注明。如字不限於平、上、入三調，去聲也可以是如字；也不限於清聲母，濁聲母也可以做如字❾。「非如字」或稱「破讀」，以去聲爲主，用來區別如字以外的音義，似是後起的讀音。爲了提醒讀者注意音義的變化，《釋文》通常都不厭其煩地爲非如字作音，整部《釋文》注出來的幾乎都是非如字的讀音。爲方便討論兩讀的音義關係，本書一律稱如字爲A音，非如字爲B音。

《釋文》多兼注兩讀之例，前者稱爲「首音」，後者爲「又音」。《釋文》云：「若典籍常用，會理合時，便即遵承，標之於首。……其或音一音者，蓋出於淺近，示傳聞見。」(1-2b-11)可見兩讀一般有主從之別。本書多據首音解釋經義，如果兩讀或又音均可解釋清楚，則隨文注明，並分析歧義所在。

五、《經典釋文》之版本主要有宋刻本、通志堂本及抱經堂本三種。本書全據鄧仕樑、黃坤堯《新校索引經典釋文》（影通志堂本）；如引用其他二本，必酌加說明。引文所附三項數字中，前者爲新編總頁碼；中間爲通志堂原刻頁碼 a、b：a 爲原刻右頁（即線裝前頁），b 爲原刻左頁（即線裝後頁）；末爲原刻行數。如「丈」之編碼爲 85-29a-11、163-3b-9、301-22b-1，凡三見。前者 85、163、301 均屬總頁碼；中間29a、3b、22b 爲原刻各卷之頁碼；後者 11、9、1 則分別爲原刻行數。中末兩項適用於檢索通志堂原刻各本，宋本部分適用。

本書引用經傳全據臺北藝文印書館影印阮刻《十三經注疏》❿。所注頁碼先列各經新編總頁碼，次列原刻卷次，末列原刻頁碼及依線裝前後頁分爲 a、b兩部分。引用注文或疏文則以a′、b′表示之。如《易・坤卦》的經文頁碼爲 18-1-21a，注文爲 18-1-21a′，餘類推。至於《老》、《莊》二書則分別以王弼《老子道德經注》⓫及郭慶藩《莊子集釋》⓬爲準。

本書在所引例句的有關例字下，《釋文》注音之字加。號，不作音者加×號。同一例字，《釋文》分注A、B兩讀者則以。號及△號爲別，其他重要字詞則注・號以求醒目。例如：

1.《穀梁・隱公五年》:「壞宮室曰伐。」范注：「宮室壞不自成。」（22-2-5b）《釋文》:「壞宮：音怪，一音戶怪反。」（326-3b-9）

2.《左傳・襄公十四年》:「初，尹公佗學射於庾公差，……子魚曰：射為背師，不射為戮，射為禮乎？射兩駒而還。」杜注：「禮：射不求中。」（561-32-15b）《釋文》:「射為：食亦反，下及注除禮射一字皆同。或一讀射而禮乎，音食夜反。」（259-26b-3）

注　釋

❶ 民國十二年(1923)商務印書館有馬瀛《破音字舉例》一書，見齊鐵恨《同義異讀單字研究》(p.8)。

❷ 見《國語日報破音字典》序(p.5)。

❸ G. B. Downer 自稱其中文姓名爲杜國棟，周法高譯爲唐納。

❹ 見《構詞篇》第一章〈音變〉(p.5)。

❺ 見〈經典釋文反切考〉。王力云：「《經典釋文》的反切反映的隋唐韻部，比《切韻》的206韻少得多。……這裏我寫《切韻》與先秦古韻對應考，就是要證明《切韻》的存古性質，同時也證明《經典釋文》反切所反映的韻部才是隋唐時代的實際讀音。」(《龍蟲並雕齋文集》第三册，p.203)。

❻ 同上(p.135)。

❼ 見邵榮芬《經典釋文音系》。邵氏考訂陸德明的聲母30個，輕重脣合併，舌頭、舌上合併，其他從邪、床俟、神禪、匣爲亦分別合併。韻母較顯著的特點是：東三明母歸一等，尤韻明母歸一等，齊韻無開口三等(即祭韻平聲)，支脂之不分，眞殷不分，鎋黠合口不分，耕庚二開口不分，庚三清不分，咸銜不分，此外臻與眞併，嚴與凡併則與《切韻》同。聲調亦分四類，未因清濁而分化爲陰陽八調。

❽ 參見《中國音韻學論文集》附錄之「諸家切韻擬音對照表」(p.3-4)及「諸家切韻聲類及擬音比較表」(p.98-99)。

❾ 參見黃坤堯〈釋文兩類特殊如字分析〉，載香港大學《東方文化》第28卷第1期。文中指出《釋文》以濁聲母爲如字，清聲母爲破讀者有敗、壞、折、斷、別、屬、盡、焉八字。《釋文》以去聲爲如字，平上入三聲爲破讀者有禁、射、刺、告、趣、聽、著、盛、怨、度、譽、飯、釁、令、貫、上、去、更、要十九字。

❿ 原爲嘉慶二十年(1815)江西南昌府學刻本。

⓫ 據樓宇烈《王弼集校釋》本。

⓬ 據王孝魚整理《莊子集釋》本。

第二章　前人研究異讀的檢討

第一節　古代的異讀研究

一、《經典釋文》在訓詁學上承先啓後的地位

《經典釋文》彙錄漢魏六朝音義資料極夥；此外或秉承師說，或逕下己見，判定音讀正誤，示傳一家之學。陸氏用異讀區別詞性及意義，就是利用讀音的不同去訓釋經典，目的在實用，不在理論，偶有論及，也只是方言差別浮清沈濁的不同而已。其〈序錄〉云：

> 方言差別，固有不同。河北江南，最爲鉅異。或失在浮清，或滯於沈濁。今之去取，冀祛茲弊⑬，亦恐還是鷇音，更成無辯。(3-5a-8)

「鷇音」出《莊子・齊物論》。成玄英疏謂「鳥子欲出卵中而鳴，……夫彼此偏執，不定是非，亦何異鷇鳥之音，有聲無辯！」(p.63)陸氏蓋有感而言，喻初出道而所論未受重視，故隨後舉出四例爲說：

> 1. 夫質有精麤，謂之好惡（並如字），心有愛憎，稱爲好惡(上呼報反，下烏路反）。

2. 當體卽云名譽（音預），論情則曰毀譽（音餘）。

3. 及夫自敗（蒲邁反）、敗他（補敗反）之殊，自壞（乎怪反）、壞撤（音怪）之異。

4. 比人言者，多為一例，如、而靡異，邪（不定之詞）、也（助句之詞）弗殊。莫辯復（扶又反，重也）、復（音服，反也），寧論過（古禾反，經過）、過（古臥反，超過）。⓮

其中第 1 - 3 例當與區別詞性及意義有關，陸氏認爲「此等或近代始分，或古已爲別，相仍積習，有自來矣。余承師說，皆辯析之。」(3-5b-3)無論時人同意與否，陸氏秉承師說，認爲這種區別兩讀的訓詁方法在解經上仍是有其積極意義的，可以大力推行。至於所舉四例中，其一區別形容詞和動詞；其二區別名詞與動詞；其三卽爲本書所論的動詞異讀部分，兩讀同爲動詞；其四區別虛詞和「復」、「過」的兩義區別，範圍較廣。至於讀音變換方面，諸例亦各有其代表性，其一以上、入聲爲如字，去聲爲非如字；其二以去聲一讀爲如字，平聲爲非如字；其三「敗」、「壞」兩例同以濁聲母爲如字，清聲母爲非如字。假如不明白箇中消息，一律盲目地以平、上、入和清聲母爲如字，去聲及濁聲母爲非如字，則不但讀音的本末源流容易弄錯，甚至連釋義方面也說不清楚，更遑論要解說兩義的關係了。當代學者多犯此病，說詳下文。

總之，在這一段《序錄》中，陸氏在分類方面說解較精細，但在解釋異讀現象時則誤以方言清濁比附之，說極粗疏，其影響及於張守節、賈昌朝等人。至於歷史起源方面，陸氏更未明說。所謂「近代始分」，則當時已有共識可知；「古已爲別」，則

「古」之上限難定。陸氏蓋僅揭示異讀現象，根本未作任何理論及系統的探究。

同時顏之推《顏氏家訓・音辭篇》亦嘗論及「好」、「惡」、「敗」三字的音義關係，惟所持見解稍異。顏氏云：

> 夫物體自有精麤，精麤謂之好惡；人心有所去取，去取謂之好惡（宋本原注：「上呼號、下烏故反」）。此音見於葛洪、徐邈。而河北學士讀《尚書》云好生惡殺（宋本原注：「好，呼號反。惡，於各反」）。是為一論物體，一就人情，殊不通矣。(p.498)
>
> 江南學士讀《左傳》，口相傳述，自為凡例，軍自敗曰敗，打破人軍曰敗（宋本原注：「敗，補敗反」）。諸記傳未見補敗反，徐仙民讀《左傳》，唯一處有此音，又不言自敗、敗人之別，此為穿鑿耳。（p.503）⓯

此兩條與《釋文・序錄》所引相近。顏氏稱「好」、「惡」讀去聲見於葛洪、徐邈，「敗」讀幫紐乃江南學士所爲，殆與《釋文》「近代始分」之說相合。顧炎武稱：

> 《顏氏家訓》言此音始於葛洪、徐邈。⓰

錢大昕亦謂：

> 依顏氏所說，是一字兩讀，起于葛洪，而江左學士，轉相增益。⓱

顧、錢二家均將顏氏「見」字曲解爲「始」爲「起」，因而妄作肇自六朝經師之說。其實漢語乃表意文字，表音的功能較弱，一字而有兩讀三讀，原極平常，周祖謨、嚴學宭所舉漢例可證。六朝經師或有推衍之功，原非創始之人。倘謂可以創造一套人爲的讀音以改變全民的語言習慣，其影響且下及今時今日，則未免高估江南經師的力量了。陸德明謂「或古已爲別」，蓋亦平情之論。

顏氏接受「好」、「惡」有兩讀的語言事實而不信「敗」字有兩讀這個較後起的區別，說來或者令人覺得奇怪。大概前者已有定論，僅河北學士間有「不通」而已。

至於「敗」字兩讀之說，盧文弨注曰：「左氏哀元年傳：『夫先自敗也已，安能敗我。』案《釋文》無音，知本不異讀也。」雖表懷疑，證據卻很薄弱。周祖謨《顏氏家訓音辭篇注補》云：「案自敗敗人之音有不同，實起於漢魏以後之經師。漢魏以前，當無此分別。徐仙民《左傳音》亡佚已久，惟陸氏《釋文》存其梗概。《釋文》於自敗敗他之分，辨析甚詳。……盧氏引《左傳・哀公元年》自敗敗我《釋文》無音一例，以證本不異讀非是。蓋此或《釋文》偶有遺漏，卷首固已發凡起例矣。」⑱同樣亦不能證明「敗」字之必有兩讀也。今案「敗」有兩讀之說似屬後人增益。例如敦煌《切韻》殘卷伯3696、王一、王二、全王⑲以至《說文》所附孫愐、徐鍇音等均只注「薄邁反」一讀，《說文解字繫傳通釋》所載朱翺音雖作「步拜反」⑳，其仍爲並紐、濁聲母無異。此外唐代其他傳注典籍如《漢書音義》、《晉書音義》、《文選音義》等均不見「敗」字有兩讀之說。至於幫紐一讀除見於《釋文》外，只見於《玉篇》：「敗：步邁切，覆也，壞也，破也。又補邁切」㉑及《唐韻》：「□□□破，薄□反，□北邁反」㉒二書，均將幫紐一讀列作又音。顏氏但取並紐一讀，未必無據。其後張守節《史記正義・論音例》雖襲用《釋文・序錄》之說，然於「敗」字兩讀刪除不論，似亦不信其說。

顏之推謂「好」、「惡」兩讀見於葛洪、徐邈。葛洪（281？-

341)嘗著《要用字苑》一卷，今佚。《玉函山房輯佚書》得34條(p.2316)，惟多與異讀無關，殆不可考。徐邈(344-397)著述極富，今《釋文》保存其音最多，約2165條㉓，而陸氏所受徐邈的影響亦最大。簡宗梧《經典釋文徐邈音之研究》嘗據周祖謨《四聲別義釋例》的體例分析徐音，其結論云：

以上周祖謨就其功用之不同，分為兩大類，再細分為十一小類，今考《釋文》徐音，竟類類俱全，由此可知，四聲別義至仙民已粲然大備矣。而以上列舉僅四十餘則，仙民之講求四聲別義者，當不止此數，本節僅就周氏所舉之例，考《釋文》徐音已判然有別者列之。再者，因陸氏《經典釋文》乃集四聲別義之大成者，徐音為其所取，認為「會理合時，便即遵承，標之於首」，而未標明徐音，故又不得考見矣。(p.189)

陸德明除明顯地受徐邈的影響外，其所受漢魏六朝諸家的影響亦不少。依江汝洺所輯音義遺文合併統計，可得劉昌宗994條，鄭玄992條，其他司馬彪、崔譔、馬融、李頤、郭璞、王肅、毛公、李軌、郭象、沈重等，均保存資料各二百條以上。此陸德明在訓詁學上承先之證，諸家遺說亦因之而得傳後世了。

《釋文》一書在唐代極爲士林所重，屢見稱引。如開元二十四年(736)八月，張守節《史記正義》殺青，撰序。其〈論字例〉、〈論音例〉兩節多襲用《釋文·序錄》之材料。其後天寶六載(747)前後，何超《晉書音義》云：「仍依陸氏《經典釋文》注字，並以朱暎。」(p.3219)又大曆十一年(776)張參《五經文字序例》云：「陸氏《釋文》，自南徂北，徧通衆家之學，分析音訓，特爲詳擧，固當以此正之。」㉔又任大椿〈列子釋文考異序〉云：

> 《通考》載《列子釋文》一卷，唐當涂縣丞殷敬順撰。……書分上下二卷，體例仿陸氏《經典釋文》。凡所徵引多為前代逸書；又於正文之下附載異文，率皆當時流傳舊本。㉕

則《釋文》除本身有極高的經學、訓詁學地位外，影響所及，唐代學者，群起倣傚，另爲其他四部名著作音，流風所披，各成專著。諸書具在，讀者自可驗證。

二、《群經音辨》對異讀的綜合整理

《釋文》羅列了一大堆異讀的材料，資料豐富。但由於陸氏沒有建立任何理論體系，沒有索引，除了順應經文逐條檢索外，一般尚難作綜合的研究。其後《史記正義》、《晉書音義》、《列子釋文》等雖沿襲陸氏注釋典籍的方法，也只是羅列材料，談不上系統性。能將《釋文》材料加以綜合運用而又能建立獨特的音義體系者，應該首推宋代的賈昌朝(997-1065)㉖。

賈氏的《群經音辨》約成書於宋眞宗天禧年間(1017-1021)，仁宗寶元二年(1039)雕印，康定二年(1041)頒行。其書共分五門：一曰辨字同音異，二曰辨字音清濁，三曰辨彼此異音，四曰辨字音疑混，五曰辨字訓得失。其中第二、三、四門全見於卷六，且與本書所論動詞異讀有關，其《自序》云：

> 二曰辨字音清濁。夫經典音深作深(式禁切)，音廣作廣(古曠切)，世或誚其儒者迂疏，彊為差別。臣今所論，則固不然。夫輕清為陽，陽主生物，形用未著，字音常輕。重濁為陰，

陰主成物，形用既著，字音乃重，信稟自然，非所彊別，以昔賢未嘗著論，故後學罔或思之。如衣施諸身曰衣(於既切)，冠加諸首曰冠(古亂切)，此因形而著用也。物所藏曰藏(才浪切)，人所處曰處(尺據切)，此因用而著形也。並參考經故，為之訓說。(1-3a)

賈氏利用陰陽、輕重、清濁、形用等相對的概念補充陸德明方言浮清沈濁之說，以昔賢未嘗著論，故欲於學理上探尋其成因。惟字音輕重之間，實未作任何解釋，也許這是早期語言學上一些朦朧的概念，玄之又玄，不大了了。不過我們可以透過例字了解其用意。「衣」、「冠」二例因形著用，應該就是名詞派生為動詞；「藏」、「處」二例因用著形，則是動詞派生為名詞了。這兩類例證最多，最明顯，故賈氏取以為喻。賈氏又云：

三曰辨彼此異音：謂一字之中，彼此相形，殊聲見義，如求於人曰假，與人曰假(音價)。毀佗曰敗(音拜)，自毀曰敗。觸類而求，並有意趣。

四曰辨字音疑混，如上上(時亮切、時掌切)、下下(胡賈切、胡嫁切)之類，隨聲分義，相傳已久，今用集錄。

第三門凡四十二例，多與本書所討論之動詞異讀有關，僅少數例字如「大」、「少」、「焉」、「樂」、「涕」、「父」等例外；無論如何，這些字雖有兩讀，但兩讀同一詞性，是動詞的仍是動詞，是名詞的仍是名詞，是形容詞的仍是形容詞，是虛詞的仍是虛詞，詞類上並未見任何轉化，僅就某些語法關係和意義區別為兩讀。第四門只有「上」、「下」、「夏」、「後」、「近」、「被」六個例字，均具上去兩讀。賈氏復云：「右在字、后字、坐字、聚字若此類，字書皆有上去二聲，雖爲疑混，而《釋文》義無他別，不復載之。」(6-13a)大概這十個上去兩讀字可以分爲兩組：前六個有意義區別，後四個沒有。不過，比較值得注意的,就是這十個例字都是全濁聲母,現代國語一般只讀去聲，粵語則大部份保留兩讀,甚至還有別義作用。話說回來，賈昌朝稱這類字爲「辨字音疑混」，可能表示當時這類字正徘徊於濁上讀去的轉變期中，或分或合，情況混亂，所以賈氏乾脆就另立一門了。

賈氏卷六凡分三門，與其他六卷的處理方法不類，或有特殊含義。吳傑儒云：

> 以賈氏觀念言之，似有意將辨字音清濁、辨彼此異音，辨字音疑混三者細分，然因賈氏所釋未詳，而又皆屬因意義引申而變讀，反致人淆惑，當以併之為佳。㉗

又云：

> 賈氏所用術語體例，俱有定格。則賈氏於撰此書之時，實已具字義學與語法學之概念，且有意建立一完整體系。惟其時語法學未興,不能取以利用,致有語焉不詳之處。(p.136)

吳氏於卷六三門未能細辨，不明白每門的特色所在，妄謂「以併之爲佳」，其說甚謬。至謂「語焉不詳」，實亦時代所限，不能苛求。又前論第二門「辨字音清濁」凡161例，除區別名詞和動詞的異讀之外，內容亦頗複雜，《音辨》共分十二組，今再合併爲五大類論之。

1a. 王、子、女、妻、親、賓（人物） 6

1b. 衣、冠、枕（衣物） 3

1c. 飲（酒漿）、麾、冰、膏、文、粉、巾、熏、陰、釆、

	輕（事物）	11
2a.	兩、三、左、右、先、卑、遠、離、傍、空、沈、重（數詞、方位詞、形容詞等）	12
2b.	數、量、度、高、深、長、廣（計量）	7
3a.	染、折、別、貫、縫、過、斷、盡、分、解（既事式）	10
3b.	行、施、相、從、走、奔、散、還、和、調、凝、彊、齊、延、著、冥、塵、煎、炙、收、斂、陳、呼、悔、如、應、當（動詞）	27
4a.	帥、將、監、使、援、障、防（動作與人物）	7
4b.	任、中、閒、足、勝、觀、號、爭、迎、攻、守、選、聽、禁、知、思、評、論、便、好、惡、喜、怨、操、語、令、教（動作）	27
5a.	雨、宿、種、生、乳、吹、烝、經、緣、編、封、載、張、藏、處、爨、柱、乘、卷、祝、要、傳、名、首、蹄（名動雜類）	25
5b.	始、聞、稱、譽、平、治、衷、裁、勞、興、累、與、比、難、繫、為、遲、妨、屬（動作與狀態）	19
5c.	享、棺、緘、含、遣、引、臨（喪葬）	7

賈氏憑甚麼標準區分這十二組呢？有些似與意義有關，有些又像

是語法作用。有些組別比較單純，有些又相當雜亂。上面所用每組例字裏的名稱，只是本人加上去的，大概兼顧意義與語法功能，未必與賈氏的原意相合。至於本人再合併爲五大類，則略可從詞性及意義的角度加以解釋。第一類一般是區別名詞和動詞。第二類一般是區別形容詞與動詞。第三類多屬動詞異讀，周法高嘗稱 3a 一組爲「既事式」，今沿用其名稱。又吳傑儒分析 3a 一組云：「此類字言『既』者，有完成某種事物或行爲之意。其本意多爲動詞，而引申義多爲名詞或形容詞。」(p.134) 第四類一般是區別動詞與名詞。第五類則頗混雜難辨，似以區別意義爲主。吳傑儒嘗分析 5a 一組云：「此類字，其言『謂某曰某』，乃說明由本義引申出之事物或行爲。本義多爲動詞，少數爲名詞，至引申義多爲名詞，少數爲動詞。」(p.135) 總而言之，賈氏區分這十二組一定有其用意，由於年代久遠，我們未必能夠窺見他的原意。吳傑儒本亦注意及此，但他只簡單的解說 1a、1b、1c、3a、4a、5a 六組，其他六組尙付闕如，未能提供較多線索，令人可惜。此外，周法高、張正男曾先後就這一批例字加以分析研究。周法高略加增減，區別爲七類；張正男則逐字分析研究；結論似均以區別語法作用爲主㉘。賈氏生活的年代距離我們近千年，他對語法的認識不可能與我們相比，甚至他與陸德明之間對語法的理解應該也有所不同。他將《釋文》龐雜零碎的語言材料加以綜合研究，把一些音義相關的例字歸併爲十二組，自有其獨特的時代意義，不必全與唐代或現代的理解完全吻合。這種開創的精神是值得贊許的。

三、宋元明清有關異讀的研究情況

宋代除《群經音辨》較具規模外，其注意異讀者尙有毛居正《六經正誤》及岳珂《相臺書塾刊正九經三傳沿革例》二書，然均失之瑣碎，難成體系。不過，由於發揮《釋文》音義之說，一一釐正，衍爲程式，結束六朝隋唐讀音的混亂局面，使經傳讀音有所規範，讀者有所依循，自然也有一定的貢獻了。

毛居正《六經正誤》據魏了翁〈序〉知約撰於寧宗嘉定十六年(1223)春，理宗寶慶元年(1225)冬完稿㉙。所謂六經是指《周易》、《尚書》、《毛詩》、《禮記》、《周禮》及《春秋》三傳說的，各卷內均有「音辯」之作，分析經籍讀音，尤注意於音義關係。例如：

1. 遠近：凡指遠近定體，則皆上聲；離而遠之，附而近之，則皆去聲。(1-13a)
2. 治：治字本平聲，音持，攻理也。借為去聲平治、治道字，故《釋文》平聲皆不音，去聲皆音直吏反。今學者多不考音訓，例從去聲讀之，故見《釋文》或音或不音，皆不曉其故。(1-15a，又見2-12a，5-15a)
3. 毀：凡物自壞曰毀，音上聲況偉反；從而壞之曰毀，音去聲況僞反。賈氏《音辯》以自壞之毀為去聲，壞之之毀為上聲，非也。(5-22b)

諸如此類，均具參考價値；惜眞正分析異讀的材料較少，效用不大。

岳珂(1183-1240)《相臺書塾刋正九經三傳沿革例》有〈音釋〉一節❸⓪。惟有關音義的材料更少，一般贊同毛氏之說，持論相近。其論「治」字云：

> 有不必音而音，當音而不音者。如治字本不必音，乃音為直吏反；平聲則不音，以為正字，固也。而《周禮・小宰》注：「平，治也。」則云「如字，下治其施舍同。」案「治」字從水從台，本音怡，諧聲，故為平聲，于此獨音如字者，恐人疑為去聲，故特音之，不可以此有音而他無音為非平聲也。毛居正云：「音持者，攻理也。凡未治而攻之者則平聲，經史中治天下，左傳治絲，大禹治水，治玉曰琢，治兵治獄之類，是也。為理與功效則去聲，經史釋文音自可識，或無明音，亦準此推之。」雖然，曷不以文公為準乎？其釋《大學》「先治其國」「欲治其國」，皆音平聲。「家齊而後國治，國治而後天下平」，皆音去聲，仍于二音之下俱云後放此。是使人可以意求也。蓋平聲係使然，去聲係自然，初不難辨。

其分析遠較毛氏詳盡，惜舉例不多，彌覺可惜。

元、明兩代，音義的研究轉趨沈寂，除附麗於四書五經之外，罕見論及。明張位《問奇集》、袁子讓《字學元元》、呂維祺《音韻日月燈》諸書雖各闢專章論之，所說均極空疏，暫不詳論。

清代學者一般不信異讀之說，如王夫之《說文廣義》義相通而音不必異，顧炎武《音論》卷下先儒兩聲各義之說不盡然，袁仁林《虛字說》意分而音不轉，盧文弨《鍾山札記》字義不隨音區別，錢大昕《十駕齋養新錄》論一字兩讀，論長深高廣，段玉裁《六書音韻表》古音義說，以至《說文解字注》中所論有關「食」、「飲」、「好」、「惡」、「養」、「騎」、「栽」、「勝」、「別」、「貣」、「要」、「盛」、「縣」、「著」、「喪」、「中」、「觀」、「論」、「從」、「過」、「興」、「塞」、「處」、「傳」、「將」、「帥」、「宿」、「數」、「相」、「當」、「屬」諸字，均以爲出乎六朝經師強生分別，拘虛瑣碎，未可以語古音古義。此外阮元《研經室集・釋相》，兪樾《古書疑義學例，實字活用例》等持論亦同。說詳周法高《中國古代語法・構詞篇・音變》、吳傑儒《異音別義之源起及其流變》及鄭奠、麥梅翹《古漢語語法學資料彙編》㉛諸書。吳傑儒嘗綜論各家之說云：

> 前賢之非難異音別義，主要之理由，可自二方面言之：一就其義言，一字數義常可相因相通，義多無大差異，音亦不必依動靜體用而別。以其本身自有詞性，讀者自可依其詞性而別義，未必異其讀矣。一則自聲調言之，古之聲調異於今，顧炎武言四聲一貫，詩平仄通押，去入互押，段玉裁主古平上一類，去入一類，古惟平上入而無去，皆可見古今音不同之見。又主四聲起於沈約之創，此後始有一字數音，訓詁亦異之例，古人未嘗有之，若以今人之音讀觀念以考字音，必是以今律古，不合古人本義，前賢以是非之。(p.19)

近代兪平伯〈音樂悅樂古同音說〉謂「樂者樂也，音樂卽悅樂也。」㉜楊伯峻〈破音略考〉因兪文而有所觸悟云：「夫一字異義，或同義而異用，其讀不同，今謂之破音。雖不能確知始於何時，而周、秦蓋無是例。」遂學「樂」、「喪」、「行」、

「差」、「射」、「舍」、「度」、「惡」、「衰」、「池」十字爲證，以爲古皆一讀㉝。反對異義異讀之說，實亦沿襲清人餘緒。因附論於此。

晚清以後，由於西洋語法理論的傳入，當時學者已逐漸認識到異讀與區別詞性、詞義的關係。例如馬建忠(1845-1900)《馬氏文通》於〈名字〉章內嘗列同字異音一節，並舉57例字爲說，大抵以名字爲一讀，動字靜字屬另一讀。惟多據《康熙字典》立說，往往誤亦如之。馬氏云：

> 至同一字而或為名字，或為別類之字，惟以四聲為區別者，皆後人強為之耳。稽之古籍，字同義異者，音不異也。雖然，音韻之書，今詳於古，亦學者所當切究，而況聲律之文，惟此之務乎。㉞

其後〈動字辨音〉一章亦舉147例字，主要以異讀區別動字與名字、靜字；其他屬於動詞異讀者亦多，包括內動、外動(附：自反動字)、受動、助動、同動、無屬動字等；此外尙牽涉狀字、代字、助字、歎字、介字、詢問代字各類，內容複雜，難成體系。馬氏又云：

> 同一字也，有因異韻而為名字、為動字者，已略(章錫琛云：疑敓「見」字)於〈名字〉篇內。更有以音異而區為靜字與動字者，或區為內外動字者，或區為受動與外動者，且有區為其他字類者。散見於書，難以徧舉。(p.249)

可知馬氏本亦不信異讀之說，但他畢竟承認「今詳於古」的語言事實，不但注意名、動的兩讀區別，甚至更從而研究動字與動字之間的兩讀區別。他認爲這是一個語法的問題，這在晚淸的時代來說已是一個了不起的突破。不過由於時代的局限，馬氏只能從本義和引申義等語義層次來辨別詞類，認識語法，卻未注意語法功能的問題，所以有些例字說得正確，有些則頗有問題。如「皐比」之「比」是一個語素，構詞成分，不是獨立的詞。「僧尼」之「尼」、「十二個一打」之「打」均屬外語譯音。又「大鈔」、「小鈔」之「鈔」跟「攻鈔」之「鈔」，「創傷」之「創」跟「創業」之「創」毫無關係，它們只是同形詞，而不是一詞多義㉟。

又馬氏於同一書中兩論異讀，似欲將異讀區別爲兩類：第一類專論名字，第二類專論動字。第一類的成因是「異韻」，第二類的成因是「音異」，其實都包含了各種語音變化說的。至於詞性的劃界亦頗含糊不清，即以區別名、動的異讀而論，兩類兼備；而第一類〈名字〉章內則有原屬動詞的「分」、「思」、「乘」、「牽」、「號」、「傳」、「聞」、「彈」、「縫」、「燒」、「操」、「磨」、「擔」、「騎」、「藏」、「觀」、「監」諸字。第二類〈動字辨音〉章內則有原屬名字的「帆」、「樂」、「女」、「首」、「枕」、「飯」諸字。至於「教」字兩收：

1.教字：《易·觀》「聖人以神道設教」，解「所以教」也，名也，去讀。解「教之」也，動字也，平讀。(p.27)

2.教字：平讀外動字，俗解「使令」也，如「悔教」、「肯教」之屬。去讀名字兼動字，訓也，令也，下所效法也，《易·觀》「聖人以神道設教」，又「教訓」。(p.254)

究竟「教」字平、去二讀中，哪一個可算是「如字」呢？《釋文》僅一見，只標「如字」(195-2a-8)。《說文》云：「教：上所施，下所效也。」徐鉉注「古孝切」(p.69)，則「教」字的中古音似讀去聲。

由於馬氏多不能辨認如字和非如字，習用義和引申義，同時又不能仔細分析每一個讀音的語法功能，純憑語義的理解主觀臆測，粗略安排，所見異讀材料雖多，卻未經嚴密整理。但他能注意動字和動字間的兩讀區別，特闢專章論之，已給我們很多啓示了。

其後劉師培（1884－1919）《中國文學教科書・論一字數音下》嘗以「惡」、「齊」、「樂」、「數」、「度」、「食」、「分」、「妻」、「咽」諸字爲例論云：

> 同一文字，而義有名詞動詞靜詞之殊，則一字數音，此固假借之例矣。蓋中國文字，往往一字數義，甚難區別，若音讀又同，恐區別更不易矣。故一字分數音，亦中國文字不得不然之勢也。

又云：

> 蓋一字兩讀者，其名詞為正義，靜詞動詞皆為假義。或靜字為正義，而動字則為借義。然所謂借義者，即由本義引申之義也。[36]

劉氏嘗分假借爲三類，即製字之假借、用字之假借及引申之假借。而一字數音的現象，如「行」、「惡」、「比」、「王」、「傳」諸字，即屬此引申之假借也[37]。吳傑儒不同意此說，評云：

> 案此蓋申叔於六書之假借與訓詁學之引申混雜不清，致有此論，實劉氏之失察也。然則申叔確定異音別義之存在及源起時代，厥功固已不可沒矣。（p.24）

其實詞亦有假借義（參見第三章第一節），劉說未誤，僅歸類欠當耳。

第二節　當代的異讀研究

一、西方語言學理論的影響

高名凱云：

遠在十八世紀，法國馬若瑟神父(Prémare)即謂漢語有名詞和動詞之形態的分別，聲調之變化可使「名詞」變為「動詞」，「動詞」變成「名詞」。十九世紀末葉德國康拉迪(Conrady)也認為漢語的「動詞」有及物與不及物(外動與內動)兩種動詞的形態分別。這分別是由於聲母的清濁。清者為「及物動詞」，是前加成分所留下的痕迹。濁者為「不及物動詞」，本來沒有前加成分。康拉迪後來又以聲調的變化為根據，認為古漢語的詢問虛詞都是上聲字。這些理論的困難都是在於語義問題和語法問題的相混。㊳

由此可見，西方的學者早就注意到漢語的聲調變化和聲母的清濁可能與詞性詞義的區別有關。其後高本漢在《漢語詞群》一書裏也提出一些例字來說明古漢語異讀有區別詞性的作用。這些例字包括：

從、校、背倍、碇定、子孳字、干扞、分、中仲、長、朝、早皂、乾、見現、妻齊、邊徧、濕隰、至致、出黜、易、率帥、說、度、食飼、復、廣擴、曰云、小稍、頸剄、言諺、跋拔、生姓性、敦諄、熱爇、不弗非勿未、入納內。

高氏的結論是：「我們上面所研究的那些轉換，也有用來表明不同的詞類或樣似的文法上的區別。」㊴不過從上面那一堆包羅萬有，頗為混雜的例字來看，幾乎全是從意義方面附會而來，只不過牽扯到某種語音變換的關係而已，甚至連字義的假借、引申以及異字異義等各種情況都不能區別開來，可見他對異讀的認識不多。

其後，高本漢在《中國語之性質及其歷史》一書中透過對同源詞的研究，認為上古漢語裏的同音詞比較少，語音的區別特徵則非常明顯，有很多不同的聲母，主要元音、複元音與韻尾等。「某些單音節的詞，都很自然而明白地可以歸入於一個詞族；在那個詞族裏，一群有關係的詞都是從某個語幹經過聲母，清濁（送氣與不送氣），或韻尾的變化，孳乳而來。」㊵最後，他從很多的例字中歸納出三條轉換的規律：

1.不送氣清聲母和送氣濁聲母的轉換（p.90）。

2. i̯ 介音有無的轉換（p.92）。

3.清韻尾輔音與濁韻尾輔音的轉換（p.94）。

高氏推論說：

上古漢語中是否有些詞，藉助於很明顯的標記，一種特別的文法上的形式，來表明它們自己是一個動詞，與具有別種形式的名詞有所不同呢？換句話說，即我們是否能找出成對的詞，一方面是有區別的，但另一方面在聲音上非常相似，很顯然的是屬於同一個語幹，而形式上一個是名詞，一個則是動詞，兩兩相應呢？如果我們能找出這樣的情形，我們便有

> 證據説上古漢語中有很嚴格的文法上的「詞類」，這些詞類可以在形式上作明確的區別。

又說：

> 我們已經知道上古漢語中有擁有成員很多的詞族；每個詞族裏面的語詞都是從一個共同的語幹孳乳而來的，它們形式上的不同，有時可以很清楚地顯示出文法上不同的範疇，如名詞與形容詞的對立、名詞與動詞的對立、形容詞與動詞的對立、動詞與副詞的對立、及物動詞與不及物動詞的對立、自動動詞與被動動詞的對立，還有很多別的方面，因為篇幅有限，我們沒有來得及説明。這些個有趣的跡象，都顯示出原始漢語的特性，在幾個要點上，與我們西方語言是極其相像的，有如印歐語言，它必然擁有形式變化與語詞的轉成體系，以及詞類的形式上的分別，總之，有如印歐語言，具有相當豐富的形態變化。㊶

不過，高氏此說的漏洞極大，除了取材古今兼蓄，缺乏時代限制外，他所說的詞類區別也只是一些很空洞的概念，如所舉「咢賀」、「挾狹」、「撟喬」、「艱饉」諸例，聲符雖同，實在談不上有任何嚴密的音義關係。然而他最備受責難的卻是忽略了聲調的轉換。其實，聲調只是中古漢語裏一種比較活躍的區別特徵，上古的情況未必相同。且儘管說上古漢語四聲具備，由於可能每一個陰聲字都具有塞音韻尾，那麼又會否削弱聲調的表達能力呢？《詩經》的叶韻習慣即不盡與後世相合，原因或在於此。高本漢主要是討論上古的詞族問題，而中古漢語的異讀卻多是去聲別義的問題。我們可以從他所建立的理論中汲取靈感，卻不宜將兩者混爲一談。

從《馬氏文通》開始，中國學者已或多或少地受西方語言學說的洗禮，尤其是對詞類的認識加深了，有必要對傳統的異讀作一番總整理。此後其研究較具體系者有周祖謨(1945)、嚴學宭(1948)、周法高(1953，1962)、王力(1958)、Downer(1959)、張正男(1973)、吳傑儒(1982)諸家，下文擇要論之。

二、周祖謨、嚴學宭注意漢讀

周祖謨的〈四聲別義釋例〉是現代首篇研究異讀的重要文獻；爲反駁清人批評異讀肇自六朝經師之說，遂尋繹漢魏鄭玄、高誘、服虔、應劭、蘇林、如淳、孟康、韋昭諸家的音訓資料，認爲「一字兩讀，決非起於葛洪徐邈，推其本源，蓋遠自後漢始。魏晉諸儒，第衍其緒餘，推而廣之耳，非自創也。」(p.83)跟着他舉出「漁」、「語」、「爲」、「遺」、「難」、「勞」、「任」、「量」、「陰」、「與」、「子」、「比」、「下」、「假借」、「被」、「走」、「過」、「數」、「告」共二十字爲證，得到「昉自漢世」(p.91)的結論。周氏論證的方法根本有誤，蓋先據《廣韻》的兩讀下結論，再加上一兩條例證以作說明，極難令人信服，其中僅「爲」、「遺」兩字可靠，「漁」、「難」、「走」、「過」四字說或可信；其他均只提出漢人某一個擬音，然後據陸德明、顏師古、孔穎達等唐人的讀音以證明漢人有兩讀之別，如「勞」、「量」、「陰」、「下」、「假借」諸例皆然。例如「下」字：

《廣韻》胡雅切，在馬韻，賤也，後也，底也。又胡駕切，在禡

> 韻，行下。案前者為形容詞，後者為動詞，故分為二音。《漢書·高紀下》云：「葬長陵已下。」集注云：「蘇林曰：下音下書之下。」下為動詞，故師古曰下音胡亞反，足證下有兩讀，由來已久。（p.88）

循環論證，本末倒置，未足取信㊷。有時又利用類推的方法以得結論，更靠不住。如「語」字：

> ……高注稱漁讀相語之語，又曰漁讀告語之語，是告語相語之語，與言語之語有別，自漢末已然矣。（p.84）

並無一條漢讀實例，僅憑「漁」字類推其去聲一讀。

除論證方法外，其上推時限僅爲後漢，亦嫌不足。譬如改說四聲別義創自鄭玄、高誘等，可乎？如屬人爲讀音，其說昉自後漢經師與昉自六朝經師實無差異，只不過相距一二百年，亦五十步與百步耳。

周氏較具創見的地方是首先將中古一大堆的異讀材料加以分類，其說云：

> 夫古人創以聲別義之法，其用有二：一在分辨文法之詞性，一在分辨用字之意義。前者屬於文法學之範疇，後者屬於語義學之範疇。依其功用之不同，可分為兩類：一因詞性不同而變調者，一因意義不同而變調者。（p.92－93）

> 藉四聲變換以區分字義者，亦即中國語詞孳乳方式之一端矣。其中固以變字調者為主，然亦有兼變其聲韻者。蓋凡入聲變有去聲一讀者，其入聲之韻尾必已消失，是即所謂變韻者也。若分（方云切）、分（扶問切）、卑（補支切）、卑（部此切）之類，則所謂變聲者也。凡此所舉，要無一致之標準，其中字

調之改變，凡類例相同者，變易之形式亦同，此殆由類推而來，卽語言學所謂類比作用也。(p.112)

由於中古時代去聲辨義的特徵比較明顯，所以周祖謨從聲調方面着眼，而將聲紐變異者列爲附錄，名之曰「四聲別義」。同時他又分別從詞性及意義兩方面加以歸類，這個原則並沒有錯，問題是歸類是否恰當而已。例如在討論詞性方面，除了名詞、動詞、形容詞這三項的關係明顯較少爭議外，其他自動他動，數詞量詞之別就頗欠斟酌了。至於因意義不同而分爲四項，則覺義界不明，有時所舉例字又與區別詞性有關，頗爲混亂。所以周法高《構詞篇》亦評其「在分類上頗有錯亂不清的地方」(p.31)。後來學者多揚棄其意義部分，專從詞性着眼，另走極端，然亦足以反映該文的不足之處。至於將聲紐變異的例字獨立開來，是着眼於變異形式；其目的本在區別詞性或意義，似與區分形式無甚關係。

其後嚴學窘〈釋漢儒音讀用本字例〉一文取徑與周祖謨略同。嚴氏云：

漢儒音讀之法，有讀若、讀如、讀為、讀曰、讀與某同及音某之例，並為反切未昌以前，用以比擬音讀者。旣擬其音，自以音同字異為原則。然此非僅表音，兼具訓義，字包數音，音涵數義，字同音異，隨義分音。故有卽以本字為音，而以義判之者，蓋一字常具數音數義，借彼明此，當無不可。……漢儒音讀用本字，乃為一字數義，音讀各別，其中有聲韻皆同，而由調之變異作用，以別其音義與詞性者，指趣畢見。爰將漢儒音讀所用本字，反覆尋繹，獲其有關變調者五十九

例釋之。㊸

其所取材如下：

子、杜子春：蕩、編、燋、振。

丑、鄭衆：遺*、冥、掣、契。

寅、鄭玄：解、孫、右、與*、布、韎、作、散、挈、辟、量*、甄、鎗、稅、子*、鉤、傳。

卯、服虔：間、假*。

辰、應劭：為*。

巳、許慎：鑿。

午、高誘：茹、居、巧、易、汪、沈、被*、齊、過*、任*、挐、道、勞*、發、訬、標。

未、如淳：簿、比*。

辛、孟康、蔞。

酉、李奇：炎。

戌、蘇林：選、綰、下*、借*、著、趣、窊、油、數*。

亥、韋昭：告*。

其中十五字（有 *號者）與周祖謨同，僅欠「漁」、「語」、「難」、「陰」、「走」五字。惟其難以成立之基本原因亦與周祖謨同，即僅列漢人一讀，而以後代《廣韻》、《釋文》、《群經音辨》等材料證明其讀音有別，缺乏可靠之根據。如「作」：

《周禮・射人注》：「作讀如作止爵之作。」案《廣韻》……是興事而起之作，為自動詞，讀入聲；造作之作，為他動詞，讀去聲。《周禮・射人注》：「作止爵之作。」《疏》：「作，使也。」與作為之義相承，應讀去聲。（p.58）

卽爲顯例。其他較可靠者有「解」(p.56)、「子」(p.61)、「易」(p.64)、「任」(p.66)、「比」(p.69)、「爲」(p.63)六例。其結論爲「段氏謂去聲起于魏晉，由今所考，至少已發生於漢初，本篇所舉例字卽可見一斑。」(p.85)蓋先假定漢儒所注爲去聲一讀，然後再將段氏去聲起於魏晉之說往上推。用心雖苦，卻是自欺欺人之論，實亦不足以證明去聲發生於漢初。倒不如承認上古卽有四聲更爲直截了當。

嚴氏本文所舉各例全以詞性爲別，由於「冥」、「解」、「右」、「辟」、「茹」、「數」六字兼隸兩類，故實得六十五例，茲統計如下：

名→動	20	動→名	10
名→狀(形容詞)	15	狀→名	1
動→狀	2	狀→動	9
自動→他動	8	他動→自動	1

看似相當整齊，卻失之粗疏，多與實際情況不符。例如自動詞變他動詞包括「爲」、「遺」、「過」、「假」、「與」、「散」、「作」、「借」八字，他動詞變自動詞只有一個「告」字，都不能用內外動來解釋它們的兩讀關係，後詳。又中古的異讀一般多屬常用字，但嚴氏的取材卻包括了很多罕用字，卽使說這眞是漢代的異讀，但在中古以後除了保留在字書裏，也沒有甚麼辨義的作用了。嚴文略可補充周說，因附論於此。

三、王力、Downer 論詞的派生

王力《漢語史稿》中册「語法的發展」亦嘗簡略討論異讀的問題。他認爲「中古漢語的形態表現在聲調的變化上面。同一個詞，由於聲調的不同，就具有不同的詞彙意義和語法意義。」㊹又云：「就動詞來看，聲調的變化引起詞性的變化，情況特別明顯。凡名詞和形容詞轉化爲動詞，則動詞唸去聲；凡動詞轉化爲名詞，則名詞唸去聲。總之，轉化出來的一般都變爲去聲。因此，在這種情況下，我們應該把本義和派生的意義區別清楚。」(p.213)

王力說較簡略，但肯定這是中古漢語的形態表現，不往上推，且稱詞性而不稱詞類，立論比較平實。又分類雖只四項，例證亦少，卻要言不煩，較具代表性。足以修正前人錯訛之處不少。惟所舉例字如「足」、「觀」、「任」等尚欠斟酌，與《釋文》所反映的情況略有不同。吳傑儒稱「其謹愼態度」(p.29)，是也。

Downer(杜國棟)〈古代漢語中由於聲調變化所形成詞的派生〉一文㊺共分四節：

1.概說

2.所謂聲調對比的性質

3.去聲派生的時代

4.陸德明去聲派生的用法

附錄：字表

Downer主要受了高本漢《漢語詞群》一書所列舉大量同源詞的啓示，認爲要探尋同源詞的音義關係，高氏所常用的語音區別特徵如不同的聲母、清濁(送氣與不送氣)、複聲母、韻尾等形態變化都不足以構成一個完整的體系，更應該充分利用漢語聲調對比這種語音的特質；因爲很多時候兩個同源詞的區別往往只在聲調方面，如「好」(上聲)、「好」(去聲)，「惡」(入聲)、「惡」(去聲)等。

Downner又推衍王力《漢語史稿》的說法，認爲中古的異讀是「詞的派生」(word-derivation)現象，這不單是王力所說的本義和派生義的詞義問題，甚至更具有創造新詞的能力。Downner說：

> 以我們現在對古代漢語的知識，最好不把去聲的派生當作較早的與印歐語相彷彿的語形變化的遺留，而視為不過作一種派生的系統而已。有需要時，製造新詞只須把原有的詞讀作去聲便可以。[46]

因此，他往往將平聲、上聲和入聲列作詞的基本形式(Basic form，又稱基本詞)，而把相對的去聲字列作派生形式(Derived form，又稱派生詞)，當然這是很理想的安排，然而卻與《釋文》所反映的實際情況不合，因爲《釋文》有很多字的「如字」是讀去聲的。Downner雖在第二章中爲他這個假定列舉六大理由，完全否定去聲在歷史上早已存在的事實，但這只是一種偏見，他的理由其實是站不住脚的。例如：

> (1)從字形可以看出這理論的正確。在多數例子中，漢字的構造是用來表示基本字(非去聲字)的意義的。A項和B項的例字最為明顯。一對字之中，如果兩者之區別是一個多加一個偏旁，那麼這個往往是去聲字。
>
> (2)上述此點暗示造字者認為非去聲的形式是基本的。此點可以從許慎《說文》中的定義去證實：《說文》標的是字的本義(據許愼的意見)。在多數例子中此本義為非去聲字的意義。[47]

有關上古四聲的問題，今人已透過分析諧聲、《詩》韻獲得重要的數據支持，一般都認爲古有四聲㊽。當然，這和中古的四聲在本質上應該是不盡相同的。卽使如此，要說《說文》沒有去聲字，或說許慎沒有爲去聲字注出本義，也是說不過去的。就算誠如 Downer 所說「在多數例子中」(In most cases)情況如此，其實也不能完全包括所有的去聲現象。

Downer 又受周祖謨的影響，只重視聲調的派生，不大注意清濁聲母的派生，似乎也是偏見。Downer 說：

> 這令我們問：要從本來是去聲的詞形成派生詞，如果有方法的話，用的是甚麼方法？一個可能的是：在這種情形下古代的語言借助於濁聲母和清聲母的互換。除了去聲和非去聲的對比，這是唯一的具有相當數量的互換。㊾

於是他舉出「見」、「繫」、「壞」、「敗」、「背」、「葬」六字爲例，並謂「好像有理由把清聲母字當作基本的」，這又是形式主義的心理在作怪——追求整齊。其實《釋文》及其他唐人的讀音裏卻是將「繫」、「敗」、「壞」三字的濁聲母讀「如字」。適與Downer 的理論相反。

Downer 在文中將這些去聲派生的例字分爲八項：

A. 基本形式是動詞性的——派生形式是名詞性的(Verbal-Norminal)。

B. 基本形式是名詞性的——派生形式是動詞性的(Norminal-Verbal)。

C. 派生形式是致使義的 (Causative)。

D. 派生形式是表效果的 (Effective)。

E. 派生形式具有受局限的意義(with restricted meaning)。

F. 派生形式是被動的或中性的(Passive or Neuter)。

G. 派生形式用作副詞(as Adverb)。

H. 派生形式用於複詞中(used in Compounds)。

不但名稱特別，與衆不同，甚至他更詳細解釋自己的動機說：

在替表中諸類型命名時，我曾作一番努力來儘可能地避免暗示在句中的用法的語法名稱。在未能對古代漢語作出語法的分析之前，使用這些名稱將會是無意義的，並且會在事實上使這篇文章的主要論點變為不能成立的。卽使「他動」和「自動」等名稱，雖然在討論C、D和E項的派生詞時，我們當然樂於使用，但如沒有嚴格的定義，只會令人誤解。……可是，卽使古代漢語有過得去的語法分析存在着，從語法的層次上去處理去聲派生，恐怕不大可能，除非僅僅在無關宏旨的地方。連「名詞」(noun)和「動詞」(verb)，作為詞類名稱，都不一定可用，雖然在表中曾用作諸類型的名稱，這只是出於無奈罷了。㊿

由於Downer只承認這是「詞的派生」問題，因此儘量不牽涉句法的解釋。這對西方的語言來說也許行得通，但在漢語來說，離開了句子，詞有時並無不變的準確意義。卽如Downer所舉《淮南子・齊俗訓》一例：

待西施毛嬙而為配，則終身不家矣。

這個「家」字不能與派生的「嫁」混爲一談，他只好解釋說：「但是基本形式偶然也是動詞性的。」(p.270)然而這並不存在着兩讀的分化問題。於是周法高在《構詞篇》中解釋說：「家在《淮南子》中用作述語」(p.35)，這比較通達合理，但已經結合

「家」字在句中的功能了。

Downer 比較獨到的地方是他處理異讀問題時能擺脫《廣韻》、《群經音辨》等宋人的局限，直接從陸德明《經典釋文》的《禮記音義》及《春秋左氏音義》入手。由於他多從「詞」的觀念出發，不承認兩讀有語法的區別，甚至避免用句法的術語，別出蹊徑，頗具新意。且能純就《釋文》的角度來描寫音義的實況，每能搔到癢處，亦見精當。所以周法高《構詞篇》也稱賞他說：

> Downer 對《經典釋文》(特別是《禮記》和《左傳》的《釋文》)下了相當大的工夫，注明經典的出處。以一個外國人而能有這樣的成績是很可佩服的。他對於這個問題的觀察也相當敏銳而周密，有好些地方為中國人所平常不注意的，他也一一提出來討論。不過他也有不少的缺點。例如他不承認這種聲調對比的現象在語法上的重要性。(p.34)

周氏的批評一針見血，這些觀點，對我們也很有啓發意義。

四、周法高論音變

周法高於 1953 及 1962 十年內先後兩次撰文討論異讀。第一次稱爲〈語音區別詞類說〉，第二次改稱〈音變〉。

〈語音區別詞類說〉一文共分三部分。第一節是介紹古今中外有關語音區別詞類的學說及理論。第二節以《群經音辨》卷六所載例字爲主，酌加所見，案其語法特徵區分爲七類。其中第一、二類區別名，動，屬於大類，其他則爲小類，例如：

三、非去聲爲形容詞，去聲爲他動式或使動式。

四、非去聲或清聲母爲動詞，去聲或濁聲母爲既事式。

五、非去聲爲自動式，去聲爲使動式或他動式。

六、非去聲或清聲母爲使動式或他動式，去聲或濁聲母爲自動式。

七、主動受動關係之轉變。（p.358-360）

完全環繞動詞（包括形容詞）的詞性區別立論，所以題目中的「詞類」便沒有意義，後來改稱「音變」，比較適合。至於第五、六項亦可合併爲一類，因《釋文》每以濁聲母或去聲一讀爲如字，有周氏所謂「自動」義，故第六類所舉四字中，其「去」、「壞」、「敗」三字全爲自動、他動之別，與第五類同。餘下一個「毀」字，周氏云：

> 毀他曰毀，許委切，上聲；自壞曰毀，況僞切，去聲。(p.360)

蓋據《群經音辨》立說，如據《六經正誤》則兩讀的音義剛好相反，就是自毀讀上聲，毀他讀去聲。如此則第六類全不能成立。周氏嘗自評此文云：

> 拙文因為是〈中國語法札記〉中的一篇，沒有能充分發揮。每條下沒有引用經典來證明，失之於粗疏。可是我自覺在分類方面，比周（祖謨）文要有條理得多了。(《構詞篇》p.32)

其實他與周祖謨的分類方法取徑不同，互有優劣，所謂「條理」，有時很難比較。不過，他後來在〈音變〉文中還是重新加以分類，修正前說，比較合理。

第三節歸納異讀的語音區別特徵爲三型：

A. 平上聲和去聲的差別。

B. 入聲和去聲的差別，包括韻尾輔音的差別。

C. 清聲母和濁聲母的差別。

過於追求形式的整齊，與實際情況有所牴牾。最後，周氏的結論是：

> 根據記載上和現代語中所保留的用語音上的差異（特別是聲調）來區別詞類或相近意義的現象，我們可以推知這種區別可能是自上古遺留下來的；不過好些讀音上的區別（尤其是漢以後書本上的讀音）卻是後來依據相似的規律而創造的。（p. 363）

其後，周法高在《中國古代語法·構詞篇》第一章〈音變〉重新改寫此文。所謂「音變（phonetic modification）」，是指語法（形態方面）的音變；其實趙元任也有「音變」之說：

> 所謂音變啊，包括聲調，包括輕重音，都算是音變。……中國的調既然是音位，那麼聲調影響語法也是音變的例。比方「處」去、名詞，「處」上，動詞；「種」上、名詞，「種」去、動詞；「好」上、形容詞，「好」去，動詞。這些音變在歷史稍長的全國多數方言，都有相類的變化的，如剛說的幾個例。❸

但趙氏不承認漢語的音變是一種語法現象。他說：

> 整個的音變這種語法上的作用啊，在中國語言，從很古很古就失掉了產生力了，現在只成遺跡的現象了。……在中國語言，不但現在，就是古時候，就已經失掉產生力了。所以為實際上方便，我們記中國語言的時候，不必拿這個當語法現象。因為第一層，這種例不是多的不得了，沒有上千上萬的那麼多。二層麼，這些例相當的亂，因為它只是遺跡現象，所以實際上對於中國語言裏頭的文法性的音變的例，不必認

它為文法的現象，最好認它為詞彙的現象。換言之，我在詞典裏頭寫個「長ㄔㄤˊ形容詞」,「長ㄓㄤˇ動詞」,就算兩個詞就是了，這就認為音的不同，而不算音變了。(p.50)

周氏雖用「音變」之名，但跟趙氏的意見不同，仍將漢語的音變當作語法現象處理。周氏將全文分爲通論及字表兩部分，並將《群經音辨》、周祖謨、周法高〈語音區別詞類說〉、Downer、高本漢〈諧聲系列裏的同源字〉一文[52]以至〈音變〉本文的例字編成綜合索引，極便讀者檢索。其中通論部分包羅各說，內容充實，共分四節：

一、1953 年以前諸家的說法簡介。

二、1953 年以後諸家的說法述評。

三、《經典釋文》諸書例證之分類。

四、音變發生的時代。

在字表部分，周氏將所有例字區分爲八類，每類再分小目。其一、二、三、五、七各類與〈語音區別詞類說〉大同小異，前第六類合併於第五類中，更名動詞。另加方位詞及副詞兩類。又「去」、「毀」、「壞」、「敗」四字雖見合併於動詞類中而仍獨立爲「非去聲或清聲母爲使謂式」(p.79)一小目，由於將如字一讀當作派生形式處理，本末倒置，語法分析亦誤。又周氏在這前後二文中都過於輕信材料的來源，未加細擇。例如第一次周氏幾乎全據《群經音辨》的釋義分類，《音辨》一有錯誤，周氏的分類就發生問題。第二次周氏則多根據Downer 及周祖謨所列舉的例句，罕加改動或補充，他們的舉例缺乏代表性，甚至該舉的例句被遺漏了，周氏的分類也就落空了。例如在形容詞「陰」字的說解中，全部的資料應該是這樣的。

1.《詩·小雅·桑柔》:「旣之陰女,反予來赫。」(658-18.2-11a)

2.鄭箋:「我恐女見弋獲,旣往覆陰女,謂啓告之以患難也。」

3.孔疏:「定本集注毛傳云:『赫,炙也。』王肅云:『我陰知汝行矣,乃反來嚇炙我,欲有以退止我言者也。』傳意或然,俗本誤也。」

4.《釋文》:「鄭音蔭,覆蔭也。王如字,謂陰知之。」(98-17a-1)

根據鄭箋和孔疏,《釋文》的兩讀來源是相當清楚的。就是王肅讀如字,鄭玄改讀「蔭」字。兩義不同,不存在詞性區別的問題。但周祖謨所引《釋文》只限於前半鄭讀的部分,很容易使人誤會以爲這句書裏的「陰」字只有去聲一讀。所以周祖謨歸入「區分名詞用爲動詞」一類中(p.95)。周法高在解說「陰」字的時候,共引用了兩條《釋文》的資料,一條據周祖謨亦只截取前半鄭讀的部分;一條據Downer引用《左傳·文公七年》的資料(241-15a-4),並把「陰」字歸入「形容詞:去聲爲他動式」一類中(p.73)。至於Downer則歸入「派生形式是致使義的」(Derived form Causative)一類中(p.283)。材料基本相同,分類全異,諸家觀點分歧之大,可以想見,而周法高所引例句資料的局限性也很清楚了。

周法高〈音變〉一文發表以後,繼續探討異讀問題者有張正正男及吳傑儒二家。張說附見於前論《群經音辨》中,吳氏則有〈異音別義之源起及其流變〉一文,其論異讀之源起以爲本義與引申義有關。吳氏云:

字義由本義而引申,因引申而增繁,而一字成數義,乃至數十義，恆為有之。若行之於文，或仍可變；若宣之於口，則音同義異而莫別。故出以音讀之區分，以示本義與引申義之有異，字義亦得更為彰顯矣，此異音別義之謂也。（p.4）

吳氏於〈異音別義異說述略〉一節嘗分兩部分申述諸家的意見。一、持非難之見者：顏之推、顧炎武、袁仁林、袁枚、盧文弨、王夫之、錢大昕、段玉裁、阮元、俞曲園。二、持肯定意見者：劉師培、傅斯年、王力、周祖謨、高本漢、高名凱。惟於Downer及周法高前後二文全不置評，僅於最後〈徵引及參考書目〉一欄中列出之，令人百思不得其解。至於排列諸說年代先後錯出，稍欠深考。

吳氏於〈異音別義釋例〉一節中則自稱「綜合周法高、周祖謨二先生之分類，取二先生之長，分之爲十，每類或每項之下，按其語音現象細分。」（p.166）表面雖似客觀，其實卻是割裂二家之說，非驢非馬，兩無是處。

第三節　本書的研究方向

上文嘗簡單檢討前人研究異讀的成果。大概他們比較重視異讀的源流問題和分類問題，而比較忽略資料的斷代及處理方法問題。

一、源流問題

《釋文》有大量異讀存在，大部分都有別義作用，其影響及於《群經音辨》、《廣韻》、《集韻》以至現代每種方言口語。有關這種異讀的來源，清人一般只認爲是一種讀書音，是六朝經師強生區別的結果，如「高」、「深」、「長」、「廣」、「厚」等字，或有一定根據。今人則逐步往上推，周祖謨、嚴學宭大概認爲兩漢已有所別。此外，謝紀鋒〈從說文讀若看古音四聲〉[53]、劉師培《中國文學教科書》內〈周代訓詁學釋例〉及〈漢儒音讀釋例〉兩節分別以用本字訓本字法及《釋名》材料證明周秦兩漢亦有兩讀區別。此外高本漢〈上古漢語之聲調〉[54]及謝紀鋒文均利用《詩經》叶韻以證明異讀別義之說，然信疑參半，尚待深入考察。其後梅祖麟〈四聲別義中的時間層次〉[55]利用去入通轉及漢藏比較做斷代標準認爲「去聲別義中的動變名型是承繼共同漢藏語的一種構詞法；名變動型在藏文和共同漢藏語中無源可溯，是後起的一型。」(p.432)

總而言之，這種異讀別義的現象是一種訓詁方法，盛行於漢魏六朝；但很可能是從上古漢語的同源詞裏發展而來的，有自然的語音區別，再加上六朝經師一些以類比模倣方式創造出來的讀音，因而發展成像《經典釋文》這一部富有總結性的著作。

二、分類問題

較具代表性的只有周祖謨、Downer 、周法高三家，但觀點各異。周祖謨分別從詞性及意義兩方面加以研究，但未能剖析清楚。Downer 認爲兩讀的區別是一種派生作用，是創造新詞的問題，與造句法無關。所以他的分類方法雖具創意，但所下的定義卻欠明白；然而他這個方向卻是值得參考及設法改善的。周法高的編排最是整齊，從語法的角度着眼，每類都舉出很多的例字，現代人也許比較容易理解和接受，但是否和古人的原意拍合，不無疑問。例如賈昌朝也曾經對《釋文》的異讀加以分類研究，在很多方面雖與我們現在的看法不同，但可能更接近陸德明的觀點。所以，如果我們將周法高所舉例字逐字和《釋文》有關的句例互相印證，就會發現有些格格不入的地方（第四章會作分析）。惟周氏《構詞篇》非專爲《釋文》而作，不必強同。

三、資料的斷代問題

前人研究異讀，由於要照顧同源字的問題，資料相當蕪雜。梅祖麟說：

> 唐納(Downer)和周法高兩位先後編的去聲別義字表，例子有二百項左右，裏面包括兩種資料，一種是諧聲系列裏的同源字，就是文字訓詁學家所謂的「右文」，如「結入髻去」、「鍥入契去」、「入入内去」、「責入債去」、「内去納入」等，這類佔全部資料的一小部分。另一種是《經典釋文》(583-589年)裏的「讀破」。這兩種資料的年代相差得很遠，前後不止一千年，表裏引的諧聲字先秦已經出現了，最早在《詩經》以前；「讀破」最早是東漢，晚的可以晚到六朝。這兩種資料反映口語的程度也不同，周法高表裏的諧聲同源字，是經過一番審查，從高本漢《諧聲系列裏的同源字》裏挑選出來的，大多數反映上古口語。至於「讀破」，周祖謨等雖然已

經證明不是六朝經師無中生有，但我們也不能因此就肯定歷代經典音釋裏的一字兩讀，全部或者大多數都是反映口語中原有的區別。（p.428）

資料上下千年，復有口頭語、讀書音之異，再加上《釋文》本身包涵很多不同的讀音來源，以至宋代《群經音辨》、《廣韻》等的補充材料，層層積累，極難清理。所以本書一律以《釋文》的材料爲主；其他漢魏六朝諸家的音義資料、唐代其他注家如顏師古、張守節、李善、何超、李賢等，以至《說文》音、《玉篇》音、《切韻》殘卷及宋代《廣韻》、《群經音辨》、《六經正誤》、《集韻》等均視作補充資料。倘須引用，必加注明，不相混淆。對於某些可以配對的同源字材料，如「買賣」、「受授」等，字形已經分化，《釋文》亦未討論，本書自然不必採入了。

四、處理方法問題

《釋文》一般只爲非如字一讀注音，有些還出現數百次以上。本文不可能逐條引錄，只能錄出一些較有代表性的例句，其與如字一讀音義不同，必有區別。又《釋文》既然一般不爲如字一讀注音，注音的如字通常都有某些特別問題，反而未必合用。此外，有些非如字《釋文》應該注音而沒有注，這就容易引起爭論了。有時同一句書，《釋文》或只注一讀，或兼注兩讀，互相矛盾，所在多見。凡此種種，本書如能解說，當然詳細說明；否則只好存疑，或以統計資料的多寡爲據，盡量保存《釋文》的本來面目。不讓少數可疑的例外情況破壞了整體結構。

陸德明在區別讀音方面下了很大的工夫，但他究竟是憑一套甚麼的標準去做呢？他對語法的理解跟我們現代的理解又會相似到甚麼程度呢？Downer 說過用現代的術語無法描述古漢語的語法現象，否則將是削足適履，得出來的結果也沒有甚麼意義。所以本書希望盡量用《釋文》本身的材料做研究，那麼陸德明對語言的認識和感覺，也許可以描繪出一個輪廓來。又本書的目標只想清楚揭示《釋文》的兩讀區別，這是訓詁學的課題。至於構詞法、同源字等牽涉的層面較廣，也就非本書所能討論了。

注　　釋

⑬ 原作「祛茲弊」三字，誤。今據宋本改正。

⑭ 「補敗反」原作「蒲敗反」，「乎怪反」原作「呼怪反」，均誤。今據宋本改正。「重也」原缺「也」字，宋本亦誤。黃焯云：「惠校『重』下增『也』字。」(p.3)是也。

⑮ 據王利器《顏氏家訓集解》本。後同。

⑯ 見《音學五書．音論》「先儒兩聲各義之說不盡然」條(p.46)。

⑰ 見《十駕齋養新錄》「一字兩讀」條(卷五，頁三)。

⑱ 見《問學集》(p.425)。

⑲ 《王一》、《王二》見《十韻彙編》。《全王》見龍宇純《唐寫全本王仁昫刊謬補缺切韻校箋》。日本上田正《切韻諸本反切總覽》分別簡稱爲《王一》、《王二》、《王三》。其後周祖謨《唐五代韻書集存》認爲《王一》是《王仁昫刊謬補缺切韻一》(伯2011)，《全王》是《王仁昫刊謬補缺切韻二》(北京故宮博物院藏)；《王二》則是《裴務齊正字本刊謬補缺切韻》(北京故宮博物院舊藏)，與前二本系統不同。

⑳ 見《說文解字繫傳通釋》(p.60)。

㉑ 見《玉篇》(p.261)。

㉒ 見《十韻彙編》(p.208)。

㉓ 據江汝洺《經典釋文之音義研究》所列各項數據合併統計。他如羅常培〈經典釋文中徐邈音辨〉得2095條(p.28)。又蔣希文〈徐邈反切聲類〉原得2225條，去其重複及錯誤後實得1207條(p.217)。又簡宗梧《經典釋文徐邈音之研究》亦得2147條(p.16)。

㉔ 見後知不足齋叢書本「序例」(頁七)。

㉕ 案殷敬順生平無考。任大椿云：「其書引荀子楊倞注，則憲宗以後人也。」(806 -)

㉖ 《群經音辨》頁碼全據四部叢刊續篇本。又參考畿輔叢書本改正個別誤字。

㉗ 見《異音別義之源起及其流變》(論文本p.133)。

㉘ 周法高說見《中國語法札記・語音區別詞類說》一文。周氏云：「以下大體上根據《群經音辨》卷六所載，並略加增減，歸納為七類。」(p. 358)。張正男說見《群經音辨辨字音清濁門疏證》，蓋謂兩讀與區別詞性有關，全屬語法現象，不像周法高說尚有所增減及持保留態度。

㉙ 據《通志堂經解》本。

㉚ 據翁同文〈九經三傳刻梓人為岳浚考〉一文的考證，謂岳珂由嘉熙四年(1204)下推至廖瑩中刻九經，尚距二十餘年。度其不及見廖刻九經，更何從依九經而刻九經三傳乎？該書各卷末有「相臺岳氏刻梓荊溪家塾」十字木記。按荊溪為江蘇宜興別名，則刻該書者必為居住該地之岳氏。因據鄭元佑《僑吳集、送岳山長序》及方回《桐江續集》二詩考定其為岳浚（約 1264 - 1330）所刻，約刻於元貞、大德間（1295 - 1307)之十年內（見粵雅堂叢書本附錄）。其後崔文印〈相臺岳氏刊正九經三傳沿革例及其在校勘學上的價值〉一文則考證以為「並非出自一人之手，它先成于廖氏所聘請的諸經名士，後定著于相臺岳氏」（p.17）。其作者肯定不是岳珂，然而也只可能是岳浚而已。

㉛ 見《古漢語語法學資料彙編》(p.196-199)。

㉜ 見《國文月刊》第 59 期 (p. 17)。

㉝ 見《國文月刊》第 74 期 (p. 22 - 24)。

㉞ 見章錫琛《馬氏文通校注》(p.26)，後同。

㉟ 參見孫玄常〈馬氏文通札記〉說 (p. 16 - 17)。

㊱ 見《劉申叔先生遺書》(p. 2449 - 50)。同書附錄錢玄同〈左盦著述繫年〉稱《中國文學教科書》寫於光緒 31 年 (1905)，即《馬氏文通》出版後一年，劉氏當時 22 歲。

㊲ 見前書《中國文學教科書》內〈假借釋例〉上中下三篇 (p.2416 - 20)。

㊳ 見《漢語語法論》(p.73)。

㊴ 見Word Families in Chinese，張世祿譯稱《漢語詞類》。由於「詞類」一名現指Word-class 說的，故Word Families 宜改譯為「詞群」或「詞族」。參見周法高《構詞篇》說 (p.9)。原文是：

I shall point out here, merely as suggestive examples, a series of cases, in which our alternations studied above are expressions for different parts of speech or similar grammatical distinctions. (p. 119)

㊵ 見The Chinese Language, An Essay on its Nature and History，原文是：

When we now examine this archaic word material we immediately find that the monosyllables naturally and easily admit of a grouping into word families in which certain fundamental word stems have given rise to groups of cognate words, derived through variations both in initials, in vocalism, and in finals. (p. 78)

㊶ 同上。原文是：

Did archaic Chinese possess words which through distinctive marks, a particular grammatical form, signalized themselves as verbs in contrast to other words formally characterized as nouns? In other words, can we find a word pair, two different and yet phonetically very similar words, both of which obviously belong to the same word stem, the one form being a noun, as opposed to the other form, which is a verb? If we can find such cases, we have the proof that archaic Chinese possessed "word classes" in the strictest grammatical sense, word classes formally distinguished from one another. (p. 89-90)

又云：

Furthermore, we have seen that archaic Chinese presents large word families, the members of which are different aspects of a common word stem, and that these formal variations of a stem sometimes express purely grammatical categories, e.g., a contrast between noun and adjective, between noun and verb, between adjective and verb, between verb and adverb, between transitive and intransitive verb, between active and passive verb, and many others that lack of space has prevented us from illustrating. These interesting features point to the fact that the character of Proto-Chinese was much more like that of our Western languages in essential points. Like the Indo-European tongues, it must have possessed its system of inflections and of word derivation, its formal word classes, in short, a more or less rich morphology. (p. 98-99)

㊷ 陳紹棠〈讀破探源〉云：「漢儒標音，只有讀若譬況之說，不能像後來反切興起之後，能夠把字音如實的表達出來。而對這些材料，周氏要指出每一例字的音值，實在困難。唯一方法，便是利用後世誦讀古籍時的習慣加以類推說明，此外便是利用《廣韻》所記載的音切。但這樣做並無意義，因爲如果用類推法，則經師異讀，有許多紛歧；現在的讀法可能是六朝以來習用的結果，《廣韻》所載的音切，也不能確實反映字音的時代。」(p.122)

㊸ 見《文史集刊》第一冊 (p.53)。

㊹ 見《漢語史稿》中冊 (p.213)。

㊺ 見 Derivation by Tone-change in classical Chinese，此文周法高於《構詞篇》內引錄及評論均頗詳盡，今或參考周譯，後同。又梅祖麟將題目譯作〈古代漢語中的四聲別義〉，參見㊿。

㊻ Downer: The present writer holds the opinion that with our present knowledge of Classical Chinese, it is better to regard chiuhsheng derivation not as a remnant of a former inflectional system of the Indo-European type, but simply as a system of derivation and nothing more. When new words were needed, they were created by pronouncing the basic word in the chiuhsheng.(p.262)

㊼ Downer: (1) The shapes of the characters bear out the theory. In most cases it is clear that the character is constructed to represent the meaning of the basic (non-chiuh) word. This is especially obvious in the characters of Groups A and B. Note also that where one member of a pair has an extra radical added, it is usually the chiuh member.
(2) The above point suggests that the makers of characters regarded the non-chiuh form as basic. This is confirmed by Sheu Shenn's 許慎 definitions in the Shuowen 說文 , which give the 'basic' meaning of the character (in Sheu Shenn's opinion). In most cases, this is the meaning of the non-chiuh member. (p. 260)

㊽ 重要的統計數據有三：
1.張日昇〈試論上古四聲〉(1968)。
2.陳勝長、江汝洺《高本漢諧聲譜》(1972)。
3.吳靜之《上古聲調之蠡測》(1976)。

㊾ This raises the question of what method, if any, was used to form derived words from basically chiuhsheng words.
A likely answer is that in this case the ancient language had recourse to voiced/voiceless initial alternation. This is the only other alternation, besides chiuh/non-chiuh contrast, which occurs in considerable numbers. (p. 263)

㊿ In assigning names to the categories in the lists, an effort has been made to avoid as far as possible grammatical terms implying syntactic uses. In the absence of a grammatical analysis of Classical Chinese, the use of such terms would be meaningless, and could in fact invalidate the thesis of this article. Even terms such as 'transitive' and 'intransitive', without rigorous definition, can only mislead, although they would be very welcome in discussing the uses of derived words in Groups C, D, and E..... However, even if a satisfactory grammatical analysis of Classical Chinese existed, it is doubtful if chiuhsheng derivation could be treated at the grammatical level, except only incidentally. Even 'noun' and 'verb', as word classes, are dubious terms, although they have been used as labels of the categories in the lists, faute de mieux. (p. 270)

51 《語言問題》(p.50)。

52 見Cognate words in the Chinese Phonetic Series. 梅祖麟將題目譯稱〈諧聲系列裏的同源字〉。

53 見《羅常培紀念論文集》(p.316 - 344)。

54 見Tones in Archaic Chinese. 高本漢舉出「聞」、「先」、「田」、「度」、「古」五字爲例說明兩讀的區別。今轉引自周法高《構詞篇》說(p.48)。

55 《中國語文》1980年第六期(p. 427 - 443)。

第三章　《釋文》異讀的內容

第一節　〈序錄〉所見的分類

漢魏以後，異讀特多。其中一部分異讀與意義區別有關，就是變換一個字的音素（例如清濁）或聲調來區別語法或語義。異讀各有其獨特的時代性和地方性，不同時期或不同方言的異讀即有不同的區別標準，古人有區別的今人不一定有區別，國語有區別的其他方言不一定有區別，反之亦然。陸德明《經典釋文》一書異讀材料特多，內容蕪雜，牽涉多種不同來源，反映不同時期的歷史音變和方言差異，此外還受衆家師說、協韻改讀等人爲因素的影響，口耳相傳，約定俗成，漸漸滙聚成語音系統以外另一個書音的系統。語音研究屬於聲韻學的範疇，以《切韻》爲準；書音研究屬於訓詁學的範疇，備列各類異讀或假借，那就要參考《經典釋文》了。陸德明在〈序錄〉中開宗明義卽云：

> 夫書音之作，作者多矣。前儒撰著，光乎篇籍。其來旣久，誠無閒然。但降聖已還，不免偏尚；質文詳略，互有不同。漢魏迄今，遺文可見，或專出己意，或祖述舊音，各師成心，製作如面。加以楚夏聲異，南北語殊，是非信其所聞，輕重因其所習，後學鑽仰，罕逢指要。（1-1a-4）

可見異讀的出現包含多種因素，有「己意」、「舊音」的不同，有「楚夏」、「南北」之分，然而更重要的是加入了主觀的人爲區別，「各師成心」有時也就變得沒有標準可言了。假如說《切韻》的出現是爲了整頓混亂的讀音，那麼《經典釋文》的出現就是爲了對付紛繁的音義關係了。陸德明自詡其書「古今並錄，括其樞要；經注畢詳，訓義兼辯；質而不野，繁而非蕪。示傳一家之學，用貽後嗣。」看來他很重視《釋文》這一本著作，其中的音義關係後來也就成了訓詁學中重要的研究課題。

根據〈序錄〉所論，《經典釋文》的異讀大概可以區分爲五個部分。

一、讀音不同，意義相同。

二、區別兩字、兩義或假借。

三、區別動詞和名詞。

四、虛詞異讀。

五、動詞異讀。

第一、二項與區別意義有關，第三、四項與區別語法有關。第五項的情況最複雜，同時亦爲本書的主題所在，下節特詳論之。

一、讀音不同，意義相同

讀音不同，意義相同的異讀包羅極廣，主要是由於我國幅員廣濶，人口衆多，文字雖然早已統一，但語言卻難一致。故一字兩讀，而意義無別，自亦難免。《釋文·序錄》云：

> 文字音訓，今古不同。前儒作音，多不依注，注者自讀，亦未兼通。今之所撰，微加斟酌。若典籍常用，會理合時，便

> 卽遵承，標之於首。其音堪互用，義可竝行。或字有多音，衆家別讀，苟有所取，靡不畢書，各題氏姓，以相甄識，義乖於經，亦不悉記。其或音、一音者，蓋出於淺近，示傳聞見，覽者察其衷[56]焉。然古人音書，以為譬況之說。孫炎始為反語。魏朝以降漸繁，世變人移，音訛字替。如徐仙民反「易」為神石，郭景純反「錟」為羽鹽，劉昌宗用「承」音「乘」，許叔重讀「皿」為「猛」。若斯之儔，今亦存之音內，既不敢遺舊，且欲俟之來哲。(1-2b-9)

陸氏處理異讀的問題是很客觀的。一方面着眼於保存文獻資料，卽淺近如或音、一音之類，亦在網羅之列。一方面則區別主從關係，首標勝義，次列衆家別讀，使讀者有所依循。文中復以「易」（入聲）、「錟」、「乘」（平聲）、「皿」四字爲例，兼注兩讀，雖然聲、韻不同，並無辨義作用[57]。《釋文》均以當代通行的讀音爲準，而沒有依循徐邈、郭璞、劉昌宗、許愼（其實是針對呂忱的《字林》音說的）等古代不合時宜的讀音。可見《釋文》一書實兼具審音與存古的功能。其他如「並」、「甫」、「匐」、「卣」、「喟」、「睽」、「祓」、「祋」、「稌」、「簝」、「縛」、「胳」、「鼃」、「釗」、「鉗」、「鍭」、「鏐」、「鐏」、「闞」、「鬺」等二十例，《釋文》均兼注兩讀，亦無辨義作用。且陸氏每以正讀爲首音，極少紊亂。其後《廣韻》或選定一讀，未必與《釋文》的首音相合。例如「甫」、「睽」、「鉗」、「鏐」、「鐏」五字只取首音，「並」、「稌」、「胳」、「闞」四字只取又音。其他不辨義之異讀亦多，未暇盡舉。

此外，《釋文》尚有一些叶韻改讀的材料，也可算入這一類意義相同的異讀字內。

二、區別兩字兩義或假借

《釋文・序錄》云：

又來旁作力，俗以為約勑字，《說文》以為勞徠之字；水旁作曷，俗以為饑渴字，字書以為水竭之字。如此之類，改便驚俗，止不可不知耳。(3-6a-2)

所謂「兩字」，是指同一字形，由於沒有任何音義關係，我們就當作兩字處理，不作任何牽強的解釋。例如：

1.乾：A. 其然反(꜀gian)，乾坤。

B. 古丹反(꜀kɑn)，乾濕。

2.奇：A. 其宜反(꜀gie)，奇巧。

B. 居宜反(꜀kie)，奇偶。

3.少：A. 如字(꜂śiæu)，多少之少。

B. 詩照反(śiæu꜄)，幼少。

4.樊：A. 音煩(꜀biɑn)，藩也。

B. 步干反(꜀bɑn)，樊纓，馬大帶。

5.鮮：A. 息連反(꜀siæn)，善也，生也。

B. 息淺反(꜂siæn)，寡也，少也。

又《釋文》常以注音方式分別日曰、土士、己巳、毋毌、刺剌等形似之字，有時還兼注兩讀，蓋兩字混淆已久，不得不辨。此外，尚有以注音方式標注異文或誤字，改字解經，不宜當作一般異讀處理[58]。

次論「兩義」，就是兩讀的意義略有引申關係，由於語法區別的特徵並不明顯，純粹看作兩義就簡單得多了。例如：

1.令：a. 力政反（liæng°），善也，命也，發號也。

　　　b. 力呈反（。liæng），使也。

2.使：a. 音史（°ṣi），役使，使令。

　　　b. 所吏反（ṣi°），使者，使於四方，不分名動，一律讀去。

3.將：a. 如字（。tsiɑng），奉也，大也，將戰之日。

　　　b. 子匠反（tsiɑng°），將帥，將中軍，不分名動，一律讀去。

4.應：a. 於陵反（。ʔieng），當也。

　　　b. 於證反（ʔieng°），相應，效應，應變，不分名動。

5.施：a. 始移反（。śiI），行也，著也，用也，施設。

　　　b. 始豉反（śiI°），施惠，德施周普，雨澤施布，天成其施。

　　　c. 以豉反（OiI°），移也，易也，延也。[59]

再論假借。〈序錄〉云：

經籍文字，相承已久。至如悅字作說，閑字為閒，智但作知，汝止為女，若此之類，今竝依舊音之。然音書之體，本在假借，或經中過多，或尋文易了，則翻音正字以辯借音，各於經內求之，自然可見。其兩音之者，恐人惑故也。（2-4a-10）

所謂「假借」，是指兩讀有音同音近等某種語音關係，而意義則全無關聯，後人一般分化爲兩字，但經典則以一字統之。如《釋文》所舉「女」（汝）、「說」（悅）、「閒」（閑）、

「知」(智)四字，前者除具有本身所習用的音、義外，尙兼具括號內一字的音、義，因而形成兩讀、兩義甚至應該是兩字的現象，這些便是區別假借的異讀了。

方孝岳曾就〈毛詩音義〉中的假借異讀舉出一些字例，皆《切韻》所未載。今選錄若干條於後，並省去如字一讀。

1.施：毛以鼓反，移也。

2.女：鄭音汝。

3.信：毛音申，云：信，極也。

4.害：鄭音曷，云：曷，何也。[60]

此外尙有「敦」、「祝」、「將」、「思」、「貫」、「行」、「艾」、「溫」等，凡十二例。方氏目之爲假借異讀，純爲解釋經典方便，不算獨立字音，《切韻》未見收錄，固宜。由於漢字形、音之間相互糾纏，假借異讀和其他區別兩字兩義的異讀有時劃界並不清楚，例如「施」字宜視作意義區別，「思」字宜視作詞性區別，並非假借異讀。

《釋文》尙有很多方國專名的異讀，〈序錄〉云：

《春秋》人名字氏族及地名，或前後互出，或經傳更見，如此之類，不可具擧。若國異名同，及假借之字，兼相去遼遠，不容疎略，皆斟酌折衷，務使得宜。(2-4b-9)

今略擧數例於下：

1.燕：a. 於見反(ʔiɛn°)燕子。

b. 烏賢反(꜀ʔiɛn)，國名。

2.費：a. 芳味反(p'iəi°)，耗也。

b. 音秘(piei°)，邑名。

3.油：a. 音油（。Oiəu）；油油，油然。

b. 羊又反（Oiəu°）；浩油，地名又讀（322-33a-9）。

4.杜：a. 徒土反（°duo）。

b. 音屠（。duo）；杜蒯，姓氏，劉昌宗又讀去聲（118-22b-6）。

諸例可自爲一類，今暫附論於「區別兩字兩義及假借」一類中，蓋亦別義之屬也。

三、區別動詞和名詞

古人雖然沒有動詞、名詞這些語法術語，但在他們的語感中對詞性的認識還是相當明確的，這在詩文對偶運用中早就充分表現出來了。在區別性的異讀中，動、名種區別是比較容易辨認而又較少爭論的。不過古人可能將名詞、形容詞算作一組，動詞是另一組。《釋文・序錄》在討論「方言差別」時說：

> 夫質有精麤，謂之好惡（竝如字），心有愛憎，稱為好惡（上呼報反，下烏路反）。當體卽云名譽（音預），論情則曰毀譽（音餘）。（3-5a-10）

卽將形容詞、名詞分別與動詞對舉。不過本書仍是分開名、形兩類處理，以免混淆。又古人每將名詞、形容詞稱爲「實字」、「靜字」、「死字」；動詞稱爲「虛字」、「動字」、「活字」。詞的派生則稱爲實字虛用，死字活用等[61]。所謂「虛字」就是動詞，與現在所說的「虛詞」不能混爲一談。又漢字固多以異讀區別名詞和動詞，但詞在派生後而沒有異讀區別者更多；原因是古漢語的詞功能靈活，很多都可以兼用作名詞和動詞，構句時會有各種獨特的語法形式如詞序、虛詞等襯托它們，不一定靠語音區別。周法高《造句篇上》曾根據《孟子》一書分析兼隸名詞、謂詞（動詞+形容詞）的情況說：

> 以上一些字，有的很明顯地應當分隸名詞、謂詞兩類，例如「道」、「王」、「行」是用語音的區別來分別的；「事」、「親」、「言」、「命」也應當分隸名詞、謂詞兩類，雖然沒有語音上的分別。至於「禮」、「志」、「臣」三字，在名詞下應當有牠們是絕對沒有問題的。至於是不是也應當分隸在謂詞下，這是很值得考慮的。而歷來懷疑中國古代語中是否有名詞和謂詞的區別的人，他們的根據也大都是這一類的例子。……[62]

其實除了「兼類」的現象外，還有「活用」的現象，就是名詞用作動詞，動詞用作名詞。出現略少，不必混淆詞類區別。周法高上舉「禮」(3/68)、「志」(7/53)、「臣」(7/68)三字分別用作述語的只有三至七次，是否可以根據「活用」的理論只把它們視作名詞而不必兼隸名、動兩類？不過，「活用」說沒有準則，隨意施爲，易被人濫用。蔡鏡浩亦嘗分析古漢語中名詞活用作動詞的現象，並根據《詩經》、《左傳》、《論語》、《孟子》這四部書替「雨」、「衣」、「冠」、「枕」、「妻」五字做了一次小統計（不包括由它們所組成的雙音詞），其用作動詞的比例分別佔31/65、26/88、12/31、7/9、26/117，次數略較用作名詞爲少，但也算「經常用作動詞」了。所以這些都是兼類。至於活用現象，則「和修辭的作用有密切的關係」，蔡氏還歸納出三條準則：

1. 偶然出現一、兩次。

2. 常常另有專職的動詞存在，如「手」劍等于「執」劍。

3. 所表達的語義不屬於該詞的固定義項。（節錄）[63]

這三條準則對於處理兼類和活用的區別很有幫助。

至於以異讀區別動詞、名詞的現象，《釋文》舉例極多，一般都須要從句子中判斷出來。《群經音辨·辨字音清濁門》雖欠明說，但賈氏區別動、名的詞性已從歸類的例字中顯示出來。至於近人的研究結果，也全肯定這兩類的區別。茲將周祖謨、Downer、周法高三家所公認的例證列後：

A. 動詞→名詞（20字）

采、數、量、行、監、操、守、緣、收、藏、處、乘、卷、傳、含、縫、吹、度、帥、宿。

B. 名詞→動詞（14字）

王、子、女、妻、賓、衣、冠、枕、麾、膏、文、蹄、棺、間。

這些都是爭論較少的例子，容易為人所接受。而且三家着眼的角度不同，材料的來源稍異；可以說，這些例字都已經過不同層次的篩選，該是沒有什麼問題的。

四、虛詞異讀

虛詞異讀例字較少，但自有其語法上的區別，不得不自立為一類。由於漢語沒有明顯的形態變化，區別詞類一般以意義（概念）為準，很容易產生虛實的對比。不過古人和今人對於虛實的概念理解不同，因而產生很多歧見。例如馬建忠云：「凡字：有事理可解者曰『實字』。無解而惟以助實字之情態者，曰『虛字』。實字之類五，虛字之類四。」(p.1)實字包括名字、代字、動字、靜字、狀字；虛字包括介字、連字、助字、嘆字。馬氏在〈例言〉中亦云：「構文之道，不外虛實兩字；實字其體骨，虛字其神情也。而經傳中實字易訓，虛字難釋。」[64]所謂「體骨」、「神情」，完全是主觀的區別；但「以助實字之情態者」，似又兼顧語法功能。雖然馬氏說不清楚，這種初步的區別詞類的方法也還是有其參考價值的。後人大多從這個基礎上作進一步考察、歸類及界定。例如朱德熙對虛詞便有較馬建忠細緻的看法[65]。

古人對虛詞的了解當然不會跟馬建忠、朱德熙等一致。古漢語虛詞的義界和範疇，目前也言人人殊。周法高在《中國古代語法・造句篇上》根據趙元任「廣義的虛詞」這個說法，把古漢語的虛詞當作獨立於名詞、謂詞(動詞+形容詞)以外的一個大類，然後再根據它們的用法分出代詞、數詞、單位詞、方位詞、助謂詞、狀詞、副詞、聯詞、介詞、單呼詞、助詞十一小類(p.50-54)。周說表面看來似頗混雜，其實單從虛實的概念分類，也不失為一個較便捷的方法，可能更切合古人的看法。例如代詞、方位詞相對於具體的人物、地點來說，自然就有較「虛」的感覺了。古人甚至為與名詞對應，有時亦把動詞視作「虛字」，可見「虛」的概念相當廣泛。

本書參考周說把名詞、動詞、形容詞以外所有的詞類一律視作虛詞，不再細分。《釋文・序錄》云：

> 比人言者，多為一例，如、而靡異，邪（不定之詞）、也（助句之詞）弗殊；莫辯復（扶又反，重也）、復（音服，反也），寧論過（古禾切，經過）、過（古臥切，超過）。（3-5b-4）

陸德明大概將虛詞異讀分爲兩組：(a)區別虛詞與虛詞的異讀，例如「如」和「而」、「邪」和「也」諸例，有時字形仍未分化，例如「焉」字。(b)區別虛詞與實詞（以動詞爲主）的異讀，例如「復」、「過」[66]。《顏氏家訓》嘗討論「焉」字的兩讀云：

> 案諸字書，焉者鳥名，或云語詞，皆音於愆反。自葛洪《要用字苑》分「焉」字音訓：若訓何訓安，當音於愆反，「於焉逍遙」、「於焉嘉客」、「焉用佞」、「焉得仁」之類是也；若送句及助詞，當音矣愆反，「故稱龍焉」、「故稱血焉」、「有民人焉」、「有社稷焉」、「託始焉爾」、「晉鄭焉依」之類是也。江南至今行此分別，昭然易曉；而河北混同一音，雖依古讀，不可行於今也。（p. 500）

《釋文》「焉」字兩讀的區別亦同，如「懼傷我：絕句。焉：徐於虔反，一讀如字，屬上句。逃之：絕句。」(252-11a-9)兩讀影響句讀，這不是語法區別又是甚麼呢？顏氏其後繼續討論「邪」、「也」一例(p.502)，這些都是討論區別虛詞與虛詞的異讀。至於區別虛詞與實詞的異讀則較多，《釋文》有「重」、「三」、「更」、「數」、「率」、「差」、「爲」、「夫」、「與」、「惡」諸例，惟兩義不同，似亦可歸入「區別兩字兩義及假借」一類中。由於要考慮其語法特徵，姑置於此。

前人處理虛詞異讀的原則頗見分歧。例如周祖謨〈四聲別義釋例〉(1945) 原本曾討論「過」、「更」、「爲」三字，其後該文收入《漢語音韻論文集》(1957) 及《問學集》(1966)時則刪此三字，其故未詳。惟又增「區別數詞用爲量詞」一項，只得「三」字一例，並將「晝日三接」、「季文子三思而後行」中的「三」字釋作「量詞」，誤；當改正爲副詞(p.104)。Downer在「派生形式用作副詞」一項中嘗舉出「更」、「並」、「復」、「三」、「有(又)」五例(p.289)。周法高在《語音區別詞類說》中原沒有區別副詞異讀一類，其後《音變》始列「去聲爲副詞或副詞」一項，內有「三」、「更」、「復」三例(p.87)。Downer 於「並」、「有(又)」兩例僅列詞義而未舉實例，今檢《釋文》亦未見適當的句例，所以周法高也就刪去這兩個例字了。

又周祖謨有「區分名詞之時間詞用爲動詞」一項，內舉「先」、「後」二例(p.104)。周法高〈音變〉亦有區別方位詞異讀一項，內舉「左」、「右」、「先」、「後」、「中」、「下」、「上」、「內」八例(p.75)。依現代的語法概念可以視作名詞的附類，但依古人的虛、實概念，除「先」、「後」兩字外，其餘似可歸入虛詞異讀一類。

第二節　動詞異讀

動詞異讀指兩讀都用作動詞，與詞類區別無關。它們的詞義基本相同或相近，由於語法功能不同，導至語義方面也有細微的差異，又很難純粹的當作兩義處理。《釋文》處理這些動詞異讀時，一方面留心動詞內部詞性、詞義的區別，一方面也很注意這些動詞跟其他詞類或其他句子成分之間的搭配關係。〈序錄〉說：

> 及夫自敗（蒲邁反），敗他（補敗反）之殊，自壞（乎怪反），壞撤（音怪）之異。此等或近代始分，或古已為別，相仍積習，有自來矣，余承師說，皆辯析之。（3-5b-1）

這裏「敗」、「壞」的兩讀的區別與詞性詞義的關係尚小，與句子中其他成分跟「敗」、「壞」的搭配關係則大，大概會有「X敗」、「X敗Z」（自敗）和「X敗Y」（敗他）三種搭配關係。《顏氏家訓》似不同意「補敗反」一讀，譏為「穿鑿」（p.503）。張守節《史記正義·論音例》也刪去「自敗」、「敗他」這個例子而補上「自斷」、「刀斷」一例（p.15）。性質雖近，但卻牽涉工具的因素，與《釋文》所舉兩例不同。總之，「敗他」的「補敗反」一讀在唐代的字書、《切韻》殘卷以至其他傳注資料中並不多見67，陸氏說「近代始分」，或亦有故。不過，無論這是固有區別或近代區別都並不重要，陸德明這樣做一定有他的主觀原因。所以本書希望仔細分析《釋文》的動詞異讀，以了解陸德明的動詞概念會是怎樣的情況，所得結果或與現代漢語的語法系統不同。陸德明沒有受過現代語法理論的訓練，有時會使人難以猜透他的構思方式及推理方向。我們只能就目前所見的一些書面材料加以論證而已。

前人也曾注意動詞異讀的問題，可惜惑於現代的語法概念，往往以今律古。例如周祖謨認為屬於語法區別者兩項，即：

(3)區分自動詞變為他動詞或他動詞變為自動詞。

(5)區分形容詞與動詞。（p.101-102）

另有意義區別者四項。王力《漢語史稿》只分為兩項，全屬語法區別。

⑴由內動轉化爲外動，外動變去聲。

⑵一般動詞轉化爲致動詞，致動詞變去聲。（p.216）

Downer 分爲C、D、E、F四項，另闢蹊徑，很難說全是語法區別。周法高將動詞異讀分爲㈢、㈤、㈥、㈦各項，全是語法區別。至於歸字亦不盡相同。今綜合諸家分類所得，將動詞異讀顯屬語法區別者合併爲六項：

①區別自動、他動。

②區別使動。

③區別主動、被動。

④區別內向動詞、外向動詞。

⑤區別既事式。

⑥區別形容詞和動詞。

顯屬意義區別者三項：

⑦意義別有引申變轉，而異其讀。

⑧意義有特殊限定而音少變。

⑨義類相若，略有分判，音讀亦變。

在意義區別方面，周祖謨原分四項，均屬動詞異讀。其中「意義有彼此上下之分」一項附論於③中，只餘三項。爲方便討論起見，今將Downer 所舉四項分別納入各項中。諸家歸類歧異之大，可以想見。今逐項歸納說明於後，以見同異。

①區別自動、他動。周祖謨有「區分自動詞變爲他動詞或他動詞變爲自動詞」一項，包括「飲」、「語」、「離」、「毀」、「去」、「禁」六例（p.101）。王力《漢語史稿》僅舉「語」、

「雨」兩例(p.216)。周法高則有「喜」、「語」、「走」、「雨」四例(p.80)。去其重複，實共九例。不過，我們現代對自動、他動的劃界還有很多爭論，古人是否就能區別清楚呢？呂叔湘說：

> 動詞分成及物(外動、他動)和不及物(內動、自動)，是很有用的分類，可也是個界限不清的分類。按定義，能帶賓語的是及物動詞，不能帶賓語的是不及物動詞；一個動詞有幾個義項，有的能帶賓語，有的不能，這個動詞就兼屬及物和不及物兩類。問題在於「賓語」的範圍：是不是動詞後邊的名詞都是「賓語」？要是這樣，漢語裏的動詞，就真的像有些語法學者所說，很少是不及物的了。如果把「賓語」限於代表受事者的名詞，那麼及物不及物的分別還有點用處，雖然「受事」的範圍也還需要進一步規定。事實上及物動詞內部的情況仍然很不單純。[68]……

這是一個很基本的問題，我們能對「賓語」作這麼周詳的考慮是因爲經歷過很多曲折的路，古人又那會分析得如許細緻呢？Downer 不承認這種自動、他動的兩讀區別，所以他的字表中沒有這一項。Downer 說過：

> 即使「他動」和「自動」等名稱，雖然在討論C、D和E項的派生詞時，我們當然樂於使用，但如沒有嚴格的定義，只會令人誤解。[69]

取消這一項，省去很多無謂的糾纏，這是Downer 獨具隻眼的地方。但他另設有「派生形式是表效果的」(Derived form Effective)一項以爲補救，想將部分自動和他動的區別解釋成行爲效果。他說：

這一項很難下定義。這些漢字共同具有的主要特徵是：在各派生的分子中具有加於一個對象的行為。當基本形式是自動而派生形式是他動時，這是夠明白的。當基本的和派生的分子都是他動的時候，差別就在於基本形式和某一具體行為有關，而派生形式是用來表示這種行為所加於對象（常常是人）的效果。因此我嘗試用"Effective"這個標題來包括這一項，所列的字有好些對放在這一類型中是有疑問的。事實上在這一項和C項（Causative）以及E項（with restricted meaning）之間的分野有些含混。⑳

Downer所舉的例字計有「禁」、「過」、「渴愒」、「仰」、「語」、「答對」、「聽」、「分」、「奉」、「視」、「刺」、「將」、「取娶」、「從」、「使」、「施」、「喜」、「行」、「回」、「遺」、「與」、「援」、「爲」、「臨」、「令」等二十五個。根據Downer的解釋，這一項的派生形式都有「加於一個對象的行爲」的意義，事實上又分爲兩組：

A. 自動→他動

B. 他動→他動（通常是指某一具體行爲加於某人的效果）

他顯然想盡力避開自動、他動的區別，但又避無可避，只好將前舉周祖謨、王力、周法高的一些例子分別隱藏於此項及C、F項（Passive or Neuter）中；而且他亦承認此項和C、E項的分野間亦含混不清。

②區別使動。周祖謨未設這一項。王力《漢語史稿》舉出「食」、「飲」、「來」、「至致」、「買賣」、「受授」六例（p.217）。王力在另一篇論文〈古漢語自動詞和使動詞的配對〉

中嘗從構詞法的角度探討古漢語的使動詞，認爲其條件是：

自動詞和使動詞必須是旣雙聲又疊韻的字，單據雙聲或單靠疊韻還不能形成自動詞和使動詞的配對。當然，旁紐也算雙聲，旁韻也算疊韻。㉑

王氏所分三小類如下：

㈠字形相同：飮、去、敗、折、別、著、解。

㈡由字形相同變爲不同：視（示）、趣（促）、見（現）、入（內）、食（飤）、辟（避）。

㈢字形不同：買賣、受授、啖啗、去祛、敬警、就造、至致、出黜、效教、學斅、動蕩、存全、糴糶、進引、到招、順馴、藏葬、失奪、移推、瘳療、溼漸、壞隳、垂縋、窮鞫、回運。（p.12－26）

由於對使動的定義沒有嚴格的限制，王力所擧的例字多數不合本書之用。特別第三小類在上古漢語中或可視作同源詞，但中古《釋文》時代已分化爲形、音、義不同的兩字，例如「買賣」、「受授」等，沒有區別異讀的必要，本書也不必混爲一談了。至於經典中某些未盡分化如「啖啗」、「學斅」等，《釋文》則仍見討論。

Downer 有「派生形式是致使義的」一項（Causative），也是從同源詞的角度去考察異讀的。他說：

除了常見的那種致使義動詞外，這一類型包括一小類界線分明的字，在那裏基本形式表示某種「接受」而派生形式表示某種「給予」（例如：「乞」、「買」、「借」、「藉」、「受」）。㉒

其中例字包括：「觀」、「乞」、「近」、「沈」、「買賣」、「借」、「足」、「出」、「齊」、「藉」、「識幟」、「善繕」、「受授」、「惡」、「飲」、「陰廕蔭」、「好」、「享饗」、「學斅」、「和」、「永詠」、「遠」、「來徠勑」、「勞」、「任」，共二十五例，亦頗混雜。其實他可以將那小類區別內向動詞和外向動詞的例字如「乞」、「買」、「借」、「藉」、「受」等區分出來，不必依附於「致使義」中，否則定義既不好下，讀者亦難辨別。Downer 大概是受了王力的影響而將兩者合而爲一，其誤略同。

周法高亦分「使謂式」一項，舉例較少，只有「沈」、「來」、「任」、「飲」、「觀」、「啗」、「足」、「出」、「見」、「去」、「毀」、「壞」、「敗」十三字(p.77)，已較精簡。其中「去」、「毀」、「壞」、「敗」四字將如字一讀弄錯了，故解說亦因之而誤，應該刪去。至於其他九字亦略有異說。下文當重新分類解說或辯證。

③區別主動、被動及④區別內向動詞、外向動詞。周法高有「主動被動關係之轉變」一項，其中又分爲二小類。周氏說：

> 一是上和下的關係，也許和所謂敬語有關。如「養」、「仰」、「殺」等表上對下的關係時讀非去聲，表下對上的關係時讀去聲；而「告」字又恰好相反。一是彼此的關係，如「受授」、「買賣」、「聞」、「假」、「借」、「乞」、「貸」、「遺」、「學斅」等。Downer 文中，「買」和「賣」、「受」和「授」、「學」和「斅」以及「乞」、「借」，列入C類，讀去聲的為使謂式；「聞」列入F類，讀去聲的為被動式。而高本漢

則謂去聲的「聞」是一種使謂式:可見解作使謂式或被動式均可通。但第五類則只能解作使謂式。為了要表示和第五類的分別,所以在這裏用被動式來解釋牠們。(p.40)

周氏尚有「奉」、「答對」兩例,歸入第二小類「彼此的關係」中。此項包括兩種材料,大概是將周祖謨和Downer兩家的例字重新組合而成。Downer文已見前引;周祖謨本來是當作意義區別的,把它們歸入「意義有彼此上下之分,而有異讀」一項中,共有「假」、「借」、「乞」、「貸」、「風」、「告」、「養」、「仰」八例(p.105)。周法高改作語法方面的解釋,又因意義不同而分爲上下關係及彼此關係兩小類。其實第二小類如解釋爲內向動詞及外向動詞或較適合。梅祖麟〈四聲別義中的時間層次〉云:「以下八對例子裏非去聲是內向動詞,去聲是外向動詞。」這八對例子是:「買賣」、「聞問」、「受授」、「賒貰」、「貣貸」、「學斆」、「糴糶」、「乞乞」(p.438)。梅氏主要着眼的仍是同源詞問題而非中古異讀區別。所以他利用漢藏語的構詞法續加解釋說:

共同漢藏語可能是把動力的來源和動作的方向看成一回事,也就是說動作是以動力的來源或主動者為起點,以目的或動作所及的地方為終點,站在主動者或動力來源的觀點來看,動作是由內到外,由此到彼。這樣也許可以解釋為甚麼 -s 尾出現於藏文的工具格(Instrumental case)和離格(ablative),同時也以去聲的身分出現於漢語的外向動詞。(p.439)

由於我們對共同漢藏語所知有限,很難判斷是否有附會之處,但梅氏的設想確是很巧妙的。我們不妨利用這種區別關係方向的方法來處理某些動詞異讀。

Downner 亦有「派生形式是被動的或中性的」一項(Derived form Passive or Neuter),他並沒有下定義,只說:「這一項在觀念上界線分明,並且好像是C項(Causative)的反面。」[73] 此處中性大概是指非主動又非被動說的,究竟怎樣和致使義相反呢?眞使人百思不得其解了。其例字包括:「覺」、「去」、「知智」、「張脹」、「治」、「動慟」、「聞」、「射」、「散」、「傷」、「勝」、「守」、「盛」、「離」十四例,一時難以明白。大概Downer無類可歸,所以就把它們集中在這一項裏去。此外,吳傑儒亦參考周法高說列出「主動被動關係間之轉變者」一項,內只有「沈」、「觀」、「任」、「去」四例,全與周氏不同,亦不能成立。如云:「……則言沈沒之沈爲自動詞者,今音ㄔㄣˊ。言使之沈之沈爲被動詞,今音ㄓㄣˋ。」(p.187)混淆使動、被動的概念,且妄立「被動詞」一名,誤甚。

⑤區別旣事式。

周法高又有「去聲或濁聲母爲旣事式」一項,共列「治」、「過」、「染」、「張」、「解」、「見」、「繫」、「著」、「屬」、「折」十字(p.85)。周氏云:「第七類讀去聲時爲旣事式,其中『治』、『張』、『解』、『見』比較可靠,其餘大體根據《群經音辨》,不見得可靠,只是聊備參考而已。」(p.40)後來吳傑儒亦略加解釋說:「所謂『旣事式』,表示某事或行爲之完成,實據《群經音辨》而來。」(p.163)吳氏亦列出「轉義爲旣事式」一項,包括「過」、「勝」、「累」、「屬」、「解」

五字（p.201）。案「既事式」一名定義未詳。朱德熙《語法答問》有名動詞和名形詞之說，是指具有名詞性質的動詞和形容詞說的。並云：「英語動詞的不定式和分詞形式也都兼有動詞和名詞雙重性質。所以Otto Jespersen曾經把英語動詞的分詞形式比喻爲動詞和名詞的混血兒。漢語的名動詞和名形詞是類似的現象。」⓸倒不如杜撰「動名」、「動形」或者更爲貼切。

《群經音辨》言「既」者十例：

1.染，濡也（而琰切）；**既濡曰染**（而豔切，周官染人掌凡邦之染事）。

2.折，屈也（之舌切）；**既屈曰折**（市列切）。

3.別，辨也（彼列切）；**既辨曰別**（皮列切）。

4.貫，穿也（古桓切，易貫魚以宮人寵）；**既穿曰貫**（古玩切）。

5.縫，紩也（符容切）；**既紩曰縫**（符用切）。

6.過，逾也（古禾切）；**既逾曰過**（古臥切）。

7.斷，絕也（都管切）；**既絕曰斷**（徒管切）。

8.盡，極也（即忍切）；**既極曰盡**（慈忍切）。

9.分，別也（方云切）；**既別曰分**（扶問切）。

10.解，釋也（古買切）；**既釋曰解**（胡買切）。（6-3b）

這可能是賈氏的主觀區別，今人既難理解，即與《釋文》的異讀資料互相印證，亦不相合。此外周法高的擧例亦多與賈氏不同。這一項問題很多，以後再作探討。

⑥區別形容詞和動詞。周祖謨分作兩組處理：

A. 區分形容詞用爲名詞：高、深、長、廣。

B. 區分形容詞與動詞：好、惡、遠、近、空、卑、上、下。（p.102－104）

Downer 未設形容詞一項，只把它們納入各項動詞當中一併論述。至於周法高則分三組處理：

A. 去聲爲他動式：勞、好、善、遠、近、空、齊、和、調、遲、陰、昭、高、深、長、廣、厚、惡。

B. 非去聲爲他動式：知、盛、易。

C. 去聲爲名詞：兩、難、齊。（p.71-75）

周祖謨分作兩組處理是對的，因爲A組和B組的性質確有不同，但所說尚待修正補充。周法高合爲一個A組，固無不可，但有些例子似是區別兩義，未必與區別詞性有關，說詳下文「辯證」（第四章第十節）。

漢語的形容詞和動詞一般都能充當句子的謂語成分，所以現代很多語法學者都建議把它們合成一個大類。例如陳望道、趙元任、呂叔湘、史存直諸家同持此說❼❺。趙元任一律稱之爲動詞（廣義），並云：

> 咱們這兒所謂的動詞，是從廣義方面來看。隨便甚麼字，只要能用否定詞「不」或「沒」來修飾的，並且能作謂語或謂語詞語的中心的，都可以叫動詞。這樣廣義的動詞，於是就跟謂語同義了，不僅包括了狹義的動詞，而且也包括了形容詞，因為中國話裏的形容詞也能作謂語或謂語的中心。●

這和周法高《造句編上》將動詞、形容詞統稱爲謂詞是一致的。不過，陸德明在〈序錄〉中將「好惡」跟「譽」（名詞）放在一塊兒討論，和它們對應的剛好又是動詞；那麼，陸德明會不會把名詞和形容詞看成一組「靜字」，來和「動字」相對呢？這還有待深入研究。暫時我們還是按照今人一般的看法，認爲形容詞跟動詞的性質及語法功能相近，把它當作廣義的動詞算了。

⑦意義別有引申變轉，而異其讀。周祖謨舉出「遲」、「聞」、「首」、「聽」、「應」、「當」、「喜」、「勞」、「興」、「重」、「相」、「調」、「彊」、「齊」、「任」、「勝」、「便」、「雨」、「稱」、「治」、「比」、「少」。共二十二例。又吳傑儒有「引申之義略有轉變或成對等者」，內舉「斂」、「施」、「中」、「當」、「遺」、「養」、「上」、「借」、「告」九例（p. 198）。二家同說引申，而例字不同。

⑧意義有特殊限定而音少變。周祖謨凡舉「走」、「足」、「迎」、「乳」、「遺」、「臨」、「輕」、「施」、「呼」九例。Downer 亦有「派生形式具有受局限的意義」(with restricted meaning)一項，凡舉「告誥」、「輕」、「陳」、「少」、「憶意」、「呼」、「厭」、「衡橫」、「養」、「引」、「斂」、「如」十二例，例字並不相同。Downer 說：

> 在這一項中派生形式比基本形式具有較特殊化的意義。一些敬語也放在這兒。許多派生詞在觀念方面令人想到印歐語中强調語氣（intensive）和意欲動詞（meditative verb，參拉丁文 jaciō/jactō, volō/volitō 等等）。在前兩項中的一些字可能放在這兒。⑰

前兩項是指「致使義」及「表效果」說的，既然可以互通，可見義界還是不清楚的。

⑨義類相若，略有分判，音讀亦變。周祖謨凡舉「涕」、「巧」、「遺」、「降」、「披」、「倒」六例。

總而言之，前人研究動詞異讀，多從語法詞性方面着眼。例如王力《漢語史稿》云：「同是動詞，由於詞性上細微的分別，也引起聲調的變化。」(p.216)周法高也說：「第五類是動詞本身的轉換。」(p.40)其實第六、七類亦莫不如此。至於憑意義區別異讀者三項，全屬主觀判斷，各家各說，頗難董理。即使眞以意義爲別，也應受某些條件的節制，否則寧可不勉強歸類。

綜觀諸家處理動詞異讀，表面上都各具條理，且有很多例字以證其說。不過諸家處理的方法並不相同。周祖謨幾全視作意義區別，且因意義不同而分爲四項，其他僅區別自他、形動兩項。Downer 雖將動詞異讀分爲C、D、E、F四項，由於他只着眼於基本詞和派生詞的區別，比較注意音義關係，卻忽略詞與其他句子成分之間的搭配；而且一詞往往有幾個義項，加以引申發展，歧義必多，結果歸類時游移不定，他自己亦承認四項的義界有些模糊不清。周法高分動詞三項，形容詞一項，語法的分析比較精密；但他只是援用前人的材料，包括詞義及例句，很多時材料錯了，他的解釋和判斷也就落空。而且周氏要造成一套嚴密的「音變」系統，未免過於理想化了。

諸家各有所偏。不但所分的項目不同——合起來共九項；即使項目相同，所舉例字相同者少。而且同一例字，某家以爲自動他動，某家又以爲使動被動，某家更可能以爲是意義區別。對動詞異讀的處理根本沒有比較一致的看法。面對一大盤散沙般的例字，究竟該如何把它們串連起來，找出某些對應的關係呢？這眞是一個難題。

本書主要依據《釋文》的材料，將一些有異讀的動詞加以全盤考察；本書特別注意經傳中的例句。因爲一個單音詞，只有進入句子之後，它的詞義和語法地位才比較明確，否則一詞多義，如何取捨？只有例句愈多，結論才愈可靠。假如不幸只抓住一兩個特殊的例句而強作解人，不能照應全局，看來也是徒然的。

本書的主要工作是將《釋文》動詞的兩讀加以比較研究，我們最好連一些上古同源詞的材料都不管，近代的口語材料也不管，甚至連一些現代語法的概念、術語等也儘可能少用(Downer 即有此主張)，希望能切切實實地考察陸德明究竟憑甚麼的標準區別動詞的兩讀？唐代的語法觀念會是怎樣？考古挖掘雖苦，或有一得。否則徒然替陸德明套上一襲洋裝，雖說好看，可能並不相襯。畢竟詞語是有其時代性的，而且變化得很快很大，現代的異讀根本不能與《釋文》的異讀混爲一談，那麼上古的同源詞材料又怎能印證《釋文》的異讀材料呢？即使眞的採用時也要審愼處理。否則牢籠百代，只是層層積累，一片混雜而已，於事何補！本書取材嚴守斷代原則，理由即在於此。

注 釋

56 原作「哀」，宋本同，盧本改作「衷」。

57 《釋文》「易」字有入、去兩讀（或分兩字），陸德明均讀喻紐，徐邈同；惟徐又另加神紐一讀（256－19b－10、259－25b－2），並無辨義作用。吳承仕《經典釋文序錄疏證》云：「疑陸氏所欲辨者，反語上字之異，不關去入相轉。」（p.6）。

「餤」字凡三見（82－24a－6、211－7a－9、408－4a－5），均爲《詩·小雅·巧言》：「盜言孔甘，亂是用餤」一例作音，毛傳：「餤，進也。」（424－12.3－11b）。其中包括沈旋音談，徐邈音鹽，郭璞羽鹽（《釋文·序錄》：「郭景純反餤爲羽鹽」〔2-3a-7〕）、持鹽二反，共四音。雖聲、韻各異，要之並無辨義作用。

「乘」，神紐（ź-），劉昌宗讀「常烝反」（129－7a-2），則爲禪紐（dź-），聲紐不同，義則無別。其實《釋文》尚有「市陵反」一讀（421－30b－3），亦神禪不分。此外，其去聲亦有「承證反」、「成證反」、「時證反」諸讀，均屬禪紐；陸氏神禪不分，非獨劉音爲然。

「皿」字三見（183－8b－4、200－12b－2、273－25a－7），均兼注兩讀。陸氏讀「命景反」、「武景反」（°miang），梗韻三等；《說文》、《字林》則「音猛」（°mang），梗韻二等，《釋文》列作又音，兩讀洪細不同。案《說文》云：「皿、飯食之用器也，象形，與豆同意。凡皿之屬从皿，讀若猛。」（p.104）正與《釋文》所說相合。《釋文》兩讀並列，義則無別。

58 黃焯〈關於經典釋文〉有「用注音方式表示異文或誤字」一例，說云：

> 例如《禮記·檀弓上》有「公叔木」，《釋文》：「木音式樹反，又音朱。徐之樹反。」這是表示公叔木就是《春秋·定公十四年》的公叔戍，也就是《世本》上的公叔朱。鄭玄注：「木當爲朱。《春秋》作戍。」這是陸氏以「音」字包含了漢人傳注中術語「當爲」的功能。又如《儀禮·喪服》：「庶孫之中殤。」鄭玄注：「庶孫者，成人大功；其殤，中從上。此當爲下殤。言中殤者字之誤耳。」《釋文》：

「依注，中音下。」這更表明陸氏是有意識地用「音」字表達漢人「當為」的意思。(《訓詁研究》第一輯 p.225)

59 「施」讀「以鼓反」或可視作假借異讀，釋作「移也」，參見方孝岳說60。

60 見〈論經典釋文的音切和版本〉(p.52)。

61 宋·王觀國《學林》：「又如枕字分上聲、去聲二音，若枕股而哭，枕轡而寢，飲水曲肱而枕之，枕流漱石與夫枕戈枕江之類皆去聲也。上聲爲實字，去聲爲虛字，二聲有辨也。」(卷十)又如清·黃本驥《癡學》：「昌黎〈苦寒詩〉：『六龍冰脫髯　。』〈寄李大夫詩〉:『無因帆江水。』冰字帆字，皆以實字虛用，死字活用，作去聲讀。」(卷六)見《古漢語語法學資料彙編》(p.95、100)。

62 見《造句篇上》(p. 38)。

63 見〈關於名詞活用作動詞〉(p.147)。

64 此說原出劉淇《助字辨略》。其〈自序〉云：「構文之道，不過實字虛字兩端，實字其體骨，而虛字其性情也。」

65 朱德熙《語法講義》云：「漢語的詞可以分爲實詞和虛詞兩大類。從功能上看，實詞能夠充任主語、賓語或謂語，虛詞不能充任這些成分。從意義上看，實詞表示事物、動作、行爲、變化、性質、狀態、處所、時間等等，虛詞有的只起語法作用，本身沒有甚麼具體的意義，如『的、把、被、所、呢、嗎』，有的表示某種邏輯概念，如『因爲、而且、和、或』等等。」(p. 39) 其他尚有三點：⑴虛詞絕大部分是粘着的，不能獨立成句；⑵絕大部分虛詞在句法結構裏的位置是固定的；⑶虛詞是封閉類，是指可以窮盡地列舉其成員的不很大的類。這三點純就形式立論，分析已較細緻；而且在內容方面又能兼顧語法功能及意義立論，確較馬氏深入而又明確。

66 「過」有「經過」、「超過」兩義，似屬兩義區別。陸德明可能把這類當作雜類看待。

67 除《釋文》外，「補敗反」一讀僅見於《唐韻》及《玉篇》二書。

68 見《漢語語法分析問題》(p.40)。呂叔湘《語法學習》嘗云：「與其說是動詞有及物和不及物兩類，毋寧說是動詞有及物和不及物兩種用法。」

(p.14)今已有所修正。

69 參見50。

70 This group is rather hard to define. The principal feature that the characters have in common is that in each of the derived members there is action on an object. This is clear enough when the basic member is intransitive, the derived form transitive; when both basic and derived members are transitive, the difference lies in the fact that the basic form refers to a specific act, whereas the derived form is used to denote the effect this act has on the (usually personal) object. I have therefore tentatively given the label 'effective' to cover this group.
Some of the pairs of words are only dubiously placed in this category. In fact, the boundaries between this group and the Groups C and E are somewhat nebulous. (p. 268)

71 見《龍蟲並雕齋文集》第三冊(p.12)。

72 In addition to the usual kind of causative verb, this category includes a well-defined sub-group of words, in which the basic form signifies 'receiving' and the derived form 'giving' of some kind. (p. 268)

73 This group is quite well-defined notionally, and seems to be the converse of Group C. (p. 268)

74 見《語法答問》(p.26)。

75 說見王松茂《漢語語法研究參考資料》(p.97-100)。

76 原見A Grammar of Spoken Chinese, 1968, Los Angeles.今據丁邦新譯《中國話的文法》(p.333)。

77 In this group the derived form has a more specialized meaning than the basic form. A few honorifics are

placed here too. Many of the derived words are notionally reminiscent of the derived intensive and meditative verbs of the Indo-European languages. (cf. Latin jaciō/jactō, volō/volitō, etc.) Again, some words in the two previous groups could have been placed here. (p. 268)

第四章　《釋文》動詞異讀分類研究

同一個動詞，爲甚麼《釋文》會分化爲兩個相近的讀音？說是相近，因爲它們通常只變換聲母、韻母或聲調中的一項，表示有所區別；同時其他兩項音素不變，表示兩者仍是有關連的讀音。在詞義方面，有時兩讀的詞義相近，例如「食」(入聲)、「食」(去聲)兩讀，前者是一般的「吃」，誰吃都可以；後者仍有「吃」的意思，但不是自己吃，而是給人(或動物)吃；這個去聲的「食」爲了別義，後來還分化爲「飤」、「飼」，粵語則用「餵」字，和原來的「食」可以算是兩字兩義了。但有時兩讀的詞義相同，如「敗」(b-)、「敗」(p-)兩讀，無論怎樣看都有一個共同的核心意思，單從詞義無法區別兩讀，必須加上其他的語言成分如「自敗」、「敗他」的「自」和「他」才能把它們的區別揭示出來。《釋文》的動詞異讀主要包含這兩種情況，也是我們所要探討的重心所在，不過後者尤爲重要。文煉說：

> 句子的基本語義結構是由動詞以及與它相聯繫的名詞性成分構成的，所以研究動詞和名詞的搭配關係佔着十分重要的地位。[78]

文氏的論點對我們分析《釋文》異讀是很有啓示的。只有當動詞進入句子以後，其確切的意義才比較容易掌握。不過，陸德明有時還兼注兩讀，可能是其中一讀有誤，也可能是在訓詁或語法方面出現歧義，這更值得我們注意，否則會影響整個分析的結果。

根據我們的分析，不難發現《釋文》對語法的理解是頗爲奇特的。由於陸德明用的是比較傳統的觀點，沒有受過現代語法理論的訓練，有時會使人難以猜透他的構思方式及推理方向。此外《釋文》專爲解釋經典語句而作，比較注意語音和訓詁的關係，分析屬語義範疇多於屬語法範疇。可以說，陸德明的語法觀念是頗爲特別的，跟我們現代的語法理論及分析方法都不一致。我們既不能以今律古，也不宜以古律今，只能運用傳統的訓詁方法，實事求是，將所見的一些書面材料加以歸納和分析。目前《釋文》的動詞異讀大概可以分爲十三類。由於合用的語法術語有限，加以漢語和印歐語言又有本質上的差異，有時連常見的「主語」、「賓語」等也糾纏不清。現代的語法術語對現代的讀者也許方便，但用來分析《釋文》的音義訓詁有時就難免會顯得格格不入了；除了非不得已，我們儘量少用現代術語。至於類名方面，爲了避免含糊不清，我們擬借用《釋文》一些具體的例字爲名，然後再下定義加以解釋，希望儘可能把握《釋文》的原意，相信現代讀者能夠接受。

世界上的語言大都以動詞爲中心，絕大多數的句子都是圍繞著一個謂語性的成分建立起來的。語法研究主要也就是處理動詞和其他詞類的關係。印歐語系由於有豐富的形態變化，動詞的特點容易辨認出來，動、名之間也可以表現出種種「格」（case）的標誌。漢語動詞缺少形態變化，動、名之間也缺少格的標誌，研究起來就比較困難。本書主要採用二分法，將動詞分爲動態和靜態兩類。有時爲了方便解說，也會把古漢語某些動詞再細分爲嘗試詞和成功詞，某些動詞則分爲內向動詞或外向動詞。至於動詞前後的名詞一般只分爲施事和受事兩類。

我們所討論的都是多音字，有時一字不只兩個讀音，我們還是只討論有音義關係的兩讀，其他則略而不論。在這兩讀中，一爲「如字」，這是指習用的音義說的，可依該字最通行的字音去讀去理解，《釋文》通常並不作音。一爲「非如字」，或稱「破讀」，這大概是後起的讀音，主要用來區別如字以外的音義。《釋文》爲了提醒讀者注意音義的變化，通常都不厭其煩地爲非如字一讀作音。本書一律稱如字爲A音，非如字爲B音。現將《釋文》的動詞異讀分爲十三類：

一、自敗敗他類。

二、動詞後帶名詞類。

三、表示動作目的或目標類。

四、治國國治類。

五、染人漁人類。

六、相見請見類。

七、區別致使類。

八、區別關係方向類。

九、區別上下尊卑類。

十、區別形容詞好惡遠近類。

十一、區別形容詞高深長廣厚類。

十二、勞苦勞之類。

十三、勞來供養類。

這樣的一份分類表也許是現代語法學者所無法接受的，然而暫時亦只有這種方法才能準確反映《釋文》動詞異讀的特徵。此外尚有「辯證」附於各類之後，主要是針對前人一些歸類有問題的例字說的。

第一節　自敗敗他類

*1　敗：A音並紐夬韻；B音幫紐夬韻。濁清之別。

*2　壞：A音匣紐怪韻；B音見紐怪韻。濁清之別。

*3　沈：A音澄紐侵韻；B音澄紐沁韻。平去之別。

*4　解：B音匣紐蟹韻；A音見紐蟹韻。濁清之別。

「自敗敗他類」是由動詞跟前面名詞或後面名詞所代表的人物之間的關係來決定動詞的兩讀。如果敗的是前面名詞所指的人物讀A音，敗的是後面名詞所指的人物則讀B音。例如《釋文》自敗讀如字，蒲邁反，A音；敗他讀補敗反，B音。自壞讀如字，乎怪反，A音；壞撤音怪，B音。這是《序錄》首標的條例之一，非常重要，或者我們可以改用下列的公式表示。

[A1]　X敗　（例如：晉敗。）

　　敗者爲X，即晉，讀A音。

[A2]　X敗°Y　（例如：晉敗秦。）

　　敗者爲Y，即秦，讀B音。

[A3]　X敗Z　（例如：晉師敗績。）

　　Z屬於X，敗者仍爲X，即晉師，讀A音。

陸氏判斷兩讀的依據是將A2中的Y與A1中的X加以比較；

A2 中的X是敗人者，Y是爲人所敗者，則動詞「敗」是敗他，讀B音。A1 中的X是敗者而非敗人者，但又不說清楚爲何人所敗，所以動詞「敗」是自敗，讀A音。此外陸氏也兼顧A3X 敗 Z 這一類的例子，由於 Z 是屬於X的，敗者仍爲X，與A1自敗的性質相似，所以仍讀A音。此類全由前面的名詞敗者決定動詞「敗」字兩讀的選擇，判斷的標準在X、Y上面；跟現代語法自動、他動的區別在形式上相似而實質不同。現代語法判斷自動、他動的標準是將A2及A1 加以比較，A2 有受事名詞Y是他動，A1沒有受事名詞是自動。這本來也可以解釋過去的，但問題則出在A3上面。現代語法將A3的「敗」當作他動，跟A2是一類；而陸氏仍以爲是自動(跟現代語法所謂不及物動詞的「自動」概念不同)，跟A1是一類。彼此的着眼點完全不同，所以陸氏自敗、敗他之說不能跟現代語法的自動、他動混爲一談。參看下文例1「敗績」、例9「晉魏錡求公族未得，而怒欲敗晉師」、例16「廢壞已志」、例19「壞前平也」諸例㊾。

至於例字方面，本類共得「敗」、「壞」、「沈」、「解」四字。此種區別或屬後起，可能是六朝隋唐經師的人爲讀音，陸德明不過推衍舊說而已。此外「毀」字自毀、毀他之說是宋代賈昌朝及毛居正所立的區別，《釋文》並無足夠例證支持他們的觀點，本書另歸入第十三節「勞來供養類」中，表示區別某些特殊詞語的讀音。又張守節論「斷」字有自斷、刀斷之別，周祖謨論「折」字亦有自折、爲物所折之別，揆之《釋文》，均乏可靠例證，今申論於「辯證」中，以免與「自敗敗他類」相混。

*1 敗

A. bai。並夬

如字、皮邁反、蒲邁反 3/49

B. pai。幫夬

必邁反、伯邁反、補邁反、補敗反 34/49

B_1 甫邁反（p-, 非紐，徐邈）

B_2 卑賣反、必賣反（-æi, 卦韻） 2/49

BA 9/49 BB_1 1/49

《釋文》「敗」字一讀並紐如字A音，一讀幫紐B音。其中B音徐邈或讀非細(42-14a-6)，輕重脣不分；陸德明又讀卦韻兩見(242-17a-10, 358-6b-9)，夬卦不分；語音稍異。無論非紐或卦韻，均無辨義作用。

《釋文》並、幫兩讀有辨義作用，A音有自敗義，B音有敗他義。如果敗的是前面名詞所指的人物讀A音，敗的是後面名詞所指的人物則讀B音。

《釋文》注A音者三見，其一見《序錄》所引，實得二例。

1《穀梁·莊公十年》范注：「據宣十二年，晉荀林父帥師，及楚子戰于邲，晉師敗績，不言敗晉師。」(51-5-16a′)

《釋文》：「敗績：如字。」(329-9a-4)

《釋文》的如字一般不作音，當陸德明要爲如字作音時必有其特殊用意。在例1「晉師敗績」中，敗者是前面的晉師，《釋文》注A音是對的，但陸氏爲甚麼要作音呢？因爲「敗績」原義爲覆車，動詞「敗」後面的「績」字很容易與別的敗他例相混，以爲敗的是「績」。我們可以比較下列兩組句子看看（有*者表示不合語法）：

1a. 敗績　　1b. 績敗*　　1c. 績敗晉*

2a. 敗晉　　2b. 晉敗　　2c. 晉敗績

通常我們不會說1b及1c，所以1a的「績」不能是敗人者；它應該屬於前面的名詞，例如2c，也就是「晉」，「績」是「晉」的自己事，所以1a、2c的「敗」字該讀A音。又2a和2b的表層意義好像相同，但語序不同，施事亦異，2b是晉自敗，依例當讀A音；2a前面隱藏一個施事X，所以敗者是後面的「晉」，X與「晉」不同，所以也就是敗他，讀B音（參見例7）。

2.《論語·述而》：「陳司敗問昭公知禮乎？」(164-7-9b)《釋文》：「如字。孔云：司敗，官名，陳大夫也。鄭以司敗為人名，齊大夫。」(348-8b-5)

無論官名或人名，都是專名，一般多依通行讀音，並無辨義作用，陸氏注如字A音。

《釋文》注B音者三十七例，一見《序錄》，一辨徐邈幫非不分，另兩例卦夬不分，均有敗他義。

3.《左傳·隱公元年》：「惠公之季年，敗宋師于黃。」(40-2-25b)《釋文》：「必邁反，敗佗也，後放此。」(222-3b-2)

4.《公羊·隱公十年》：「公敗宋師于菅。」(41-3-15a)《釋文》：「必邁反，凡臨佗曰敗，皆同此音。」(307-4b-11)

5.《偽書·太甲中》：「欲敗度，縱敗禮，以速戾于厥躬。」孔傳：「速，召也。言己放縱情欲，毀敗禮儀法度，以召罪於其身。」(118-8-21a)《釋文》：「必邁反，徐甫邁反。」(42-14a-6)

6.《左傳·文公十二年》：「將遁矣，薄諸河，必敗之。」(331-19下-8a)《釋文》：「卑賣反。」(242-17a-10)

以上四例的敗者分別爲「宋師」、「度」(法度)、「之」(秦師)等，全在動詞之後，例3.及例4.均注敗他義；例6.卦夬不分，義則無別。例5.更正徐邈的輕唇上字，音義實同。《顏氏家訓·音辭篇》云：「諸記傳未見補敗反，徐仙民讀《左傳》，唯一處有此音，又不言自敗、敗人之別，此爲穿鑿耳。」(p.503)顏之推不信幫紐B音一讀，譏爲穿鑿，或有所據，例如唐代《切韻》殘卷、《說文》音以及其他典籍傳注，均不見「敗」字兩讀之說，僅《玉篇》及《唐韻》二書例外。此音或出徐邈，陸氏承用其說以分辨兩讀音義，時人或未盡同意也。又徐音不見於今本《釋文》的《春秋左氏音義》，而見於《尚書音義》，且僅此一條，與顏說稍異。

7.《左傳·宣公十二年》：「楚師必敗。彘子曰：敗楚服鄭，於此在矣。」(393-23-11b)《釋文》：「敗楚：必邁反。」(247-2a-6)

《釋文》「必敗」不作音，由於敗者是前面的楚師，依例當讀A音；「敗楚」讀B音，因爲敗者是後面的楚。此例兩讀的區別最清楚。

至於兼注兩讀之例，凡九見，全以B音爲首音。例如《詩》

「讒巧敗國」、《左傳》「敗國殄民」、「敗言爲讒」、「貪以敗官爲墨」、《穀梁》「公敗宋師于菅」、「公敗齊師于長勺」、「然則孰敗之」諸例，按《釋文》條例，當讀B音。其所以又注如字者，可能兩讀當時或分或不分，如顏、陸持論不同，未有定論。又或陸氏爲保存舊讀，故將如字列作又音處理。

8.《詩・召南・甘棠》:「蔽芾甘棠，勿翦勿敗，召伯所憩。」(55-1.4-9a)《釋文》:「必邁反，又如字。」(56-7a-9)

陸氏以B音爲首音者，大概認爲此句該解作「勿敗甘棠」，由於名詞「甘棠」爲遷就詩句的需要而移前了，所以將加注明，以免學者誤讀。此外又兼注如字A音者，或純就句式而言，「甘棠」確又在「敗」的前面。依句意似以讀B音爲是。

9.《左傳・宣公十二年》:「晉魏錡求公族未得，而怒欲敗晉師。」(395-23-15a)《釋文》:「必邁反，又如字。」(247-2b-6)

魏錡晉人，欲敗晉師，表面符合公式A3，可讀如字A音。陸氏或因魏錡身懷二心，又非晉師統領，不宜歸入自敗之類，故以B音爲首音，而將如字A音列爲又音。

《群經音辨》及周法高均以幫紐一讀爲如字，與《釋文》及唐人習慣不合；周祖謨仍以並紐一讀爲A音(p.118)，是也。《音辨》云:「毁他曰敗，音拜。《詩》:勿翦勿敗。自毁曰敗，薄邁切。」(6-10b)周法高遂據此而將幫紐一讀訂爲使謂式(p.80)，其舉例亦與《音辨》同，即本文例8.。其實此例兼注兩讀，不可爲據，且《音辨》所引「勿敗」並不能眞的證明「毁他曰敗」。周法高其後復引周祖謨說略釋敗他之義，亦未足以證明幫紐B音有使謂式的意思。周祖謨但謂「敗有二音」，未明言其區別所在(p.118)。

*2 壞

A. ɣuɛi° 匣怪

如字、乎怪反、戶怪反、下怪反(字林) 3/40

A_1 胡拜反(-ɛi, 怪韻開口，徐邈)

B. Kuɛi° 見怪(㪉)

音怪、音恠、公壞反(字林) 26/40

AB 1/40 BA 6/40 BA_1 1/40

《釋文》「壞」字一讀匣紐如字A音，一讀見紐B音。其中徐邈雖以開口「拜」字爲切下字(195-2a-5)，由於配的是喉音聲母，其實仍讀合口。此外尚有三音，其胡罪反(°ɣuəi 匣賄)及音回(˳ɣuəi匣灰)兩讀蓋假借爲「瘣」(82-23b-3)；其音懷(˳ɣuɛi 匣皆)亦徐邈讀，專用於魯邑「壞隤」，二見(254-15b-11, 293-6a-7)。

《釋文》A音有自壞義，壞者是前面名詞所指的人物；B音訓壞撤，訓毀，壞者是後面名詞所指的人物。與「敗」字同，一般區別清楚。

《釋文》爲如字作音者三見，一見《序錄》，實得兩例。

10.《偽書·大禹謨》：「勸之以九歌，俾勿壞。」孔傳:「使政勿壞。」(53-4-4b)《釋文》：「乎怪反。」(38-6a-8)

11.《左傳·襄公十四年》：「王室之不壞，緊伯舅是賴 。」

(564-32-21a)《釋文》：「如字，服本作懷。」(260-27a-9)

例10.據孔傳知壞者爲前面的「政」，與上文例8.「勿驕勿敗」相似；例11.陸氏的原意可能爲注異文，但壞者爲前面的「王室」，音例亦合。兩例均有自壞義。

《釋文》注B音者二十六例，其一見《序錄》。

12.《尚書序》：「至魯共王好治宮室，壞孔子舊宅以廣其居。」(10-1-12a)《釋文》：「音怪，下同。《字林》作𢊁，云公壞反，毀也。」(36-2a-6)

13.《論語序》：「魯共王時，嘗欲以孔子宅為宮，壞，得古文論語。」(3-0-3a)《釋文》：「音恠。」(345-1a-7)

14.《爾雅・釋詁》：「壞……毀也。」(10-1-16a)《釋文》：「音怪，《説文》云：敗也。籀文作𢊁。《字林》云：壞，自敗也，下怪反。𢊁，毀也，公壞反。」(408-3b-2)

例12.壞者爲「孔子舊宅」，在動詞後，陸氏讀B音，此類例子極夥，不多引錄。按《漢書・楚元王傳》：「及魯恭王壞孔子宅，欲以爲宮，而得古文於壞壁之中。」(p.1969)疑例13之「嘗欲以孔子宅爲宮壞」本作「嘗欲壞孔子宅以爲宮」，今本誤失其次。準此則例13.的施事仍爲魯共王，所壞爲孔子宅，得讀B音。此外尚有二例：

13a《禮記・月令》：「毋有壞墮，毋起土功。」(307-15-19b/176-30b-1)

13b《左傳・昭公二十三年》杜注：「不以當去而有所毀壞。」(877-50-21b′/287-26b-5)

兩例均有「有」字，指採取行動，故非自壞。又例14.「毀」和「壞」

同義，則毀壞之「壞」亦讀B音明矣。《字林》區別兩讀相當清楚。

15.《禮記・經解》：「故以舊坊為無所用而壞之者，必有水敗。」(847-50-5a)《釋文》：「音怪。」(205-22a-9)

壞者爲「之」（舊坊），宜注B音。惟敦煌《禮記音》殘卷音「胡卦」（第128行），A音；陸氏未依其說，更可以看出兩讀的區別了。

《釋文》兼注兩讀之例凡七見，其中以A音爲首音者一例，B音爲首音者六例。

16.《禮記・儒行》鄭注：「世亂不沮，不以道衰廢壞己志也。」(978-59-10a′)《釋文》：「乎怪反，又音怪。」(216-17a-11)

17.《禮記・學記》：「雜施而不遜，則壞亂而不脩。」(653-36-11a)《釋文》：「音怪，徐胡拜反。」(195-2a-5)

例16.壞者爲「己志」，有自壞義，與上文「敗績」例相同，合於公式A3，陸氏以A音爲首音。至於又注B音，可能依形式判斷，「己志」確又在「壞」後面。例17.前後均無名詞，孔疏：「並是壞亂之法，不可復脩治也。」則壞者不清楚，兩讀頗難判斷。陸氏以B音爲首音，但又保留徐邈A音一讀。

18.《穀梁・隱公五年》：「斬樹木，壞宮室曰伐。」范注：「樹木斬不復生，宮室壞不自成。」(22-2-5b)《釋文》：「音怪，一戶怪反。」(326-3b-9)

19.又《隱公六年》范注：「四年暈與宋伐鄭，故來絕魯，壞前平也。」(22-2-5b′)《釋文》：「音怪，又戶怪反。」(326-

3b-10)

《釋文》「壞」兼注兩讀之例中，《穀梁》凡佔三例，另一例與例18.全同（14-1-11b′）。例18.依經文則壞者爲後面的「宮室」，宜讀B音，但依范注則「宮室」在前，當讀A音，此例兼注兩讀固宜。例19.壞者爲後面的「前平」，讀B音，但「前平」亦屬於前面的「鞏」的，與「敗績」例同，合於公式A3，有自壞義，則陸氏亦宜以A音爲又音了。

根據例12.、例14.所見，則「壞」字兩讀之說或出《字林》，甚至還分化爲「壞」、「𣀔」兩字（213-11b-3），陸氏從其說。惟據今存徐邈音、敦煌《禮記音》及《穀梁》舊音觀之，諸家多讀如字匣細，則本來或無兩讀區別可知。

《音辨》云：「毀之曰壞，音怪；《書》序：魯共王壞孔子舊宅。自毀曰壞，戶怪切；《春秋傳》：魯大室壞。」(6-10b）誤以B音爲如字，與「敗」字同；周法高稱B音爲使謂式（p.80），亦誤。周祖謨以匣細爲如字（p. 118），則不誤也。

*3　沈

A. ₒḍiIm　澄侵

如字、直林反、直今反、直金反（徐邈）　　7/23

B. ḍiImᵒ　澄沁

音鴆、直蔭反（徐邈、劉昌宗）　　1/23

AB 3/23　BA 4/23

《釋文》「沈」字四讀。一讀音審(◦śiIm)，七見，國名，《廣韻》稱「古作邥」(p.329)。另一讀本又作「瀋」，同昌審反(172-21a-9)。均與動詞「沈」字的音義無關，不論。

動詞「沈」字有平、去兩讀，沈者爲前面名詞所指的人物時，《釋文》注平聲如字A音；沈者爲後面名詞所指的人物時，則讀去聲B音。

20.《爾雅・釋天》：「祭川曰浮沈。」郭注：「投祭水中，或浮或沈。」(99-6-14a)《釋文》：「直今反。」(420-27a-3)

21.《書・盤庚中》：「爾忱不屬，惟胥以沈。」孔傳：「苟不欲徙，相與沈溺。」(131-9-11b)《釋文》：「直林反。」(43-15b-4)

22.《書・微子》：「我用沈酗于酒，用亂敗厥德于下。」孔傳：「我，紂也。沈湎酗醬，敗亂湯德於後世。」(145-10-14b)《釋文》：「徐直金反。」(44-17a-8)

《釋文》浮沈之沈多不作音，例20.蓋指「祭川」一事說的，怕人誤讀，所以特別注出A音。例21.及例22.引申有「沈溺」、「沈湎」義，沈者爲前面的「胥」(相互，大家)、「我」，亦當讀A音。

23.《左傳・定公三年》：「蔡侯歸，及漢，執玉而沈曰：余所有濟漢而南者，有若大川。」(944-54-10a)《釋文》：「音鴆。」(293-6b-8)

陸氏單注B音者，僅此一例。案蔡侯獲釋渡漢水時起誓所說「執玉而沈」乃連動詞組，先執玉，後沈玉，沈者爲後面的玉，非蔡侯，雖然省略了後面的名詞，仍得讀B音。此外，兩讀之例則多。

24.又《定公十三年》：「君命大臣始禍者死，載書在河。」杜注：「為盟書沈之河。」(982-56-13á)《釋文》：「如字，又音鴆。」(297-13a-6)

25.又《成公十一年》：「施氏逆諸河，沈其二子 。」杜注：「沈之於河。」(456-27-2b)《釋文》：「徐直蔭反，注同。一音如字。」(252-11b-5)

二例中沈者均爲後面的「之」(即「盟書」)和「其二子」，且均爲人所沈而非自沈，按理當讀B音；陸氏又注如字A音，可能只是保留平聲舊讀。

《音辨》云：「沈，沒也；直今切，對浮之稱。沈之曰沈，下直禁切。《春秋傳》：沈玉而濟。」(6-3a) Downer、周法高、張正男均以B音有致使義，不確 ⑳。吳傑儒則謂「言使之沈之沈爲被動詞，今音ㄓㄣˋ。」(p.187) 妄立被動詞之名，益誤。

*4 解

A. °Kæi 見蟹

如字、佳買反、革買反、古買反、庚買反、居蟹反(施乾)

22/171

B. °ɣæi 匣蟹

音蟹、閑買反、胡買反、戶買反、嫌蟹反、戶解反(徐邈)

71/171

AB 8/171 BA 8/171

「解」字凡四音，音義關係相當複雜，說詳第四節「治國國治類」；今只論上聲見、匣兩讀，匣紐B音有自解義，前人均未提及。

26.《易·解卦》王注：「以君子之道，解難釋險。」(94-4-25b′)《釋文》：「佳買反。」(26-15b-10)

27.《莊子·徐无鬼》：「市南宜僚弄丸而兩家之難解。」郭注：「息訟以默，澹泊自若，而兵難自解。」(p.850)《釋文》：「音蟹，注同。」(393-8b-2)

以上兩例剛好配對。例26.解者爲後面的「難」，陸氏注見紐如字A音。例27.解者爲前面的「難」，郭璞注自解，陸氏讀匣紐B音。值得注意的是，《釋文》「解」字雖以見紐爲如字A音；然而自解讀匣紐，解他讀見紐之別卻與「敗」、「壞」字將自敗、自壞義歸入濁聲紐之語音特點吻合。此外，《釋文》尙有自解三例。

28.《莊子·大宗師》：「安時而處順，哀樂不能入也。此古之所謂縣解也，而不能自解者，物有結之。」(p.260)《釋文》：「音蟹，下及注同。向云：縣解，無所係也。」(370-22b-5)

29.《左傳·文公三年》杜注：「子朱，楚大夫，伐江之師也。聞晉師起，而江兵解，故晉亦還。」(305-18-18a′)《釋文》：「音蟹，又佳買反。」(240-13b-1)

30.《穀梁·文公三年》范注：「時楚人圍江，晉師伐楚，楚國有難，則江圍自解。」(100-10-6b′)《釋文》：「音蟹，又古買反。」(332-16b-11)

所謂「縣解」指安時處順，哀樂不侵的精神境界，向秀以爲心「無所係」，而郭璞則以自解釋之，故陸氏注匣紐B音。又《莊子》「縣解」一詞適與《孟子・公孫丑上》「猶解倒懸」一語（52-3上-3b）對應，「懸」是被解之物；《孟子》「懸」在解後，「解」讀A音；《莊子》「縣」在解前，「解」讀B音（參看第四節例23.）。例29.及例30.句式相似，一注「自解」，一僅作「解」，而解者均爲前面的「江兵」或「江圍」，即圍江之楚師，聞晉師起而自解，陸氏以B音爲首音，是也。其又注A音者，或不敢確定兩讀之別，故兩存之，以示愼重。

31.《穀梁・僖公二十七年》：「十有二月，甲戌，公會諸侯，盟于宋。」范注：「地以宋者，則宋得與盟，宋圍解可知。」(92-9-10b′)《釋文》：「如字，又胡懈反。」(332-15b-4)

楊疏：「二傳以無晉救宋之文，故與左氏異也。」案《左傳》：「民聽不惑，而後用之，出穀戍，釋宋圍。」(268-16-13a) 則此句「宋圍解」如依《公》、《穀》以爲楚軍自退則讀B音，如以爲晉救兵之解宋圍則讀A音。此例與例29.、例30.相似，義亦無別。但陸氏以A音爲首音，與前二例不同。尤可疑者，《釋文》未列B音，卻另注匣紐去聲一讀，疑「懈」或爲「蟹」字之誤。今案讀匣紐去聲者六見，一般指「茭解」、「節解」之處，有關節、關鍵義，名詞，此讀無法解釋「宋圍解」一語，或因全濁上聲讀去所致。

【辯　證】

①折(A.dźiæt 禪薛——B.tśiæt 章薛)

周祖謨論云：

折，屈折也，自折曰折，市列切，禪母。為物所折曰折，之舌切，照母。業《禮記・曲禮下》云：「短折曰不祿。」《祭法》云：「萬物死皆曰折。」折並讀市列反。《易・豐卦》：「君子以折獄致刑。」《詩・將仲子》：「無折我樹杞。」折者，斷也，傷害之也，並讀之舌切。(p.116)

《釋文》「折」字共七十七見，其明注如字禪紐A音一讀者三見，其中周氏所舉「短折曰不祿」兩見，一出《禮記》(99-5-22b)，一出《穀梁》范注 (15-1-14b′)，又有《周禮》「折瘍」一見 (75-5-7a)，據鄭注知「短折」爲「少而死」者，「折瘍」謂「踠跌者」。此外，周氏所舉《祭法》一例今本《釋文》未作音，惟見於敦煌《禮記音》殘卷，音「常設」(第96行)，適爲A音。鄭注：「折，弃敗之言也。」(798-46-6b) 合共四例，全無「自折」義，周祖謨的假設不能成立。嚴格說來，《釋文》兩讀當以意義爲別，A音有死義或踠跌義，B音有屈折義;與自析、折斷無關。又如據《漢書注》的材料立論，則兩讀的差異更大。《漢書注》爲「折」字作音者二見，全讀A音。

32.《漢書・食貨志下》：「均官有以考檢厥實，用其本賈取之，毋令折錢。」注：「折音上列反。」(p.1181)

33.又《霍去病傳》：「殺折蘭王，殺盧侯王。」張晏曰：「折蘭、盧侯，胡國名也。」師古曰：「折蘭，匈奴中姓也。……折音上列反。」(p.2479)

顏師古大概認爲「折」字是常用字，不煩注音。至於「折錢」(今粵語尚有蝕錢之說)、「折蘭王」二例則爲口語或外語借音，必須辨識，以免誤讀。可見音義分析的材料不同，結果可能並不一樣。陸德明爲「折」字注B音者五十九次，顏師古一次也不注，究竟又是甚麼原因呢？可能只有陸氏自己知道了。

②斷（A. °duan 定緩——B. °tuan 端緩）

張守節論「斷」字亦有自斷、刀斷之別。張守節《史記正義·論音例》云：

> 自斷：徒緩反，自去離也；刀斷：端管反，以刀割令相去也。(p.15)

又《發字例》云：

> 斷：端管反，有物割截也。又段緩反，自相分也。又端亂反，斷疑事也。(p.17)

這大概是張氏自定的凡例，《釋文》所說不同。《釋文》「斷」字共注 143 次，四音。去聲兩讀暫不討論，張氏所辨者主要爲上聲定紐、端紐兩讀。《釋文》亦以上聲定紐爲A音，僅一見。

> 34.《爾雅·釋詁下》：「契、滅、殄，絕也。」郭注：「今江東時呼刻斷物為契斷。」(27-2-15a′)《釋文》：「大管反。」(410-7b-1)

此例不但沒有自斷義，反有刀斷義，按張氏說當讀上聲端紐B音，但陸德明卻注A音。郭璞謂此讀出江東，吳地，陸德明亦吳人，則此條或與方音有關。《釋文》B音五十例，有斷他義。由於找不到自斷義的例句互相比較，暫不收錄。

第二節 動詞後帶名詞類

*5 雨：A音為紐麌韻；B音為紐遇韻。上去之別。

*6 語：A音疑紐語韻；B音疑紐御韻。上去之別。

*7 禁：A音見紐沁韻；B音見紐侵韻。去平之別。

*8 足：A音精紐燭韻；B音精紐遇韻。入去之別。

*9 昭（炤）：A音照紐宵韻；B音照紐笑韻。平去之別。

本類單從形式方面判斷，動詞後不帶名詞者讀A音，帶名詞者讀B音；亦與英語區別自動、他動之說不同。例如他們一般會將「解牛」、「踢球」、「雨雪」各例的動詞視作他動，而將「之齊」、「去臺灣」、「雨我公田」等例的動詞算作自動，動、名之間必須插入一個介詞以爲聯繫；介詞跟後面的名詞組成介詞結構主要是用作動詞的處所補語[81]。就漢語來說，這兩組例子都是動賓詞組，動、名可以直接聯繫，不需要插入任何介詞。所以陸德明認爲「雨雪」、「雨我公田」都是同一類的動賓詞組，沒有任何區別，「雨」後帶名詞，所以都讀B音。現用公式表示陸氏區別兩讀的方法。

[B1] X雨（例如：密雲不雨。）

其後不帶名詞，讀A音。

[B2] X雨° Y（例如：雨我公田。）

其後帶名詞Y，讀B音。

「雨」、「語」、「禁」三字的A音兼隸動詞、名詞兩類，B音全屬動詞。又「語」字所帶的名詞是專對人說的，如帶其他名詞仍讀A音，情況稍異。「足」、「昭」兩字的A音兼隸動詞和形容詞，一般不後帶名詞；後帶名詞者爲動詞，讀B音。兩讀似亦可以靜態、動態爲別。

*5 雨

A. °jiuo 為丶麌

如字，于矩反（崔靈恩）

A_1 于許反（-io，語麌不同）

B. jiuo° 為丶遇

音芋、于付反 31/41

AB 2/40 BA 6/40 AA_1 1/40

上聲如字A音兼隸名詞及動詞兩類；動詞後面不帶名詞。《釋文》一般不作音。

1.《易·小過》：「密雲不雨，自我西郊。」(135-6-20a)

2.《左傳·成公十六年》經文：「春王正月，雨木冰。」杜注：「無傳，記寒過節，冰封著樹。」(472-28-1a)《釋文》：「如字。《公羊傳》云：雨而木冰也。舊于付反。」(253-14a-4)

3.《穀梁·成公十六年》：「春王正月，雨木冰。雨而木冰也，志異也。傳曰：根枝折。」范注：「雨著木成冰。」(141-14-9a)《釋文》:「如字，或于付反，非也。」(335-22a-11)

例1前有「不」字，則「雨」爲動詞，後面沒有名詞，《釋文》不作音。例2、例3同爲《春秋》經文「雨木冰」一句注音，實即釋義。陸德明根據《公羊》、《穀梁》兩傳「雨而木冰也」之說解釋爲一個連動詞組，即「雨」爲一事，「木冰」爲另一事，「雨」和後面的名詞「木」並無語法關係，訓爲下雨，宜讀A音。

《釋文》雖兼注兩讀，而以舊音B音爲非，避免有人誤解爲動賓詞組，訓爲「落下一些木冰」，那就神奇了。楊疏根據范注釋爲「木先寒，得雨而冰也」，疏釋中「雨」爲名詞。這是因爲楊氏著眼於意義而旨不在分析語法結構，但在「雨」字和後面的名詞「木」不發生關係這一點上，楊氏的看法和陸德明是一致的。

去聲B音後帶名詞。其下二例又注A音者，或因異文及理解不同之故。

4.《詩·小雅·大田》：「雨我公田，遂及我私。」鄭箋：「令天主雨於公田，因及私田爾。」(473-14.1-16b)《釋文》：「于付反，注內主雨同。一本主作注，雨如字。」(85-30a-11)

5.《詩·小雅·信南山》：「上天同雲，雨雪雰雰。」(461-13.2-19a)《釋文》：「于付反，崔如字。」(85-29a-3)

兩例「雨」後均帶名詞「我公田」及「雪」，當讀B音。現代語法認爲「我公田」和「雪」都不是賓語。陸氏雖兼注兩讀，卻以B音爲首音，可見他只能從形式上看有沒有帶名詞來區別兩讀，與我們所說的賓語無關。例4.鄭箋如作「注雨」，則「雨」爲名詞。例5.崔靈恩或將「雨雪」理解爲兩個並列的名詞，所以又讀A音。

《音辨》云：「雨，天澤也，王矩切。謂雨自上下曰雨，下王遇切。」(6-7b) Downer 同以爲名動區別 (p.281)，周祖謨以爲「引伸凡物之如雨下降者」讀B音 (p.109)，B音似與「下雨」無關，誤。周法高將B音當作他動式 (p.81)，亦與《釋文》不合。

*6 語

A.ˉngio　疑語　　3/89

如字、魚呂反

B. ngioˋ　疑御

魚據反、魚庶反、魚慮反、魚預反、魚豫反　84/89

BA　2/89

《釋文》兩讀區別清楚。上聲如字A音後面不帶名詞。

6.《穀梁·定公十年》：「退而屬其二三大夫曰」范注：「屬，語也。」(192-19-13a')《釋文》:「魚呂反。」(339-29b-3)

7.《莊子·天下》：「以天下為沈濁，不可與莊語。」(p. 1098)《釋文》：「莊語：並如字。郭云：莊，莊周也。一云：莊，端正也。一本作壯，側亮反，大也。」(404-29b-9)

兩例的動詞「語」後都沒有名詞，陸氏讀A音。例6.范注以「語」字釋「屬」字，後面未帶名詞（如果把「語」字代入經文裏則後帶名詞），故讀A音。例7.成疏以「大言」釋「莊語」，與《釋文》所引一本之說相合，或可理解爲名詞。無論動詞或名詞，兩例注A音都是對的。

去聲B音後帶名詞，但「語」的對象一般是指人說的。如果後面帶的不是指人的名詞，可能仍讀A音。

8.《論語·八佾》：「子語魯大師樂曰　」(31-3-13b)《釋文》：「魚據反。」(346-4a-5)

9.《論語·雍也》：「中人以上，可以語上也。中人以下，不可以語上也。」《集解》引王肅曰：「上謂上知之所知也。兩舉中人，以其可上可下。」(54-6-7b)《釋文》:「魚

據反，下同。」(348-7a-4)

10.《論語・述而》：「子不語：怪力亂神。」(63-7-7a)

例8.「語」後帶指人的名詞，這是一般現象，不多舉例。例9.、例10.「語」後均非指人的名詞，例9.雖注B音，似乎仍可讀A音；例10.不作音，即讀A音，陸氏或於「語」字斷句。至於兩讀之例僅兩見。

11.《詩・小雅・賓之初筵》：「匪言勿言，匪由勿語。」(496-14.3-15a)《釋文》：「魚據反，又如字。」(87-33b-1) 鄭箋：「亦無以語人也。」《釋文》：「魚據反。」(87-33b-2)

12.《禮記・檀弓上》：「事君有犯而無隱。」鄭注：「可以語其得失。」(109-6-2b')《釋文》：「魚據反，又如字。」(167-11b-6)

例11.「勿語」後固無名詞，可讀A音；但依鄭箋「語」是「語人」之意，則B音亦是。例12.「其」字指「君」，以B音爲首音，似是以「君」爲賓語，全句解作告訴人君他的得失，而讀A音則解作指出他的得失，前解賓語是「其」，指人；後解賓語是「其得失」，指事。

《音辨》云：「語，言也，仰舉切。以言告之謂之語，牛倨切。」(6-7a) 其後馬建忠 (p.256)、周祖謨 (p.101)、周法高 (p.81) 均將B音當作他動詞。周祖謨並稱後漢已有所[illegible]84)。Downer 歸入派生形式是表效果的 (p.284)，稍異。

*7 禁

A. kiem° 見沁

居蔭反、今鴆反、居鴆反 2/11

B. ₒkiem 見侵

音金、音今 1/11

AB 5/11 BA 3/11

《釋文》多兼注兩讀，區別欠清楚。今案《說文》云：「禁：吉凶之忌也。从示，林聲。」徐鉉注「居蔭切」(p.9)，徐鍇及《切韻》諸殘卷同，均讀去聲。《王二》云：「禁：禁得。居音反，又居蔭㉜反。」始分化出平聲，或屬後起讀音。《釋文》亦以去聲爲A音，平聲爲B音。A音兼隸名詞、動詞兩類，動詞後面不帶名詞。《釋文》僅兩例，其一爲「北夷樂名」作音（84-28a-4)，不論；另一例是：

13.《孝經・三才》：「示之以好惡，而民知禁。」(28-3-4b)

御注：「則人知有禁令，不敢犯也。」《釋文》：「金鴆反，注同。」(342-3b-9)

「禁」字兼具動詞及名詞的性質，唐玄宗以「禁令」釋之，蓋理解爲名詞。此外《周禮・秋官・司寇》：「使帥其屬而掌邦禁。」鄭注：「禁所以防姦者也。」(510-34-1a)《禮記・曲禮上》：「入竟而問禁。」鄭注：「禁謂政教。」(59-3-13a) 亦兼隸動、名兩類，《釋文》不作音，當讀A音。

《釋文》單注B音者一例，後帶名詞。

14.《易・大畜》王注：「柔能制健，禁暴抑盛。」(68-3-26b′)

《釋文》：「音金。」(24-11a-2)

其他兼注兩讀之例較多，一般可依首音辨之。

15.《左傳・宣公九年》:「二子請殺之,公弗禁,遂殺洩冶。」(380-22-10b)《釋文》:「居鴆反,又音金。」(245-24a-9)

16.《詩・召南・摽有梅》鄭箋:「時禮雖不備,相奔不禁。」(63-1.5-3b′)《釋文》:「居鴆反,一音金。」(56-8a-8)

17.《易・繫辭下》:「理財正辭,禁民為非曰義。」(116-8-4a)《釋文》:「音金,又金鴆反。」(32-27b-11)

18.《偽書・大禹謨》:「毋!惟汝諧。」孔傳:「言毋所以禁其辭。」(57-4-11a′)《釋文》:「今鴆反,又音金。」(38-6b-2)

例15、例16.的動詞「禁」後沒有名詞,陸德明以A音爲首音。例17.「禁」後有名詞「民」,則以B音爲首音。又例15.「弗禁」當理解爲「不禁之」,「之」字隱藏,所以讀B音也是有根據的。例如《莊子・胠篋》:「斧鉞之威弗能禁」(p.350)一句,《釋文》:「音今,又居鴆反,下不可禁同。」(375-6a-5)即以B音爲首音,與例15.相反。至於例18.「禁其辭」一語疑有脫誤。案《說文》云:「毋:止之詞也。」(段注:「詞依《禮記釋文》補。」(626-12下-30a)又《禮記・檀弓下》云:「曰噫毋。」鄭注:「毋,禁止之辭。」(174-9-24b)疑此句本亦作「所以禁止之辭」,今本作「其」不辭。此句如作「禁止之辭」,當讀A音;如果「禁其辭」不誤,則「禁」字後帶名詞「其辭」,B音亦有所據。總之,陸氏認爲「禁」字A、B兩讀應有區別,但往往又區別不清楚,難作定論。

《音辨》云:「禁,制也,居吟切;制謂之禁 ,居蔭切。」(6-6b)周祖謨認爲前者(平聲)爲自動詞,後者爲他動詞。(p.

102）Downer 認爲去聲是表效果的（p.283）。三家均以平聲B音爲如字，與《釋文》及唐人習慣不合，故釋義亦誤。

*8 足

A. tsiuok 精燭

如字

B. tsiuo° 精遇

將住反、子喩反、將注反、子住反、將樹反（劉昌宗）2/7

BA 5/7

「足」有手足義，名詞；有足夠義，動詞或助動詞；一般不作音，蓋讀入聲如字A音。

19.《論語・顏淵》：「足食足兵，民信之矣。」(107-12-3b)

20.又《八佾》：「夏禮，吾能言之，杞不足徵也。殷禮，吾能言之，宋不足徵也。文獻不足故也。足，則吾能徵之矣。」(27-3-5b)

例20.「足」後沒有名詞；例19.「足」有足夠義，後帶名詞；足者爲民，或可理解爲「食足兵足」，意義不變。《釋文》不作音。去聲B音有成義，《釋文》單注B音者兩例，兼注兩讀者五例，全以B音爲首音。

21.《僞書・冏命》孔傳：「便辟足恭。」(295-19-15a′)《釋文》：「將住反。」(51-13a-5)

22.《周禮・地官・大司徒》鄭注：「賙者謂禮物不備相給足也。」(159-10-22b′)《釋文》：「劉子喩反。」(114-14b-4)

「足恭」凡三見，另兩例見於《禮記》鄭注及《論語》，陸德明兼注兩讀。邢昺《論語注疏》云：「便僻其足以爲恭，謂前却俯仰，以足爲恭也。一曰：足，將樹切。足，成也，謂巧言令色以成其恭，取媚於人也。」(46-5-11a′)如解手足之足，當讀A音；如解成義，則後面的名詞爲「恭」，當讀B音。例22.「相給足」的「相」是將代詞前置，劉昌宗讀去聲當有所據。此外，「足」字尚有三例：

23.《左傳·襄公二十五年》：「言以足志，文以足言。」杜注：「足猶成也。」(623-36-14a)《釋文》：「舊將住反，又如字，下及注同。」(265-10b-9)

24.又《襄公二十六年》：「夫小人之性，釁於勇，嗇於禍，以足其性，而求名焉者，非國家之利也。」(637-37-18a)《釋文》：「子住反，又如字。」(267-13a-10)

25.又《襄公二十一年》杜注：「壞其軍乘，分以足成三軍。」(544-31-16b′)《釋文》：「將住反，亦如字。」(258-24a-5)

三例「足」後均帶名詞「志」、「言」、「其性」、「三軍」，或有補足義，動詞，陸德明以B音爲首音。不過「足」字兩讀形式的區別並不明顯，帶不帶名詞也不是唯一判斷讀音的標準，可能足夠義是靜態動詞，補足義則爲動態動詞，似亦以語義爲別。所以陸德明對例19.「足食足兵」之「足」並不作音，即讀A音，或可理解爲「食足兵足」，而例23.有補足義的則不能倒轉爲「言以志足」。

《音辨》云：「足，止也，子六切；益而止曰足，子預切。」(6-6a) Downer 認爲去聲有致使義(p.282)，周法高說同，並云：

「蓋足解作成則讀去聲。」(p.79)

*9　昭(炤)

A. ₒtśiæu 照宵

如字、章遙反、章搖反　　　　4/45

B. tśiæuᵒ 照笑

音照、之召反　　　　10/45

B_1　之紹反(徐邈，「紹」讀禪紐上聲小韻 dźiæu，全濁上聲後世讀去)

AB　1/45　　AB_1　1/45　　BA　1/45

《釋文》「昭」三十二見，「炤」十三見，各有平、去兩讀。此外，《釋文》「昭」字多爲「昭穆」一詞作音，音韶(ₒdźiæu)，凡二十六例；另上聲之繞反(105-31a-2)一見，叶韻改讀；「炤」字另有入聲音灼一例(80-20b-8)，亦屬叶韻改讀；均不論。「昭」、「炤」字平聲如字A音兼隸形、動，義爲明也。

26.《禮記·中庸》:「今夫天斯昭昭之多，及其無窮也，日月星辰繫焉，萬物覆焉。」鄭注:「昭昭，猶耿耿，小明也。」(897-53-7a)《釋文》:「章遙反，注同。本亦作炤，同，猶耿耿，小明也。」(209-3b-6)

27.《詩·大雅·大明》鄭箋:「文王、武王施明德於天下，其徵應炤晢，見於天。」(540-16.2-1b′)《釋文》:「章遙反，本或作灼。」(90-1b-7)

「昭」、「炤」的去聲B音即「照」字，《釋文》無「照」

字，多作「炤」。由於字形分化，後世每以「昭」字讀A音，「炤」、「照」同一字，讀B音。《釋文》B音有照明義，後帶名詞。

28.《莊子·齊物論》：「道昭而不道，言辯而不及。」郭注：「以此明彼，彼此俱失矣。」(p.83)《釋文》：「音照。」(364-9a-1)

29.《詩·小雅·白華》鄭箋：「我反以燎於烓竈，用炤事物而已。」(517-15.2-16a′)《釋文》：「音照。」(87-37a-3)

30.《禮記·禮器》：「龜為前列，先知也；金次之，見情也。」鄭注：「金炤物。金有兩義，先入後設。」(473-24-14a′)《釋文》：「音照，本亦作照。」(184-10a-6)

例28.「昭」後無名詞，但郭注稱「以此明彼」，成疏亦稱「明己功名，炫耀於物，此乃淫僞，不是眞道」。「明」後均有所指，是知《莊子》文簡省略，故陸氏讀去聲B音。例29.、例30.「炤」後均有名詞，其B音比較明確。

31.《禮記·仲尼燕居》：「三子者既得聞此言也於夫子，昭然若發矇矣。」鄭注：「乃曉禮樂不可廢改之意也。」(856-50-24b)《釋文》：「章遙反，徐之紹反，明也。」(206-23b-9)

此文謂三子向者矇然不見，既聞夫子言則昭然若發矇。昭然，明貌，當讀A音。徐邈又注B音，或指夫子教學有如照物使三子明也。此外兩讀疑亦兼屬靜態、動態之別，與「足」類似。

周法高認爲兩讀是形容詞與動詞之別，而字形亦分化爲昭（明也）、照（照耀）兩字兩義(p.73)。本書以後帶名詞區別兩讀，大概只屬形式問題，未必恰當。其他各家並未討論此字。

第三節　表示動作目的或目標類

*10 射：A音神紐禡韻；B音神紐昔韻。去入之別。

*11 刺：A音清紐寘韻；B音清紐昔韻。去入之別。

*12 走：A音精紐厚韻；B音精紐候韻。上去之別。

*13 趨：A音清紐虞韻；B音清紐遇韻。平去之別。

本類在形式方面跟第二類相似，A音後通常不帶名詞，惟偶見例外；B音後帶名詞，「射」、「刺」通常指向人物，「走」、「趨」則指向處所，性質相近，主要表示動作的目的或目標，所以合爲一類。不過「射」、「刺」還雜有其他區別兩讀的標準，例如求中之「射」讀入聲B音，其後亦可不帶名詞。「刺」字讀A音也有殺義，讀入聲B音則有刺向義，兩讀音義時見混淆不分，比不上「射」字清楚。至於「走」、「趨」的去聲B音多屬兼注兩讀之例，音義區別亦不明確。

*10 射

A. źia° 神禡

食夜反、神夜反、實夜反（鄭玄、李軌、徐邈、沈重） 5/157

A_1 市夜反（dź-，禪紐） 1/157

A_2 音社（°dźia，禪紐上聲） 1/157

B. źiæk　神昔

食亦反、示亦反、神石反（徐邈）　　102/157

AB 2/157　BA 11/157

《釋文》「射」字四音，除上面所列A、B兩音外，尚有「音亦」（oiæk，喻、昔。厭也）及「音夜」（oiaᵒ，喻、禡）兩音。後者全爲「射姑」一名作音，凡六見，《釋文》多列作又音，或屬後出。《釋文》去聲A音兼隸名、動兩類，或爲動詞，或指「射藝」（91-4b-8）。《釋文》A_1音大概是神禪不分之故。A_2是全濁聲母上聲，《釋文》可能讀作去聲。兩音並無辨義作用，當與A音合併爲去聲一讀。

1.《書·泰誓》：「仡仡勇夫，射御不違，我尚不欲。」（315-20-13a）《釋文》：「神夜反。」（51-14b-11）

2.《詩·秦風·駟鐵》鄭箋：「舍拔則獲，言公善射。」（235-6.3-7b′）《釋文》：「音社。」（69-33a-8）

3.《禮記·曲禮下》：「君使士射，不能則辭以疾，言曰：某有負薪之憂。」（72-4-6a）《釋文》：「市夜反。」（165-8b-6）

入聲B音後帶名詞，或指人，或指物，這是「射」的目標或目的；且有求中之意。

4.《易·解卦》：「公用射隼于高墉之上，獲之，无不利。」（94-4-26a）《釋文》：「食亦反，下注同。」（26-15b-11）

5.《論語·述而》：「子釣而不綱，弋不射宿。」（63-7-8b）《釋文》：「食亦反。」（348-8b-2）

可見A、B兩讀的區別是相當清楚的。其他兼注兩讀之例雖多，均與人名有關，如鬬射師、沈尹射、薳射，司鐸射、豹射、吉射等，頗難論定。另有少量例子可依首音讀之。

6.《左傳・宣公十二年》：「每射，抽矢菆，納諸厨子之房。」杜注：「抽，擢也。菆，好箭。房，箭舍。」(397-23-19a)《釋文》：「食夜反，又食亦反。」(248-3a-7)

7.又《襄公十四年》：「初，尹公佗學射於庚公差，庚公差學射於公孫丁。二子追公，公孫丁御公。子魚曰：射為背師，不射為戮，射為禮乎？射兩駒而還。」杜注：「子魚，庚公差。禮：射不求中。」(561-32-15a)《釋文》：「射為：食亦反，下及注除禮射一字皆同。或一讀射而禮乎，音食夜反。」(259-26b-3)

例6.「射」爲動詞，沒有任何目標，陸氏以A音爲首音；相臺本不圈聲，亦讀A音。或疑此句省略受事名詞，所以又注B音。例7.「學射」兩見，均指「射藝」，陸氏不作音，即讀A音；其後「射不求中」及異文「射而禮乎」句同，陸氏明注A音。至於「射爲背師」以下三句，均是求中之射，其後或省略名詞「公」字，即不帶名詞，陸氏仍讀入聲B音。可見陸氏認爲不求中之射與求中之射不同，後者有目標，所以要讀B音。「射兩駒」目標明確，自然更要讀B音了。《音辨》區別兩讀之說亦同。

《音辨》云：「命中曰射，神亦切；《易》：射隼于高墉之上。以禮曰射，神夜切，大射鄉射是也。」(6-11b) 似以本文例7.爲據，惟誤以入聲爲如字，辨義欠準確。Downer 亦誤以入聲爲如字，將去聲A音歸入派生形式是被動的或中性的一項（p. 288）。

*11　刺

A. ts′iI°　清寘

七賜反、七智反、千賜反、七豉反、刺史之刺（徐邈、劉昌宗）　41/67

B. ts′iæk 清昔

七亦反、七赤反　15/67

B_1 此擊反、此歷反（-iɛk，錫韻；劉昌宗，沈重昔錫不分）

AB　3/67　BA　4/67

BAB_1　1/67　BB_1　1/67

《釋文》凡列三音。其中「洛割反」二見（136-22b-5,183-7b-5），蓋爲「剌」字作音，字形與「刺」相混，不論。去聲A音兼隸名、動兩類。

8.《周禮·秋官·小司寇》：「以三刺斷庶民獄訟之中。一曰訊群臣，二曰訊群吏，三曰訊萬民。」鄭注：「刺，殺也。三訊罪定則殺之。」(525-35-5a)《釋文》：「七賜反。」(132-13a-2)

9.《左傳·僖公二十八年》：「公子買戍衞，不卒戍，刺之。」杜注：「內殺大夫皆書刺，言用《周禮》三刺之法，示不枉濫也。」(268-16-13b)《釋文》：「七賜反，殺也。」(237-7a-3)

10.《莊子·胠篋》：「昔者齊國鄰邑相望，雞狗之音相聞，罔罟之所布，耒耨之所刺，方二千餘里。」(p.343)《釋

文》：「徐七智反。」(375-5a-5)

例8.、例9.雖名、動不同，然同具殺義，杜預更說是內殺大夫的意思，不表示目標，陸氏讀A音。例10.也沒有「刺」的目標，徐邈注A音。

入聲B音表示動作的目的或目標義。

11.《左傳·襄公二十八年》：「盧蒲癸自後刺子之。」(655-38-28a)《釋文》：「七亦反。」(268-15b-11)

12.《詩·周頌·良耜》：「其鎛斯趙，以薅荼蓼。」毛傳：「趙，刺也。蓼，水草也。」鄭箋：「以田器刺地，薅去荼蓼之事。」(749-19.4-9b′)《釋文》：「七亦反，下同。」(103-28b-7)

13.《爾雅·釋草》郭注：「布地蔓生，細葉，子有三角，刺人。見《詩》。」(138-8-9b′)《釋文》：「七亦反。」(426-5a-4)

例11.「刺」的方向是「子之」，例12.鄭箋是「刺地」，均有目標義，《釋文》讀B音。但毛傳作「刺也」，疑「也」是「地」的壞字；如作「刺也」，陸氏自可讀A音；今注B音則以「地」字爲宜。例13.「刺人」是植物的自我保護作用，「刺」針對目標「人」說的，陸氏注B音。

「刺」字A、B兩讀多以意義爲別；例如細刺、司刺、諷刺等讀A音，擊刺、刺伐、繡刺、刺探、刺船等讀B音。其以B音辨認目標義不如「射」字明確。例如例9.及例11.「刺」後都帶名詞，同有殺義，則又牽涉詞義內殺、暗殺之異；很多兼注兩讀的例子都是由這個原因造成的，A音、B音的後面都帶名詞，很難辨認。

14.《公羊·文公六年》：「射姑怒，出刺陽處父於廟而走。」(168-13-11b)《釋文》：「七亦反，又音七賜反。」(315-19b-11)

15.《公羊·襄公二十九年》：「僚惡得為君乎？於是使專諸刺僚。」(267-21-11b)《釋文》：「七賜反，又七亦反，注同。」(319-28b-8)

兩例分別以B音及A音爲首音，究竟兩讀的區別何在？實見混亂。《音辨》云：「剚謂之刺，七亦切。傷謂之刺，七賜切。」(6-12b)則以詞義插地與傷人爲別。Downer除區別動、名外(p. 274)，並將去聲A音歸入派生形式是表效果的一類(p.284)。兩家同以入聲爲如字，其誤與「射」字同。

*12 走

A. °tsəu　精厚。如字、祖口反　1/2

B. tsəu°　精候。音奏(徐邈)

AB　1/2

《釋文》有關例子太少，略可區別兩讀。上聲如字A音兼隸名、動，動詞沒有目標義。

16.《爾雅·釋宮》：「門外謂之趨，中庭謂之走，大路謂之奔。」(75-5-7a)《釋文》：「祖口反。」(416-19b-2)[83]

17.《僞書·胤征》：「瞽奏鼓，嗇夫馳，庶人走。」(102-7-10b)《釋文》：「馳：車馬曰馳。走：步曰走。」(41-12a-7)

18.《詩・大雅・緜》：「古公亶父，來朝走馬。」鄭箋：「言其辟惡早且疾也。」孔疏：「其來以早朝之時，疾走其馬。」(547-16.2-16a)

例16.注A音，僅得一例。例17.描寫日蝕情形，「走」爲跑動。例18.有致使義。《釋文》兩例均不作音，即讀A音。

去聲B音有目標義。

19.《左傳・襄公二十三年》：「奉君以走固宮，必無害也。」(602-35-10b)《釋文》：「如字，一音奏。」(263-6b-10)

20.《禮記・曲禮上》：「毋踐屨，毋踖席，摳衣趨隅，必慎唯諾。」鄭注：「趨隅，升席，必由下也。」(31-2-2a)《釋文》：「趨隅，七俱反，向也，注同。本又作走，徐音奏，又如字。」(163-3a-7)

例19.、例20.「走」後均帶表示目的地的名詞如「固宮」、「隅」等，有目標義。徐邈讀去聲，陸德明列作又音。此外《詩》、《書》尚有「奔走」一詞，或作「奔奏」、「本奏」。字形「走」、「奏」不同，《釋文》全讀去聲。

21.《書・君奭》孔傳：「凡五臣，佐文王為胥附奔走先後御侮之任。」(247-16-23b′)《釋文》：「奔又作本，走又作奏，音同。《詩》傳云：喻德宣譽曰奔走。鄭箋云：奔走使人歸趨。」(49-9a-3)

「奔走」之「走」，有歸趨義，即有所向，讀去聲。例21.亦見《毛詩音義》：「本奏：本，音奔，本亦作奔，注同。奏：如字，本又作走，音同。注同。」(91-3b-5) 洪誠《訓詁學》云：

「走」字本義本音讀上聲，訓趨，轉為使動詞也不變調；現

在旣變讀去聲，意義是「走向」或「走往」的意思。（也就是疾奔往），要帶目的語。㉔

《音辨》云:「走，趨也，臧苟切。趨嚮曰走，臧候切。《書》:矧咸奔走。」(6-4a) 周祖謨根據賈說把「走」字歸入意義有特殊限定而音少變一類 (p.109)，並稱後漢已有所別 (p.89)。周法高引錄周祖謨說以B音爲他動式 (p.81)，不另舉例。

*13 趨

A. ₒts′iuo 清虞

七須反、七須反、七俱反、七兪反、七朱反（劉昌宗）

11/22

B. ts′iuoᵒ 清遇

七遇反、七喻反、七住反（徐邈） 1/22

AB 2/22 BA 2/22

《譯文》凡四音，其中音促四見，音掫兩見。今只討論平、去兩音。平聲A音多有走義，其中「摳衣趨隅」一句已見例20.引。

22.《禮記・曲禮上》:「是以君子恭敬撙節退讓以明禮。」鄭注:「撙猶趨也。」(15-1-11a′)《釋文》:「七俱反，就也，向也。」(162-2a-3)

23.《莊子・胠篋》:「然至巨盜至，則負匱揭篋擔囊而趨，唯恐緘縢扃鐍之不固也。」(p.342)《釋文》:「七須反。李云:走也。」(375-5a-2)

例22.「撙節」義爲克制，「趨」無目標義；例23.有走義；《釋文》均讀A音。去聲B音例句極少，其單注B音者僅一見，用以修飾「舉」字。

24.《莊子・大宗師》：「有不任其聲而趨舉其詩焉。」(p.286)
《釋文》：「七住反。崔云：不任其聲，憊也；趨舉其詩，無音曲也。」(371-24b-2)

24a.又《徐无鬼》：「王命相者趨射之，狙執死。」(p.846)
《釋文》：「音促，急也。」(393-8a-6)

以上兩例句法相同，「趨」字並有修飾作用。但陸氏一注去聲，一讀入聲「促」字，其故未詳。陳鼓應解釋例24.爲「詩句急促，不成調子。趨，通促」[85]，蓋以假借釋之，則陸氏注去聲者誤。其他兼注兩讀之例有目標義。

25.《詩・魏風・葛屨》序：「魏地陿隘，其民機巧趨利。」
(206-5.3-2a)《釋文》：「七須反，徐七喻反。」(67-29a-10)

26.《左傳・春秋序》：「饜而飫之，使自趨之。」(11-1-12a)
《釋文》：「七住反，又七俱反。」(221-1b-1)

以上二例分別有目標「利」及「之」，陸氏兼注兩讀，各以A音、B音爲首音。又例20.「摳衣趨隅」句，《釋文》訓向也，而讀A音，矛盾亦多。所以「趨」字兩讀的音義區別與「走」字相同，或受類推影響所致。

諸家未論此字。

第四節　治國國治類

*14　治：A音澄紐之韻；B音澄紐志韻。平去之別。

*15　解：A音見紐蟹韻；B音匣紐蟹韻。清濁之別。

*16　聞：A音微紐文韻；B音微紐問韻。平去之別。

*17　繫：A音見紐霽韻；B音匣紐霽韻。清濁之別。

「治國國治類」包含兩重判斷讀音的標準。一是從詞序方面來看，動、名之間倘屬一般的施受關係讀A音；如果名詞置前而不是眞正的施事，或者沒有施事，則讀B音。現用公式說明於下。

[D1] X治Y　（例如：周公治國。）

　　一般施受關係，讀A音。

[D2] Y治。　（例如：國治。）

　　名詞置前而非施事，讀B音。

二是從動作持續與完成的角度着眼來區分兩讀。一爲嘗試詞，指動作持續一段時間，並有其起點和終點；例如「治國十年」，「治」字讀A音。一爲成功詞，指動作到達終點後（完成）另一種狀態的開端；例如「家齊國治」，「治」字讀B音。又如「視而不見，聽而不聞」（《禮記・大學》）中的「視」、「聽」即爲嘗試詞；「見」、「聞」則表示「視」、「聽」的成功而引進一種感知的狀態，也就是成功詞了[86]。

本類共收「治」、「解」、「聞」、「繫」四字。前兩字例證較多，兩讀的區別可靠。「聞」字兼注兩讀的例子較多，而且互相衝突；「繫」字則例句較少，大體也算清楚。

*14　治

A. ｡di 澄之

如字、依字、音持（皇侃、謝嶠） 3/287

B. di° 澄志

音值、直吏反（徐邈、施乾） 275/287

AB 3/287 BA 6/287

平聲如字A音是嘗試詞，具備一般施受關係的特點。《釋文》明注如字者三例，另有兩例區別兩讀。

1.《書・禹貢》：「冀州：既載壺口，治梁及岐。」孔傳：「壺口在冀州，梁岐在雍州，從東循山治水而西。」(78-6-3a)《釋文》：「治，如字。」(39-8b-2)

2.《周禮・天官・小宰》：「以聽官府之六計，弊群吏之治。」鄭注：「聽，平治也。平治官府之計，有六事 。 弊，斷也。」(45-3-7b′)《釋文》：「治也：如字。下文治其弛舍同。」(109-3b-11)

2a. 又：「七事者，令百官府共其財用，治其施舍，聽其治訟。」(45-3-8a)

3.《爾雅・釋天》：「出為治兵，尚威武也。」(100-6-16b)《釋文》：「音持。」(420-27b-1)

4.《偽書・畢命》：「以成周之衆命畢公保釐東郊。」孔傳：「用成周之民衆，命畢公使安理治正成周東郊，令得所。」(290-19-6a′)《釋文》：「治正：上直吏反。一本作治政，則依字讀。」(50-12b-3)

5.《禮記・中庸》鄭注：「序爵辨賢，尊尊親親，治國之要。」(887-52-17a′)《釋文》：「治之要也：治音直吏反。一本

作治國之要，治則如字。」(209-3a-1)

以上共得六例，其中例1.、例2.、例2 a.、例3.四例治的均是後面的受事名詞「梁及岐」、「官府之六計」、「其施舍」、「兵」等，「治」爲嘗試詞，陸氏讀A音。例4.及例5.由於版本不同而兼注兩讀，如果治的是「政」、「國」，仍讀A音。但例4.孔傳以「使……治正」解釋「釐」字，頗爲轉折；其實孔傳曾以「治」直接解釋《堯典》「允釐百工」中的「釐」字(21-2-10b)，陸氏不作音，大概仍讀A音。此處解釋不同，陸氏可能認爲「治正」是成功詞，故注B音以別之。例5.「治之要」的「治」也是成功詞，陸氏讀B音；例2.「之治」同，但陸氏不作音。

《釋文》「治」字的去聲B音反映多項特點，既可作成功詞，亦可表示狀態，兼具形容詞與名詞的功能；有時還可以利用詞序區別前面的名詞是不是施事。例5.「治之要」的「治」表示一種狀態，亦可視作名詞，陸氏注B音；異文「治國之要」中的「治國」可以分別理解爲動賓詞組或偏正詞組，陸氏注A音表示「治」爲動詞，而「治國」即屬動賓詞組。

6.《禮記・大學》：「家齊而後國治，國治而後天下平。」(983-60-1b)《釋文》：「並直吏反，下同。」(216-18a-1)

7.《論語・學而》集解引鄭玄曰：「亢怪孔子所至之邦，必與聞其國政，求而得之邪？抑人民自願與之為治？」(7-1-6b′)《釋文》：「直吏反。」(345-2a-5)

例6.「治」是成功詞，前面的名詞「國」不是施事。例7.表示狀態，《釋文》通讀B音。此外「治」字的B音具有形容詞的特性，可以利用A、B兩讀區別同形的動名結構是動賓詞組或偏正詞組，參看第五節「染人漁人類」。

8.《論語・雍也》集解引孔安國曰：「孔子見之者，雖因以說靈公，使行治道。」(55-6-9b′)《釋文》：「直吏反。」(348-7a-11)

9.《莊子・人間世》：「治國去之，亂國就之，醫門多疾。」(p.132)《釋文》：「直吏反。」(365-12b-10)

以上「治國」、「治道」均屬偏正詞組，「治」爲成功詞，陸氏讀B音。這與例5.「治國」、例10.「治道」的詞形相同，由於例5.、例10.均可理解爲動賓詞組，「治」爲嘗試詞，故陸氏又讀A音。

10.《莊子・繕性》：「古之治道者，以恬養知。」(p.548)《釋文》：「如字，又直吏反。」(381-18b-9)

例10.陸氏兼注兩讀，由於句末有「者」字，「治道」顯爲動賓詞組，當以A音爲首音。其所以又讀B音者，或者有人將「治道」誤解爲偏正詞組，與例8.相混。

「治」字兩讀之例不多，一般有辨義作用。

11.《禮記・文王世子》：「成王幼，不能涖阼。周公相，踐阼而治。」鄭注：「踐，履也。代成王履阼階，攝王位，治天下也。」(392-20-4a)《釋文》：「徐直吏反，下注治定同，一音如字。」(181-3b-1)

12.《禮記・禮運》：「是故禮者，君之大柄也。所以別嫌明微，儐鬼神，考制度，別仁義，所以治政安君也。」鄭注：「疾今失禮如此，為言禮之大義也。柄所操以治事。」(422-21-21b)《釋文》：「皇如字，徐直吏反。下文注以治事同。」(182-6b-3)

13.《左傳・昭公十三年》:「晉禮主盟,懼有不治,奉承齊犧。」(810-46-14b)《釋文》:「直吏反,舊如字。」(282-15a-7)

例11.蓋謂周公聖人,踐阼而國已治,「治」爲成功詞,徐邈讀B音,「下注」指「功成治定」(393-20-5a′)句,剛好說明此意,音同。惟鄭注以「治天下」解釋「治」字,補出後面的受事名詞,則「治」爲嘗試詞,故又讀A音。例12.「治政」與例4.「一本作治政,則依字讀」同,皇侃亦讀A音;而且此例「所以治政」的「所以」後不可無動詞,「治」必是嘗試詞而不是成功詞,徐邈或將「治政」誤作偏正詞組,故又讀B音,參看例10.。例13.「懼有不治」即怕不成功,「治」亦爲成功詞,讀B音,舊音可能誤認爲嘗試詞,故讀A音。

《音辨》云:「治,理也,直基切。致理成功曰治,直吏切。」(6-9a)B音亦爲成功詞。張鎰云:「治人不治:上直之切,將理之義也。下直吏切,已理之義也。後皆放此。」[87] B音「已理」或指治理的行動完畢,未必指成功所引出的狀態,不如《音辨》明確。又《六經正誤》云:「凡攻治之治皆本平聲,所謂如字者,謂如本字平聲也。故六經釋文凡平聲攻治之治皆不音,唯去聲治道平治政治之治乃音直吏反。」(5-15b)《九經三傳沿革例》亦有詳說:「凡未治而攻之者則平聲,經史中治天下,左傳治絲,大禹治水,治玉曰琢,治兵治獄之類是也。爲理與功效則去聲,經史釋文音自可識。……蓋平聲係使然,去聲係自然,初不難辨。」(p.10)諸家所說大同。現代周祖謨歸入意義別有引伸變轉而異其讀一類(p.109),Downer 歸入派生形式是被動的或中性的一類(p.287),周法高將去聲視作既事式(p.85),說解各異。

*15　解

A. °kæi　見蟹

如字、佳買反、革買反、古買反、庚買反、居蟹反（施乾）

22/171

B. °ɣæi　匣蟹

音蟹、閑買反、胡買反、戶買反、嫌蟹反、戶解反（徐邈）

71/171

AB　8/171　　BA　8/171

《釋文》「解」字四音。除A、B二音外，尚有C音去聲見紐（kæi°），假借爲「懈」字，動詞。D音去聲匣紐（ɣæi°），共得六例，一般指「茭解」、「節解」之處，有關節、關鍵義，似以意義爲別。今只討論上聲A、B兩音。見紐如字A音爲嘗試詞，有分解、解釋等義。

14.《易・解卦》王注：「以君子之道，解難釋險。」(94-4-25b′）《釋文》：「佳買反。」(26-15b-10)

15.《莊子・徐无鬼》：「以不惑解惑，復於不惑，是尚大不惑。」(p.873)《釋文》：「佳買反，注同。」(394-10b-3)

兩例要解的是後面的受事名詞「難」、「惑」，匣紐B音爲成功詞，指解決後的狀態，與「治」字同；此外更由於解決成功引申而有新的狀態曉、緩、散等義。

16.《易・困卦》：「以困而藏，困解乃出。」(108-5-12a′）《釋文》：「音蟹。」(27-18a-9)

17.《公羊·文公十五年》何注：「大夫不致此致者，喜患禍解也。」(181-14-13a′)《釋文》：「戶買反。」(316-21b-1)

18.《論語·子罕》何注：「顏淵解，故語之而不惰；餘人不解，故有惰語之時。」(80-9-8a′)《釋文》：「音蟹，下同。」(349-10b-4)

19.《論語·公冶長》集解引鄭玄曰：「子路不解微言，故戲之耳。」(42-5-3a′)《釋文》：「音蟹。」(347-5a-11)

20.《莊子·養生主》郭注：「言其因便施巧，無不閑解，盡理之甚，旣適牛理，又合音節。」(p.118)《釋文》：「音蟹。」(365-11b-3)

21.又《養生主》：「動刀甚微，謋然已解，如土委地。」(p.119)《釋文》：「音蟹，下皆同。」(365-12a-3)

22.又《庚桑楚》：「是乃所謂冰解凍釋者，能乎？」(p.789)《釋文》：「音蟹。」(391-3a-7)

23.又《養生主》：「安時而處順，哀樂不能入也，古者謂是帝之縣解。」(p.128)《釋文》：「音蟹，注同。崔云：*以生為縣，以死為解*。」(365-12b-2)

以上八例全表示「解」後的狀態，但狀態各異。例16.、例17.「解」字前面的「困」、「患禍」均非施事名詞，合於公式D2，有解脫義。例18.、例19.引申有曉義，也是解後的狀態，後面或帶名詞，或不帶，不屬現代自動、他動之別。例20.表示一種自適的精神狀態；例21.喻牛體解散；例22.喻冰塊溶解，而「解」與「釋」對舉；例23.「縣解」已見第一節例28.，郭璞謂有「自解」義，此處崔譔則以「生死」喻「縣解」，皆專指自我解脫之精神境界。

又「縣解」一詞適與《孟子・公孫丑上》「猶解倒懸」一語（52-3上-3b）相應；「解懸」A音，「縣解」B音，前「解」爲嘗試詞，後「解」爲成功詞，亦即治國國治之類。

《周易》有解卦，《釋文》云：「解，音蟹。《序卦》云：緩也。」（26-15b-4）主要取義於彖辭「天地解而雷雨作」一句，王注「解」有「交通感散」之義（93-4-24a），陸氏讀B音。至於《左傳》中的人名解揚、解張、解狐，地名解梁城、解縣、大解、小解等均同此讀。又兩讀之例一般可依首音讀之，尚算清楚。

24.《左傳・隱公二年》杜注：「莒魯有怨，紀侯既昏于魯，使大夫盟莒以和解之。」（42-2-29a′）《釋文》：「如字，又戶買反。」（222-3b-9）

25.《莊子・在宥》：「故君子苟能无解其五藏，无擢其聰明。」郭注：「解，擢則傷也。」（p.369）《釋文》：「如字，一音蟹，散也。」（376-7b-9）

例24.宜讀A音，惟該句「使……和解之」有致使義，達到已解的狀態，故又注B音。例25.「解」亦有致使義，達到已解的狀態，應讀B音；讀A音或由於不明其爲致使義，似以意義爲別，參見例21.。

孔穎達釋《周易・解卦》云：「解有兩音，一音古買反，一音胡買反；解謂解難之初，解爲既解之後。」（93-4-23b′）則兩讀的區別可與《釋文》互相印證，相當清楚。《音辨》云：「解，釋也，古買切。既釋曰解，胡買切。」（6-4a）與孔說全同。周祖謨因爲清濁聲紐互換而未分類（p.116）。周法高將B音列作既事式（p.86），是也。

*16 聞

A. ˳miuən　微文　如字

B. miuən˚　微問　音問（徐邈、劉昌宗）　21/41

AB 6/41　BA 14/41

《釋文》「聞」字平聲如字不作音。《論語・里仁》：「朝聞道，夕死，可矣。」(37-4-3b) 其中「聞」是嘗試詞，「道」爲受事名詞，合於公式D 1，陸氏不作音，即讀A音。去聲B音爲成功詞，表示「聞」後的狀態；引申爲名詞「令聞」、「嘉聞」等，亦讀B音。

26.《書・堯典》：「克恭克讓，光被四表，格于上下。」孔傳：「又信恭能讓，故其名聞，充溢四外，至于天地。」(19-2-6b′) 孔疏：「故其名遠聞。」《釋文》：「音問，本亦作問。」(37-3a-1)

27.《詩・小雅・鶴鳴》：「鶴鳴于九皐，聲聞于野。」(376-11.1-8b)《釋文》：「音問，下同。」(79-17a-4)

例26.據孔疏則「其名」非施事名詞，合於公式D2；但「名聞」是名詞，孔疏以爲動詞，疑誤。例27.前面的名詞「聲」並非「聞」的施事，亦合於公式D2；「聞」當爲成功詞。兩例陸氏全讀去聲，是也。大概「聞」字的B音表示「聞」後的狀態，包括兩種含義：一爲動作完成，有被聞義，見例28.。一爲動作完成後的持續狀態，例如「名聞」、「聲聞」等，見例26。在這兩種含義中，陸氏對後者多肯定的注B音，前者則多兼注兩讀。

28.《書・酒誥》：「庶群自酒，腥聞在上。」孔傳：「紂衆群臣用酒，沈荒腥穢，聞在上天。」(210-14-21a)《釋文》：「音問。」(47-6b-3)

此例合於前者的用法。又B音有時亦分化爲「問」字，參見例26。不過陸氏對於B音似不太肯定，所以有一半例子是兼注兩讀的。

29.《書・康誥》：「我西土，惟時怙，冒聞于上帝，帝休。」孔傳：「我西土岐周，惟是怙恃文王之道，故其政教冒被四表，上聞于天，天美其治。」(201-14-3a)《釋文》：「如字，徐又音問。」(47-5b-3)

30.《周禮・夏官・太僕》鄭注引鄭司農曰：「當急聞者，亦擊此鼓。」(476-31-13b′)《釋文》：「如字，劉音問。」(128-6b-4)

31.《禮記・少儀》：「某固願聞名於將命者。」鄭注：「願以名聞於奉命者，謙遠之也。(626-35-1a)《釋文》：「如字，徐音問；注皆同。」(193-27b-7)

32.《左傳・昭公二十八年》：「主以不賄聞於諸侯。」(915-52-31a)《釋文》：「如字，又音問。」(292-3a-8)

以上三例亦多合於前者的用法，徐邈、劉昌宗均注B音，但陸德明卻以A音爲首音。例29.似例28.，其讀A音不詳。例30.可能因「聞」後有「者」字，例31.可能因爲「名」是「聞」的受事，故陸氏以A音爲首音。又例31.略似下文「見其二子焉」(第六節例12.)，鄭玄以「名聞」釋之，則B音亦確有所據了。

《音辨》云：「聞，聆聲也，亡分切；聲著於外曰聞，亡運切。《詩》：聲聞於天；又曰：令聞不已。」(6-9a)周祖謨歸入意義別有引伸變轉而異其讀(p.106)一類。Downer 則歸入派生形式是被動的或中性的一類(p.288)。周法高認爲是主動被動關係之轉變(p.83),凡舉三例:

a.馨香之遠聞。(《左傳》桓六年杜注)

b.孟獻子愛之,聞於國。(又文十五年)

c.士會賢聞於諸侯。(又襄二十七年杜注)

前兩例爲Downer 所舉,後一例自己補充;說與Downer 相同。惟三例《釋文》均兼注兩讀,而以B音爲首音 ,可見陸德明對「聞」字兩讀的區別仍有所懷疑。如果將這三個例子和例30.、例31.、例32.比較:諸例句式相似,同注兩讀,然而卻以A音爲首音,矛盾更爲明顯。

*17 繫

A. kiɛi° 見霽

音計、音係、工帝反 5/16

B. ɣiɛi° 匣霽

音系、胡詣反、戶計反、胡帝反(徐邈、劉昌宗)6/16

AB 3/16 BA 2/16

《釋文》「繫」字句例不多,見紐A音是嘗試詞,有聯綴義。

33.《周禮·天官·大宰》:「以九兩繫邦國之名。」鄭注:「兩猶耦也,所以協耦萬民;繫,聯綴也。」(32-2-14b)《釋文》:「音計。」(109-3a-3)

34.《左傳·春秋序》:「記事者以事繫日,以日繫月,以月

繫時，以時繫年。所以紀遠近，別同異也。」(6-1-2b)《釋文》：「工帝反。」(221-1a-5)

匣紐B音爲成功詞，指聯綴後的狀態，有「本系」(徐邈說)、「綱係」(孔穎達說)等義；引申爲名詞。

35.《周禮·春官·瞽矇》：「諷誦詩，也奠繫，鼓琴瑟。」鄭注：「世之而定其繫，謂書於世本也，雖不歌，猶鼓琴瑟以播其音，美之。」(358-23-18a)《釋文》：「戶計反，注同。」(122-30a-3)

36.又《小史》：「小史掌邦國之志，奠繫世，辨昭穆，若有事則詔王之忌諱。」鄭注：「繫世謂帝繫世本之屬是也。」(403-26-16b)《釋文》：「戶計反，注同。」(124-34a-4)

以上二例或作「世奠繫」，或作「奠繫世」、「帝繫」等，都表示聯綴後的狀態，陸氏讀B音，後人或作「世繫」，本此。由於句例甚少，《釋文》兼注兩讀之例又多，A、B兩讀的音義區別並不清楚。例如《易經》「繫辭」一語，《釋文》注A音者二例(21-6b-6、32-27b-6)，B音三例(31-25a-2、35-33a-2、305-29a-8)，另一例兼注兩讀：

37.《易·繫辭上》(143-7-1a)《釋文》：「徐胡詣反，本系也。又音係，續也。字從毄，若直作毄下糸者，音口奚反，非。」(30-24b-2)

陸氏以意義區別兩讀。孔穎達疏云：「謂之繫辭者，凡有二義，論字取繫屬之義。……又音爲係者，取綱[88]係之義。」亦以意義爲別，而釋義不同。「繫辭」之「繫」當讀何音何義，實難論定。此外，另一例亦有問題。

38.《禮記·曲禮上》鄭注：「妾賤，非時非媵，取之於賤者，世無本繫。」(37-2-14a′)《釋文》：「音計，又戶計反。」(163-4b-7)

此例「本繫」應與例35.、例36.以至例37.徐邈「本系」一語相應，按理應讀B音，但陸氏又以A音爲首音，使人費解。

《音辨》云：「繫，屬也，古詣切。屬而有所著曰繫，胡計切。」(6-9b)與陸氏的理解相合。周祖謨云：「案幽繫縛繫字讀見母，聯繫字讀匣母。」(p.117)以意義爲別。周法高說同，但將B音列作既事式(p.36)，說亦可通。惟諸家全不舉例。

第五節　染人漁人類

*18　染：A音日紐琰韻；B音日紐豔韻。上去之別。

*19　漁(獻)：A音疑紐魚韻；B音疑紐御韻。平去之別。

*20　縫：A音奉紐鍾韻；B音奉紐用韻。平去之別。

*21　凌：A音來紐蒸韻；B音來紐證韻。平去之別。

「染人漁人類」共有四字，A音是動詞；B音爲官職，例如染人、漁人、縫人、凌人等，全出《周禮·天官·冢宰》，他們兼負管治之責，與一般工人不同，故有區別爲兩讀的必要。諸字的兩讀辨義清楚，因而互相影響，自成一類。此外「管人」的B音一讀可能是「館人」的假借改讀，形式雖似，而實質不同，茲附論於「辯證」中，以便比較。

本類還可以利用讀音來區別詞組結構，A音用於一般的動賓詞組；B音用於偏正詞組。有時B音還可以轉為成功詞，例如「練染」、「凌陰」等，與第四類例9.「治國」、例8.「治道」的異讀性質相同。由於例句太少，有時又兼注兩讀，本類所舉各例可能都不大可靠，但陸德明又確有區別兩讀的意圖，究竟其區別標準何在，尚難論定。

*18　染

A. °ńiæm　日琰

音冉、如琰反、而漸反、人漸反、而險反（劉昌宗）12/15

B. ńiæm°　日豔

如豔反

BA 2/15

《釋文》尚有七內反一讀（152-20b-1），即「淬」字，不同。《釋文》「染」字的上聲A音為動詞。

1.《周禮・天官・染人》：「凡染：春暴練，夏纁玄，秋染夏，冬獻功。掌凡染事。」（128-8-14a）《釋文》：「秋染：如琰反，注染夏同。」（113-12a-6）

2.《爾雅・釋器》：「一染謂之縓，再染謂之赬，三染謂之纁。」（80-5-18b）《釋文》：「如琰反，下同。」（417-22b-9）

以上「染夏」、「一染」、「再染」、「三染」均為動詞，後面的名詞有時亦可省略，陸氏全讀A音。去聲B音僅得兩例，且兼注兩讀。

3.《周禮·天官·冢宰》：「染人」(19-1-19b)。《釋文》：「如豔反，劉而險反。」(108-2a-2)

4.《禮記·禮運》鄭注：「澣帛，練染以為祭服。」(419-21-16b′)《釋文》：「如豔反，又如琰反。」(182-6a-6)

例3.「染人」指掌管「染事」的官員，非一般動賓詞組（「人」不是「染」的受事），陸德明以B音爲首音，劉昌宗仍讀A音。例4.「練染」之「染」似是成功詞，《釋文》亦以B音爲首音。又陸氏未爲例1.「凡染」、「染事」等諸「染」字作音，似亦爲成功詞，且與「染夏」相對，當讀B音。由於資料太少，兩讀的區別頗難決定。

《音辨》云:「染，濡也，而琰切。既濡曰染，而豔切，《周官·染人》掌凡邦之染事。」(6-3b) Downer (p.277)、周祖謨(p.96)以爲兩讀是動詞與名詞之別。周法高以B音爲既事式，並云：「據《釋文》，除染夏讀上聲外，他似皆讀去聲。此猶英語之分詞性的用法也。」(p.85)蓋僅據本文例1、例3.立論。其實《釋文》「染」字以讀上聲爲主，去聲B音辨義欠明確，適與周說相反。

*19 漁（䱷）

A. ꜀ngio　疑魚　音魚　　　　　　　5/7

B. ngio°　疑御　音御、言庶反

AB 2/7

《釋文》「漁」五見，「䱷」二見，有平、去兩讀。平聲A

音義爲取魚，動詞。B音兩見，均屬又音，辨義的功能微弱，看來並不可靠。

5.《易・繫辭下》：「作結繩，而為網罟，以佃以漁，蓋取諸離。」(166-8-4b)《釋文》：「以漁：音魚，本亦作魚，又言庶反。馬云：取獸曰佃，取魚曰魚。」(32-28a-3)

6.《詩・小雅・魚麗》毛傳：「豺祭獸然後殺，獺祭魚然後漁，鷹隼擊然後罻羅設。」(341-9.4-8a′)《釋文》：「後漁：音魚，一本作𩶛，同，取魚也。」(76-12b-3)

7.《周禮・天官・冢宰》：「𩶛人」(14-1-10a)。《釋文》：「𩶛人：音魚，本又作魚，亦作䲣，同。又音御。」(108-1b-4)

8.《穀梁・隱公五年》：「魚，卑者之事也。」范注：「《周禮》：𩶛人，中士下士。」(21-2-3a′)《釋文》：「𩶛人：音魚。」(326-3b-4)

以上例5.、例6.均有取魚義，動詞，陸德明一注A音，一注A、B兩音。例6.「獺祭魚然後漁」一句之「漁」字又讀去聲者，蓋有意區別前面的「魚」字，即動詞和名詞之別。例7.、例8.同爲「𩶛人」一名作音，義爲掌漁之官，前者兼注A、B兩讀，後者只讀A音。其B音大概是受「染人」類推的影響所致。此外《釋文》尚有「漁人」一例(183-7b-8)、「漁者」兩例(397-15b-4、422-31a-4)，但全讀平聲。可見無論義爲取魚或漁官，陸氏均注兩讀，B音只是又音，所以不大可靠。

周祖謨認爲「漁人」B音一讀出自高誘。周氏云：

案《呂覽・季夏紀》：「令漁師伐蛟，取鼉。」高注云：「漁師，掌魚官也。漁讀若相語之語。」《季冬紀》「命漁師始漁」，注云：「漁讀如論語之語。」《淮南子·原道篇》「朞年而漁者爭處湍瀨」，注云：「漁讀告語。」此相語、告語、論語之語，並讀去聲，與言語之語，讀上聲，音魚巨切者，不同。(p.83)

可見「漁師」、「漁者」的讀音早就不同，陸德明於例7.𩼝人雖注B音，但僅列作又音，而其他「漁人」、「𩼝人」、「漁者」四例均單注A音，或與高誘之說不同。

《群經音辨》沒有討論「漁」字的兩讀。Downer (p.278)及周法高(p.58)均只認爲「魚漁」兩字有名動的區別，而未討論「漁人」一詞。

*20 縫

A. ˳biuong　奉鍾

音逢，符龍反、扶容反、扶恭反、奉容反(戚袞) 5/18

B. biuong˚　奉用

符用反、扶用反(徐邈、劉昌宗)　7/18

B_1 扶弄反(-ung˚，送韻)　1/18

AB 4/18　BA 1/18

《釋文》「縫」字兩讀一般爲動、名之別。平聲A音爲動詞；B音爲名詞，專指縫合之處，此外「縫人」一名亦讀B音，僅一例。

9.《周禮·天官·冢宰》：「縫人」。鄭注：「女工、女奴，曉裁縫者。」《釋文》：「裁縫：戚奉容反，徐扶用反，下同。縫人：劉扶用反。」(108-2a-1)

「縫人」指掌管裁縫的女官，與「染人」同，劉昌宗讀B音。「裁縫」指縫合之事，如果「裁」和「縫」是兩個並列的動作，可讀A音；如果認爲是成功詞則讀B音。戚袞和徐邈異讀的區別或在於此。

《音辨》云:「縫，紩也，符容切。旣紩曰縫，符用切。」(6-3b) 此後馬建忠 (p.29)、周祖謨 (p.97)、Downer(p.274)、周法高 (p.64) 諸家均以爲動、名之別，「縫人」之「縫」算作名詞，疑誤。

*21　淩

A. ₒliIng　來蒸

音陵、力升反

B. liIngᵒ　來證

力證反、陵證反

BA 3/3

《釋文》「凌人」一例，「凌陰」兩例，「淩」義爲積冰，動詞，共三例，全注去、平兩讀，而以B音爲首音。

10.《周禮・天官・冢宰》：「凌人」(15-1-12a)。鄭注：「凌，冰室也。」《釋文》：「力證反，字從冰。或力升反。」(108-1b-7)

11.《詩・豳風・七月》：「三之日納于凌陰。」毛傳：「凌陰，冰室也。」(286-8.1-21b)《釋文》：「力證反，又音陵。凌陰，冰室也。說文作滕，音凌。」(73-6b-2)

例10.「凌人」是掌冰之官，屬偏正詞組，陸德明以B音爲首音；此讀可與「盛氣凌人」中的「凌人」區別開來，後者爲動賓詞組，A音。例11.「凌陰」爲藏冰之地，「凌」爲成功詞，則「凌陰」亦爲偏正詞組；此外《左傳》杜注引《詩》一例亦與此句全同(730-42-25b′)，《釋文》兼注B、A兩讀(275-2a-4)。可見陸德明是有意利用A、B兩讀來區別詞組結構的。

諸家均未討論「凌」字兩讀的區別。

【辯　證】

③管（館）

A. °kuan　見緩、上

如字、古緩反　　1/5

B. kuan°　見換、去

音館、古亂反　　1/5

C. ₒkuan　見桓、平

音官（劉昌宗）

AB 1/5　　AC 2/5

《釋文》「管」字凡三讀，例字不多。其上聲如字A音爲地名「熒陽管城」作音(247-2a-5)，去聲B音爲樂器「簫管」作音(245-24a-1)；均與動詞無關。此外尚有「管人」三見，兼注兩讀，全以A音爲首音；惟又讀B音一見，C音二見，C音乃劉昌宗讀。無論B音C音，均非常見，《釋文》故示異讀，大概在提醒讀者這不是一個普通的動賓詞組，與「染人」諸例相同。但細味各例，或不盡然。

12.《禮記・喪大記》：「管人汲，不說繘（汲水瓶索），屈之。盡階不升堂，授御者。」(770-44-19b)《釋文》：「如字，掌管籥之人。又古亂反，掌館舍之人也，不同。」(201-14a-5)

13.《儀禮・聘禮》：「管人布幕于寢門外。」(227-19-3a)鄭注：「管猶館也，館人謂掌次舍帷幕者也，布幕以承幣；寢門，外朝也。古文管作官，今文布作敷。」《釋文》：「古緩反，劉音官。管人掌館舍之官，後同。」(150-16a-8)

根據例12.，管人是因爲職掌不同而分A、B兩音，全以意義爲別；凡專掌館舍的讀B音。孔穎達疏云：「此一經明浴時也，管人主館舍者，故鄭注士喪禮：管人，有司主館舍者。」又敦煌《禮記音》殘卷讀「古亂」（第73行），亦屬B音。例13.的「管人」也是專掌館舍的，陸德明根據鄭注「管猶館也」爲說，卻另注A音，其故不詳；而劉昌宗則根據古文讀C音；此外尚有一例（155-25b-3），亦同。

「管人」的B音雖與「染人」等形式相似，但讀此音的目的似在區別兩類職掌不同的官員。大概是假借改讀⑳，陸德明心目中實理解爲「館人」。案《釋文》「館」字四見，全讀去聲，其他如《玉篇》、《原本玉篇》、《說文》徐鉉、徐鍇音以至《切韻》、《廣韻》諸書並同。《集韻》始分上、去兩讀。《中原音韻》及今音國、粵語均只有上聲一讀，與古不同。因此，《釋文》「管人」讀A音，「館人」讀B音，「官人」讀C音，疑當分作三字處理。且此例不見於《周禮》，亦與前四例不同。由於形式相似，玆附論於此。

諸家均未討論此字。

第六節　相見請見類

*22　見：A音見紐霰韻；B音匣紐霰韻。清濁之別。

*23　告：A音見紐號韻；B音見紐沃韻。去入之別。

*24　覲：A音見紐桓韻；B音見紐換韻。平去之別。

*25　視(示)：A音禪紐旨韻；B音神紐至韻。上去之別。

本類與第四類「治國國治類」有些相似，但詞序的表現比較複雜。今先用公式說明於下。

[F1] X見Y（例如：吾子不見大饗乎？」

見者為X，被見者為Y；讀A音。

[F2] Y見°（例如：文采形質著見。）

名詞Y置動詞前是被見者而非見者，此條用法不標出見者；讀B音。

[F3] Y見°於X（例如：吾見於夫子而問知。）

X為見者置動詞後，被見者為Y，特點為「見」後有「於」字；讀B音。

[F4] Z見°Y（於X）（例如：[荷蓧丈人]見其二子焉[＝於子路]。／衞侯如晉，晉侯強見孫林父焉[＝於衞侯]。）

Z使Y見於X，見者為X不一定標寫出來；被見者為

Y置動詞後，同時多標出了令此事發生的Z（雖然有時也會省略）；讀B音。

本類F1讀A音，F2至F4讀B音。其中F1相當於D1，F2相當於D2，參見第四類「治」字。惟本類並非用來區別嘗試詞和成功詞，功能各異。F2用B音呈現所欲出示之人物。F3則通過尊卑關係來決定施事、受事的關係，卑者Y不能看作施事，只能看作受事。F4似是F3的使動式，是爲了某人「使見」，兩式都有「於X」這個特點；Y在「見」字後，是被人特地呈現出來給第三者看的，X、Y之間自然也存在著尊卑關係。《釋文》本類共有四字，「見」、「告」一組多合於公式F1及F3；「見」、「觀」、「視」一組則多合於公式F1、F2及F4。

*22　見⑽

A. kiɛn°　見霰

如字（鄭玄、王肅、戚袞）　7/673

B. ɣiɛn°　匣霰

音現、賢遍反、賢徧反、胡眄反、胡薦反（徐邈、劉昌宗、皇侃）　624/673

AB 17/673　　BA 25/673

《釋文》「見」字有見、匣兩讀。一讀見紐如字A音，動詞，其前的名詞是施事（見者），其後的名詞是受事（被見者），即有省略，其詞序亦與一般的施受關係相合。由於A音易於辨識，《釋文》通常是不作音的，例如「相見」等即是。

1.《偽書·太甲上》：「肆嗣王丕承基緒，惟尹躬先見于西邑夏，自周有終，相亦惟終。」孔傳：「周，忠信也。言身先見夏君臣，用忠信有終。夏都在亳西。」(116-8-18b)《釋文》：「先見：並如字，注同。」(42-14a-1)

2.《禮記·雜記下》：「曾子曰：吾子不見大饗乎？」(740-42-11a)《釋文》：「如字。」(200-11a-3)

3.《穀梁·莊公七年》：「我見其隕而接於地者，則是雨說也。」(49-5-11a)《釋文》：「見音如字，注同。」(328-8b-3)

例1.伊尹是施事，見的是夏朝君臣興亡之事。例2.的「吾子」、例3.的「我」也是施事，全在動詞前面，合於公式F1所表示的施受關係。

一讀匣紐B音，《釋文》或注「示也」(19-1a-8)、「露見」(96-14a-11)等義。

《釋文》單注B音者六百二十四條，佔92.7％，可見此讀代表一種很重要、很特殊的現象，很容易誤讀誤解，所以提醒讀者讀古書時不可粗心大意。F2各例有呈現出來給人看的意思，所以「見」字前面的名詞Y只是被見者，絕非見者；為了表示與F1的語序有所區別，讀音因之亦異。由於呈現後任何人物皆可見到，故不必標出見者，也就是沒有施事了。這樣用的「見」字其後或分化為「現」字。現在我們一般會將F1的「見」字視作及物動詞，F2的「見」字為不及物動詞。

4.《論語·公冶長》何注：「文彩形質著見，可以耳目循。」(43-5-6a')《釋文》:「賢遍反。」(347-5b-7)

5.《論語·泰伯》：「天下有道則見，無道則隱。」(72-8-5a)

《釋文》：「賢徧反，又音現。」(349-9a-10)

例4. 合於句式F2 ，前面的名詞「文采形質」是呈現者，雖在「見」的前面而非看見別人的施事，自與F1 的語義有別。例5. 沒有施事，也沒有受事，呈現者乃上文「篤信好學，守死善道，危邦不入，亂邦不居」的君子，全句當爲「（君子）天下有道則見」，「君子」蓋沿文意省略，按理當置動詞「見」的前面。又《釋文》所注兩讀實同屬匣紐B音一讀，只是切語用字不同而已。

6.《論語・八佾》：「儀封人請見。」(31-3-14a)《釋文》：「賢遍反。」(346-4a-8)

7. 又《顏淵》：「樊遲退，見子夏曰：鄉也吾見於夫子而問知。」(110-12-10a)《釋文》：「吾見：賢遍反。」(351-14b-5)

8.《儀禮・士相見禮》：「士相見之禮。摯，冬用雉，夏用腒，左頭奉之，曰：某也願見，無由達，某子以命命某見。」(70-7-1b)《釋文》：「願見：賢遍反。凡卑於尊曰見；敵而曰見，謙敬之辭也。下以意求之，他皆放此。」(145-6a-7)

9.《左傳・昭公十年》：「晉平公卒。……既葬，諸侯之大夫欲因見新居。叔孫昭子曰：非禮也。弗聽。叔向辭之曰：大夫之事畢矣，而又命孤。孤斬焉，在衰絰之中。其以嘉服見，則喪禮未畢；其以喪服見，是重受弔也。大夫將若之何？皆無辭以見。」(784-45-15a)《釋文》：「見新：賢遍反，下不得見、下文因見同。」(279-10b-5) 又：「嘉服見：如字，又賢遍反，下同。」(10b-8) 又：「以見：賢遍反，下同。」(10b-8)

F3通過尊卑關係決定何者爲施事，再由施事決定讀音 。凡X、Y相見的場合，如果前面的名詞X是施事，則「見」讀A音；如果後面的名詞Y是施事，則「見」讀B音。但究竟怎樣決定X是施事還是Y是施事呢？這是觀點的問題。我們利用尊卑關係可以解決這個問題。卑的不能看作施事，在「X見Y」這一個句式中，如果X是尊者或同輩則「見」讀如字A音；X是卑者則「見」讀匣紐B音。所以句式F3 的異讀是通過尊卑關係看誰是施事而決定。

據例8.《釋文》所引，「凡卑於尊曰見」，讀B音，殆爲定則；至於士相見，既包含X見Y，又包含Y見X，既有尊見卑，又有卑見尊，無從區別，故一般讀A音。惟行禮之時即屬平等，爲表謙敬，其對話「某也願見」之「見」自可讀B音；此《釋文》「敵而曰見，謙敬之辭也」之論。

例6.「儀封人」、例7.「樊遲」見的是尊長「夫子」，陸氏注B音，合於公式F3 。又例7.「樊遲見子夏」、例8.「士相見」都是「敵（平等）而曰見」的意思，《釋文》不作音，即讀A音，合於公式F1。

例9.比較麻煩，在「諸侯之大夫欲因見新君」句中，施事不是新君，讀B音則諸侯之大夫亦不是施事，出現X見Y而X、Y都不是施事的怪現象。此是《左傳》句法有不妥所致，「見新君」似應爲「見於新君」之省。大概是《左傳》的文字過於簡略，漏了施事，語法出現毛病，故陸德明以其兩讀的標準便無法定出一個合理的讀音，無論怎樣讀都難以自圓其說。其後「皆無辭以見」句則以大夫爲卑者，不能算施事，故注B音，合於句式F3 。又

「其以嘉服見」、「其以喪服見」兩句兼注兩讀，由於施事是新君，似合於句式F2 ，意思是穿著嘉服或喪服出現，亦以讀B音爲宜。總而言之，F3 的兩讀分別大概肇端於鄭玄，此後皇侃、劉昌宗（151-18a-7）等均嘗推衍其說，至陸德明遂以爲定論。

F4與F3相似，可以說是F3的使動式。F3、F4 都有「於X」，X即爲見者。兩者主要的區別是F4多了令此事發生的施事Z，同時F4和F3都可以反映尊卑關係，根據社會習俗，Y一定是卑者。此外兩式「見」字的語序亦異，F3的Y在「見」字前，表示卑位；F4的Y在「見」字後，表示受Z的支配使見於X。

10.《書·梓材》：「肆亦見厥君事，戕敗人宥。」(211-14-24b)《釋文》：「如字，徐賢遍反。」(47-6b-8)

11.《左傳·成公十四年》：「衛侯如晉，晉侯强見孫林父焉。」(464-27-18a)《釋文》：「見：賢遍反，注强見、下而見之同。」(253-13a-11)

12.《論語·微子》：「止子路宿，殺雞為黍而食之，見其二子焉。明日，子路行，以告。子曰：隱者也，使子路反見之，至則行矣。」(166-18-5b)《釋文》：「見其：賢遍反。」(354-20b-10)

例10.後面的「厥君事」不指人，不可能是施事，只能是「見」的受事，陸氏以A音爲首音是對的；徐邈又讀B音，則「厥君事」爲所呈現之物，合於句式F4 。例11.的「晉侯」是F4 的Z，也就是動詞「見」的支配者，有叫孫林父來見衛侯的意思，引申亦可見尊卑之別，陸德明讀B音是有根據的。例12.「見其二子焉」

讀B音。據文意，荷蓧丈人是動詞的支配者，要呈現（或介紹）其二子給子路看，二子的地位屬卑，子路相對是尊，自然合於F4的條件。又「使子路反見之」一句不作音，蓋施事是前面的孔子，子路和荷蓧丈人沒有甚麼尊卑關係，合於句式F1 指一般的相見說的，《釋文》自讀A音。又此句逕用「使」字已有明顯的致使義，而《釋文》不注B音，可見「見」字的使動義不必破讀。

《音辨》云：「上臨下曰見，古甸切；下朝上曰見，胡甸切。視之曰見，古甸切；示之曰見，胡甸切。」(6-11a)分作兩項處理，前者區別尊卑，後者區別意義，例如本文例6.—例9.所舉，則尊卑問題與施事、受事實同一事。周法高亦分作兩項處理，一爲使謂式：使見曰見(p.79)；一爲既事式：既見曰見，一作現(p.86)。兩者皆讀B音。惟周氏將本文例12.「見其二子焉」的「見」解爲使見，例7.「鄉也吾見於夫子而問知」的「見」解爲既見。我們將「見」字B音的用法分爲F2—F4三組，均與周說不同。

周祖謨及Downer均未討論此字。

*23 告

A. kau° 見號

如字、工號反、古報反、故報反　　2/16

B. kuok 見沃

古毒反、故毒反、工毒反、古篤反　　10/16

AB 1/16　BA 2/16

《釋文》「告」字一讀去聲如字A音，義爲告語，表示一般的施受關係。

13.《書・盤庚下》：「今我既羞告爾于朕志，若否，罔有弗欽。」孔傳：「已進告汝之後，順於汝心與否，當以情告我，無敢有不敬。」(134-9-18b)《釋文》：「故報反。」(43-16a-3)

一讀入聲B音，其用法與「見」字相似，多合於公式F3，每有下告上之意。且「告」後有「於」字，不直接帶受事名詞；但不直接帶受事名詞未必即爲下告上，見例16.。

14.《禮記・曲禮上》：「夫為人子者出必告，入必面。」(19-1-20b)《釋文》：「古毒反。」(162-2b-5)

15.《詩・周南・關雎》序：「頌者，美盛德之形容，以其成功，告於神明者也。」(18-1.1-16b)《釋文》：「古毒反。」(53-2a-5)

16.《易・蒙卦》：「初筮告，再三瀆，瀆則不告。」(23-1-31b)孔疏：「童蒙既來求我，我當以初始一理剖決告之。」《釋文》：「古毒反，示也，語也。」(20-3a-11)

例14.「爲人子者」按句式當爲施事，例15.「神明」當爲受事。但由於看法問題，卑的不能看作施事，尊的不能看作受事，所以陸德明用入聲B音來顯示這種下告上的實質關係。此外「告朔」、「忠告」等詞組的「告」字亦讀B音，前者有上下關係，後者雖論友道，讀B音則可顯示謙敬之意。周法高嘗論云：

「告」字則《論語》、《左傳》、《孟子》等「告＋止詞」和「告＋受詞」並用，「告於＋受詞」大概用於比較尊貴的對象，如天、帝、王、祖等。

又云：

我們知道「告於」、「見於」加受詞（人或人格化者），大體用於比較尊貴的對象。㊾

亦足以證成本書之說。例16.讀入聲B音看不出上下尊卑的關係，可能與叶韻有關。其他兼注兩讀者三例，多無上下之別。

17.《公羊·隱公元年》：「隱為桓立，故以桓母之喪告于諸侯。」(15-1-19a)《釋文》：「古毒反，一音古報反。」(306-2a-4)

隱公與諸侯的關係應該平等，陸氏以B音為首音，可能受句式「告于」的影響，乃表謙敬之意。

《音辨》云：「下白上曰告，古祿切；《禮》：為人子，出必告。上布下曰告，古報切；《書》：予誓告汝。」(6-11a)區別音義關係無誤，惟誤以入聲一讀為A音。案《說文》「告」字徐鉉亦讀「古奧切」(p.30)，去聲，與《譯文》同。周祖謨以為「意義有彼此上下之分而有異讀」(p.105)，其區別上下與本書同；惟另條論漢讀謂「上告下音古沃切，下告上音古到切」(p.90)則自相矛盾。Downer 歸入派生形式具有受局限的意義(p.286)。周法高則歸入主動被動關係之轉變(p.82)。三家全以入聲一讀為A音，誤。

*24 觀

A. ₒkuan 見桓

如字、音官（王肅、徐邈、顧野王、謝嶠） 3/85

B. kuan° 見換

音館、官喚反、官換反、古亂反、古玩反、工喚反、古喚反、工亂反、古奐反、官奐反（施乾） 60/85

AB 5/85 BA 17/85

清代顧炎武、錢大昕、段玉裁諸家均不信「觀」字兩讀之說，當指上古漢語說的，中古則確有此別。《釋文》平聲如字A音有視義，合於F1 一般的施受關係。去聲B音有示義（動詞）、多義（形容詞）、觀闕義（名詞）等；其中示義與視義音義有關，與「見」字的兩讀相同。B音前面的名詞並非視者。本文只比較A音及B音（示義）兩讀。

18.《左傳•僖公二十二年》：「及曹，曹共公聞其駢脅，欲觀其裸。浴，薄而觀之。」(251-15-10b)《釋文》：「如字，絕句；一讀至裸字絕句。」(235-3b-9)

19.《論語•陽貨》：「詩可以興，可以觀，可以群，可以怨。」《集解》引鄭玄曰：「觀風俗之盛衰。」(156-17-5a)《釋文》：「如字，注同。」(354-19b-3)

《釋文》注A音者僅此二例，觀的是後面的受事名詞「其裸」及「風俗之盛衰」，合於F1一般的施受關係。

20.《莊子•大宗師》：「彼又惡能憒憒然為世俗之禮，以觀衆人之耳目哉！」郭注：「其所以觀示於衆人者，皆其塵垢耳，非方外之冥物也。」(p.268)《釋文》：「古亂反，示也。注同。」(371-23b-1)

21.《左傳•昭公五年》：「吳不可入，楚子遂觀兵於坻箕之山。」(749-43-15a)《釋文》：「舊音官，注云：示也。讀《爾雅》

者皆官奐反，注同。」(277-5a-6)

例20.依郭注知後面名詞「衆人」爲觀者而非被觀者，陸氏注B音，合於公式F3。例21.楚子將軍隊呈現給人看，觀者不必標寫出來，合於公式F4 。舊讀A音，很容易使人誤解爲楚子自觀兵，所以要用B音區別兩義。此外《周易·觀卦》之「觀」字一般亦讀B音，有示義(22-8a-5)。不過「觀」字兩讀的音義像「見」字一樣，有時並不容易區別清楚，所以兼注兩讀之例亦多。

22.《周禮·考工記·㮚氏》：「嘉量旣成，以觀四國。」鄭注：「以觀示四方使放象之。」(620-40-19a)《釋文》:「古亂反，示也。又如字，注同。」(138-25b-3)

依經文「四國」似是被觀者，宜讀A音；依鄭注則「四方」是觀者，宜讀B音；《釋文》兼注兩讀而以B音爲首音，似以鄭義爲勝。

《音辨》云:「觀，視也，古完切。謂視曰觀，古玩切，《易》大觀、童觀。」(6-6a) Downer (p.281) 及周法高 (p.78) 均歸入使謂式一類，恐未必對。例22.鄭注未以「使觀」釋「觀」，例21.「楚子觀兵」亦不是「使兵觀」的意思；即說陳兵使人觀之，別人亦可不看，則使觀一說終會落空。

*25 視(示)

A. °dźiIi 禪旨

如字、常旨反、常止反、市止反(徐邈) 4/17

A_1 市志反、市至反(-i，志韻。徐邈、沈重)

B. źiIi。 神至

音示（徐邈） 4/17

AA_1 7/17 A_1 1/17 ABA_1 1/17

A、B兩讀除上、去不同外，尚有聲紐禪、神之別。又A音常止反、市止反（-i）之切語下字旨止不同。A_1之切語下字改讀去聲至韻，全出徐邈八例及沈重一例，且多屬又音，此乃全濁聲母上聲讀去之現象，與辨義無關，今合爲一音處理。《釋文》上聲如字A音有瞻視義。

23.《易・頤卦》：「虎視眈眈，其欲逐逐。」(69-3-28b)《釋文》：「徐市志反，又常止反。」(24-11a-7)

24.《禮記・雜記下》：「視不明，聽不聰，行不正，不知哀，君子病之。」(741-42-14b)《釋文》：「如字，徐市志反。」(200-11a-8)

25.《孝經・三才》鄭注：「詩云：赫赫師尹。若冢宰之屬也，女當視民。」《釋文》：「常旨反，皆放此。」(342-3b-11)

三例均屬F1一般施受關係。例25.乃鄭注佚文，今本《孝經》未見。《釋文》注A音，有瞻視義，「民」是「視」的受事名詞。例23.「虎視眈眈」或有比喻義，A、B兩讀難定。例24.陸氏讀上聲，似不同意徐邈A_1一讀，僅列作又音而已。

去聲B音或作「示」字，有顯示義，即以物示人，給人看的意思。

26.《詩・小雅・鹿鳴》：「我有嘉賓，德音孔昭。視民不恌，君子是則是傚。」鄭箋：「視，古示字也。」(316-9.2-4a)《釋文》：「音示。」(75-9a-4) 又《春秋左氏音義》云：

「視民：如字，《詩》作示字。」(279-10b-4)

27.《禮記·曲禮上》：「幼子常視毋誑。」鄭注：「視，今字示字，小未有所知，常示以正物，以正教之，無誑欺。」(21-1-24a)《釋文》：「音示。」(162-2b-11)

例25.、例26.的「視民」同屬動賓詞組，而意義不同。例26.鄭玄雖已分化爲「視」、「示」兩字，陸德明則仍以讀音爲別。「視民」即「視於民」，「民」是瞻視者而非被瞻視的對象，合於公式F3，陸氏讀B音；參見例20.。例27.「幼子」在「視」前固可理解爲瞻視正物，陸氏注B音則此句或當讀爲「幼子常示無誑」，「幼子」非瞻視者，合於公式F2。孔穎達云：「古者觀視於物，及以物視人，則皆作示傍著見。後世已來，觀視於物作示傍著見，以物示人單作示字。故鄭注經中視字者，是今之以物示人之示也，是舉今以辨古。」儘管字形已見分化，但兩讀的音義關係還是相當清楚的；《釋文》專以讀音爲辨，則與「見」、「觀」的區別相同。此外「示」字亦讀上聲。

28.《莊子·徐无鬼》：「下之質執飽而止，是狸德也；中之質若視日，上之質若亡其一。」(p.819)《釋文》：「示日：音視。司馬本作視，云：視日，瞻遠也。」(392-5b-7)

司馬本作「視日」，《釋文》作「示日」，有「瞻遠」義，「日」是「視」的受事名詞，陸氏不管字形「視」、「示」不同，一律讀A音。

至於兼注兩讀之例，《釋文》僅一見。

29.《禮記·曲禮上》：「將入戶，視必下。入戶，奉扃，視瞻毋回。」(31-2-2a)《釋文》：「視必：常止反，下同。

徐音示，沈又市志反。」(163-3a-5)

「視必下」指眼睛瞪着地面，「視瞻」義同，謂不要回頭偷覷，陸氏讀A音；沈重雖讀A_1，僅切語用字不同，義則無別。徐邈或以爲有觀示義，故讀B音。

周法高附論「視」字於「觀」字之後，並稱「示字亦爲視字之使謂式用法。」(p.78)周氏僅從「觀」字類推立論，並未舉例說明。王力〈古漢語自動詞和使動詞的配對〉一文持論相同。王氏云：

> 漢時已經假借「示」字表示使動的「視」，所以許慎從當時的習慣寫成「示人」。在《漢書》裏，使動的「視」仍一律作「視」，不作「示」。例如《刑法志》「用相夸視」、《食貨志》「以視節儉」、《郊祀志》「以視不臣也」、《項籍傳》「視士必死」等等。(p.15)

案「示」字似不能逕謂之「視之使動」。《呂氏春秋・淫辭》:「荆柱國莊伯令其奴(原作『父』)視日。」[92]「令……視」爲使動顯而易見，但不可代以「示」字，可見「示」與「視之使動」有別。拿「令視日」與「示之日」相比，「令視日」是叫他看日；「示之日」則是把日指給他看，兩者的用法與意義都不相同。王氏以爲「示」假借有使視義，或將兩義牽合爲一，實出誤會。

第七節 區別致使類

*26 食：A音神紐職韻；B音邪紐志韻。入去之別。

*27 飲：A音影紐寑韻；B音影紐沁韻。上去之別。

*28 啖(啗)：A音定紐敢韻；B音定紐闞韻。上去之別。

*29 趣：A音清紐遇韻；B音清紐燭韻。去入之別。

本類A音用於一般的動賓關係，B音則用於有致使義的特殊動賓關係。現用公式表示於下。

[G1] X食Z（例如：碩鼠碩鼠，無食我黍。）

Z爲物，食者爲X，讀A音。

[G2] X食°Y＝使Y食。（例如：不食三日矣，食之。）

Y指人（或動物），食者爲Y，讀B音。

G1、G2 詞形相同，但眞正的食者有別。後代每以「使」字區別兩義，不必專賴讀音爲別。《釋文》只有少數字例是以讀音來區別致使義的。有些兩讀的例子，前人或以爲B音一讀有致使義，其實都不合於公式G2的條件；例如「出」、「去」、「沈」、「走」、「見」、「觀」、「視」、「學」、「來」、「勞」諸例，其B音都有別的區別標準，實與致使義無關[93]。

本類共得四字，除「飲」字外，其餘三字帶致使義的B音在字形方面都有所分化，例如「食」「飤」「飼」、「啖」「啗」、「趣」「促」等，但《釋文》一般只當作兩讀處理，並未分作兩字。

王克仲嘗解釋其中演變的原因說：

「食」這個詞在讀音和詞形上的分化是由語法意義的差異而在人們的交際中逐漸形成的，而其語法意義來自於語境，並非一個孤立的「食」字就能斷定它的不同的讀音，至於由讀音上的差異而另造新字，那更是後來的事了。[94]

此外我們每將英語的Causative 譯為「使動」或「使謂式」亦欠斟酌。其實我們將英語的Verb譯作動詞也有些不妥。因為英語語法裏有一個Adjective ，一個Verb ，馬建忠《馬氏文通》將前者譯作「靜字」，那麼後者只好譯作「動字」以求對應了。事實上英語裏的 Verb 不一定指動作 ，例如 Verb to be, to like, to love 等。Causative 照原來的意思是令某事發生出現，由動詞Cause派生出來，不一定有「使動」的意思，所以只能勉強譯作「致使」而不是「使動」。至於「使謂」則更為不當,「謂」是謂語屬於語法層次，甲不能使乙作語法層次的事；因此「使謂」只能解釋為「使（他）說」的意思，這顯然是不對的。

*26 食

A. źiek 神職 如字（徐邈） 7/177

B. zi° 邪志

音嗣、音寺（鄭玄、劉昌宗） 144/177

B_1 音似（°zi ，止韻，全濁上聲） 2/177

(111-7b-5, 151-17b-5)

B_2 音自（ dziIi° 從至，徐邈讀邪從、志至不分）

AB 11/177 BA 10/177

BB_2 3/177 (163-4b-10, 172-21a-2, 173-23a-11)

《釋文》「食」字兩讀。入聲如字A音有吃義，動詞；或專指「食」之抽象動作，例如《論語·學而》：「食無求飽，居無求安」(8-1-8a) 之類是也,《釋文》不作音。其作音七例多與區別「蝕」字及「食食」詞組有關。

1.《易・豐卦》:「日中則昃,月盈則食。」(126-6-1b)

《釋文》:「如字,或作蝕,非。」(29-21b-1)

2.《禮記・檀弓下》:「我則食食。」(173-9-22b)《釋文》:「上如字,下音嗣。」(171-19a-7)

例2.「食食」即吃飯,動賓詞組,前為動詞,A音;後為名詞,B音(暫非本書討論範圍);凡三例(188-18b-8,200-11a-10)。

去聲B音略有變異,或上去不分(B_1),或從邪至志不分(B_2),沒有辨義作用,可以合為一音處理(參見例13.)。B音除有名詞飯義(見例2.)外,還有使食義。

3.《左傳・宣公二年》:「不食三日矣,食之。」(365-21-11a)

《釋文》:「食之:音嗣,下同。」(244-22a-6)

4.《論語・微子》:「止子路宿,殺雞為黍而食之。」(166-18-5b)《釋文》:「音嗣。」(354-20b-9)

以上兩例的「食之」均有致使義,陸氏讀B音。例3.「不食」不作音,即A音,只有吃義。其他區別兩讀之例亦多,一般相當清楚。

5.《詩・小雅・緜蠻》序:「大臣不用仁心,遺忘微賤,不肯飲食教載之,故作是詩也。」又《詩》云:「飲之食之,教之誨之。」鄭箋:「渴則予之飲,飢則予之食。」(521-15.3-1a, b)《釋文》:「飲食:上於鴆反,下音嗣,篇內皆同。注如字。」(89-37a-9)

例5.「飲食之」或「飲之食之」全有致使義,陸氏讀B音;

鄭箋「予之飲」、「予之食」帶雙賓語，其中「飲」、「食」爲名詞，專指酒漿食物，陸氏注A音。

《音辨》云：「餐謂之食，時力切，凡食物也。飼謂之食，音寺。」(6-12b)周祖謨、Downer均未討論此字。周法高《語音區別詞類說》原歸入去聲爲使動式或他動式(p.360)一類，其後《構詞篇》則刪去不論。王力《古漢語自動詞和使動詞的配對》(p.17)及《漢語史稿》(p.217)均以B音爲使動詞，說較準確。

*27　飲

A. °ʔiem　影寑　如字、邑錦反

B. ʔiem°　影沁

音蔭、於鴆反(鄭玄、王肅、徐邈)　60/63

BA 3/63

上聲如字A音兼隸名、動兩類。《釋文》不作音。

6.《論語·雍也》：「一簞食，一瓢飲，在陋巷，人不堪其憂，回也不改其樂。」(53-6-5a)

7.又《鄉黨》：「鄉人飲酒，杖者出，斯出矣。」(90-10-9a)

例6.「飲」、「食」相對，均爲名詞；《釋文》「食」讀B音，「飲」仍讀A音。這是因爲「食」用作名詞可特指飯，而「飲」用作名詞只泛指飲物，並無特指，故「飲」字名詞義不讀B音。例7.「飲」爲動詞。

去聲B音有致使義，與「食」字同，參見例5.。

8.《左傳・宣公二年》：「晉侯飲趙盾酒，伏甲將攻之。」(364-21-10b)《釋文》：「於鴆反。」(244-22a-3)

9.《左傳・宣公十二年》：「子重將左，子反將右，將飲馬於河而歸。」(392-23-10b)《釋文》：「於鴆反。」(247-2a-3)

例9.使趙盾飲酒，例10.使馬飲於河，陸氏注B音。其他兼注兩讀者三見，全以B音爲首音。

10.《詩・魯頌・駉》鄭箋：「坰之牧地，水草既美，牧人又良，飲食得其時，則自肥健耳。」(763-20.1-6a′)《釋文》：「上音蔭，下音嗣，又並如字。」(104-30a-4)

例10.與例5.相似，惟「飲食」後無「之」字，不能確指其爲可飲食之物而遽定其A音。由於陸氏認爲此句是承「牧人又良」來的，或可解爲牧人使牛羊飲食得其時，故以B音爲首音。

《音辨》云：「飲，酒漿也，於錦切，所以歠曰飲，於禁切。」(6-1b)即爲名、動之別。Downer (p.283)、周法高(p.78)、王力《古漢語自動詞和使動詞的配對》(p.13)及《漢語史稿》(p.217)均以B音有致使義；周祖謨未設致使義一項，所以歸入他動詞中(p.101)。

*28 啖(啗)

A. °dɑm 定敢

大敢反、徒覽反、待敢反(劉昌宗) 11/14

A_1 直覽反(ḍ- 澄紐) 1/14

B. dɑm° 定闞

徒暫反（徐邈） 1/14

AB 1/14

《釋文》「啖」五見，「啗」九見，各有上、去兩讀；兩字形異，實同一詞，聲調或用以別義。《史記・項羽本紀》云：「樊噲覆其盾於地，加彘肩上，拔劍切而啗之。」《索隱》：「啗，徒覽反。凡以食餧人則去聲，自食則上聲。」(p.313) 司馬貞讀上聲A音有自啗義。

《釋文》注上聲A音者較多，A_1 音定澄不分，並無辨義作用，實同一音。

11.《爾雅・釋草》郭注：「蘧蔬似土菌，生菰草中，今江東啖之，甜滑，音氈氍毹。」(138-8-9a')《釋文》：「啖，大敢反。」(425-4b-10)

12.《儀禮・特牲饋食禮》鄭注：「脊，正體之貴者，先食啗之，所以導食通氣。」(531-45-5b')《釋文》：「啗之：大敢反。」(159-34b-5)

以上二例合於G 1表示一般動賓關係，讀A音。例12.與《史記》一例同，「之」指所食之物。

13.《禮記・檀弓下》鄭注：「以朋友有相啖食之道。」(190-10-10b')《釋文》：「相啖：徒暫反。食：音嗣，徐音自。」(172-21a-2)

14.《周禮・天官・籩人》鄭注：「燕人膾魚方寸，切其腴，以啗所貴。」(82-5-22a')《釋文》：「以啗：劉徒覽反，徐徒暫反。」(111-8b-1)

例13.「相啖食」之「相」承「朋友」言，則「啖」、「食」均有致使義，陸氏全讀B音。例14.「以啗所貴」，或即例12.「正體之貴」，指所食之物，劉昌宗讀A音似有所據。至於徐邈又讀B音，則解作使所貴（之人）啗，亦不誤。由於B音僅得兩例，使啖之說不見得可靠；但有司馬貞說作旁證，似亦可成立了。

周法高僅論「啗」字兩讀的區別，以B音爲使謂式（p.78），且舉《索隱》一例爲證。王力兼論「啖」、「啗」，亦以B音爲使動詞（p.19）。

*29 趣

A. ts'iuo° 清遇

如字、促裕反、七樹反、七住反、七句反、七喻反、七注反（徐邈） 6/24

B. ts'iuok 清燭

音促、七綠反、七欲反

AB 4/24 BA 2/24

「趣」，又作「趨」，參見第三節「趨」字。今只討論去、入兩讀的音義關係。去聲如字A音義爲大步向前，引申有趨向義（向物），或促疾義（向事）。

15.《易・繫辭下》：「剛柔者立本者也，變通者趣時者也。」（165-8-2a）《釋文》：「七樹反。」（32-27b-7）

16.《詩・大雅・棫樸》：「濟濟辟王，左右趣之。」毛傳：「趣，趨也。」鄭箋：「文王臨祭祀，其容濟濟然敬，左右之諸臣，皆促疾於事，謂相助積薪。」（556-16.3-1a）

《釋文》：「七喻反，趨也。」(91-3b-9)

例15.訓趨向義，例16.諸家分別訓「趍」、「促疾」、「趨」等義，同有迫義，《釋文》讀A音。

《釋文》未單爲B音一讀作音，全屬兼注兩讀之例，有使促義（向人）。

17.《禮記·月令》：「乃命有司，趣民收斂，務畜菜，多積聚。」(326-16-24a)《釋文》：「七住反，本又作趨，又七綠反。」(177-32b-5)

18.《公羊·定公八年》：「睋而曰：彼哉彼哉，趣駕。」何注：「使疾駕。」(329-26-5b)《釋文》：「七欲反，一音七住反。」(322-34a-7)

王力嘗引例17.稱《釋文》「趣音促」(p.16)，以證成己說，其實單據又音，刪去首音不論，未免有擅改古籍之嫌。例18.何休注「使疾駕」。兩例均有致使義，但陸德明分別以A、B音爲首音，可能對「趣」字兩讀的區別仍未能有所決定。不若「食」、「飲」二字明確。又《左傳》將「趣駕」寫作「速駕」，《釋文》的B音可能只屬假借改讀。

王力以B音爲使動詞(p.16)，其他諸家均未討論「趣」字的兩讀。

【辯　證】

④出₁（A. tś'iuIt 穿術——B. tś'iuIi° 穿至）

Downer (p.282) 及周法高 (p.79) 均以「河不出圖」一句爲

例將去聲一讀理解爲致使義。案《釋文》此例分別見於《易》(32-27b-1)、《左傳》(221-1b-11)、《穀梁》(340-31a-7)、《論語》(349-10a-5)四經音義，全注入、去兩讀，而以入聲爲首音，去聲爲舊音，那麼陸德明的取捨態度是相當明確的，他不大贊成去聲一讀。可見Downer及周法高讀去聲的證據是站不住脚的。而且《論語》這一句話根本不能直譯爲「河不使圖出」，劉殿爵教授譯爲"The phoenix does not appear nor does the river offer up its chart. I am done for."(p.79) off up意爲獻出，獻出與出詞義不同，當然更不是使出了，可見不能用公式G 2的B音來詮釋此句。

⑤出$_2$ 黜（A. tś'iuIt 穿術——B. ṭ'iuIt 徹術）

王力認爲「黜」是「出」的使動詞。王氏云：

按「黜」之本義為使出。《國語・周語》：「王黜翟后。」注：「廢也。」其實等於出妻。《楚辭・愍命》：「楚女黜而出帷兮。」使動詞「黜」與自動詞「出」前後照應。(p.21)

皇后被廢，只是貶退，與庶人出妻可以再嫁似不能混爲一談。又《楚辭》既用「黜」，又用「出」，則兩字似非同義，「黜」仍應訓退。案「黜」、「出」兩字在語法上最大分別是「黜x」的x一定是人，「出x」的x指物，王力誤以爲「黜后＝使后出」，「楚女黜＝使楚女出」，殆難成立。

《釋文》「出」字音黜四見，全屬又音。《譯文》另有「黜」字十例，「絀」字八例，均只讀徹紐。可見「出」和「黜」、「絀」的分別是相當清楚的。

19.《左傳・襄公十四年》：「衛人出其君，不亦甚乎。」(562-

32-18a)《釋文》云：「如字，徐音黜。」(260-27a-2)

20.《公羊·襄公二十七年》：「黜公者非吾意也，孫氏為之。」何注：「黜猶出逐。」(264-21-5a)《釋文》：「勑律反，下文注同。」(319-28a-6)

例19.就算可以將「出其君」解爲「使其君出」，《釋文》仍以如字爲首音；其他三例「出其君」(262-4b-4)、「實出獻公」(280-11b-6)、「何故出君」(292-4b-10)亦同，可見陸氏對音黜有所保留。例20.用「黜」字比較明確，何注以「出逐」釋之，意即放逐，亦無使出義。根據《經籍纂詁》所引「黜」字的訓釋，除「出逐」義外，尚有訓「貶」、「貶退」、「退」、「絀退」、「去」、「放」、「廢」、「滅」、「減損」、「絕」諸義，均與「出」義有別⑮。「出」疑是「黜」的假借，《釋文》兼注兩讀似以辨義爲主，跟區別致使義無關。

⑥去（A. k'io °溪御—— °k' io 溪語）

「去」有去、上兩讀。除王力外，賈昌朝、周祖謨、Downer、周法高諸家均以上聲一讀爲如字，跟《釋文》以去聲爲如字不同。至於分類方面，諸家亦多歧異，周祖謨認爲上、去兩讀是區別他動詞變爲自動詞(p.102)，Downer 認爲去聲是被動的或中性的(p.287)，王力(p.13)、周法高(p.79)則以去聲爲使謂式。案《釋文》去聲如字有來去義，上聲有除去義；兩義不同，區別也很清楚。

21.《論語·顏淵》：「子貢曰：必不得已而去，於斯三者，何先？曰：去兵。子貢曰：必不得已而去，於斯二者，何先？曰：去食。」(107-12-3b)《釋文》：「起呂反，下同。」

(351-14a-4)

22.《論語・八佾》:「子貢欲去告朔之餼羊。」(29-3-10a)

《釋文》:「起呂反,注同。」(346-3b-10)

以上均王力所舉之例。王氏云:「按即使離之意,指使人物離開,也就是除去。」(p.13) 究竟「人物」是一詞,或「人」與「物」分為二事?倘指「人」與「物」,「物」不能自動,怎樣能謂之「離開」?以上二例中的「兵」、「食」、「餼羊」都沒有「自行離去」的能力,則「去」字有致使義之說實難成立。又周法高所舉〈春秋序〉:「簡二傳而去異端」(15-1-20b) 一例誤同。至於使人離去之例似未見。《釋文》「去」字的兩讀應分作兩義處理,較為合理。

周法高《中國古代語法・造句編上》嘗分析《孟子》一書中「去」字的用法,結論是:

> 「去」字出現了64次,有「離去」和「除去」二義。………「去」解作「除去」的,後面跟着賓語6次,例如:「去其金」、「去人倫」;又「去之」3次。(〈梁惠王〉下7:「見不可焉,然後去之。」〈公孫丑〉下4:「則去之否乎?」〈離婁〉下4:「庶民去之。」)
>
> 解作「離去」的「去」和解作「除去」的「去」可以算作兩個詞而同用一個字形,兩個都是動詞。(p.44)

周氏並沒有把這個「除去」的義項視作「去」的使謂式,反而當作兩義處理,跟《構詞篇》的看法不同。

第八節　區別關係方向類

*30　借：A音精紐昔韻；B音精紐禡韻。入去之別。

*31　假：A音見紐馬韻；B音見紐禡韻。上去之別。

*32　藉：A音從紐昔韻；B音從紐禡韻。入去之別。

*33　貸：A音定紐德韻；B音透紐代韻。濁清入去之別。

*34　乞：A音溪紐迄韻；B音溪紐未韻。入去之別。

*35　稟：A音幫紐寑韻；B音幫紐沁韻。上去之別。

*36　學：A音匣紐覺韻；B音匣紐效韻（或見紐）。入去之別。

本類動詞可以分從兩個不同的方向來理解關係的性質，一般有內向義者讀A音，外向義者讀B音。今以公式表示於下。

[H1] X借←Y　（例如：寡君是以願借助焉。）

X借入，Y借出，讀A音。

[H2] X借°→Y　（例如：言子借我以善名。）

X借出，Y借入，讀B音。

在H1的關係中，X借入，Y借出；在H2的關係中，X借出，Y借入；X、Y之間存在著一種交易的關係，由於施事不同，關係的方向亦異。對於施事X來說，我們管H1的動詞叫內向動詞，H2的動詞叫外向動詞。《釋文》利用異讀區別某些字形相同而又兼具內向、外向性質的動詞，共得七字。其中「假」、「乞」、「稟」三字的B音各只得「假借」、「乞假」、「稟假」一例，均有假出義，陸德明卻兼注兩讀，似欠明確。又「假」、「乞」二字有孔穎達、顏師古說爲旁證，其B音比較可信；「稟」字則連李賢外向義的例句也沒有B音一讀，那就值得懷疑了。由於本類異讀易使句子產生歧義，後代一般只取A音一讀，「借」字則取B音，取捨的標準略有不同。

區別關係方向的異讀大概可以追溯到某些古漢語的同源詞，梅祖麟曾透過下列八對例子探尋一些古同源詞音義演變的規律：

買賣　　聞問　　受授　　賒貰

貣貸　　學斆　　糴糶　　乞乞

結論是:「非去聲是內向動詞,去聲是外向動詞。」梅氏說：

> 我們所謂的內向動詞和外向動詞都是及物動詞，內向動詞所代表的動作由外向內，如「買」，外向動詞所代表的動作由內向外，如「賣」；周法高管「買賣」這一型的詞義轉變叫「彼此之間的關係」，也無不可。(p.438)

在梅氏所舉的例子中，爲了別義，這些同源詞很多已分化爲兩字了。後人甚至還加上「入」、「出」等補足語以顯示關係方向，例如「禮聞來學，不聞往教。」(《禮記·曲禮上》)兩句的方向區別就很清楚了。《釋文》「買賣」、「受授」、「糴糶」、「匄」(丐)諸例早已分化爲兩字，沒有利用異讀來區別同一字的音義，本書不予收錄。

*30 借

A. tsiæk　精昔　　如字、子亦反　　　　2/12

B. tsia° 精禡 子夜反 8/12

BA 1/12

《釋文》凡三讀，其中情亦反一讀蓋爲「藉」字作音(262-4a-1)，今只論精紐入、去兩讀。入聲如字A音有借入義，內向動詞。

1.《禮記·王制》：「古者公田藉而不稅。」鄭注：「藉之言借也，借民力治公田，美惡取於此，不稅民之所自治也。」(246-12-23a′)《釋文》：「子亦反。」(174-25a-7)

2.《左傳·襄公四年》：「寡君是以願借助焉。」杜注：「借鄫以自助。」(506-29-21b)《釋文》：「子亦反，注同。」(256-19a-10)

去聲B音有借出義，外向動詞。

3.《左傳·昭公二十年》：「吾由子事公孟，子假吾名焉，故不吾遠也。」杜注：「言子借我以善名，故公孟親近我。」(854-49-5b′)《釋文》：「子夜反。」(285-21b-8)

4.《論語·衛靈公》：「有馬者，借人乘之，今亡矣夫。」(140-15-7b)集解引包咸曰：「有馬不能調良，則借人乘習之。」(140-15-7b)《釋文》：「子夜反，注同。」(353-18a-1)

例3.「子」爲借出者，「借」讀B音。惟「假」字《釋文》未作音，說詳下文例8.。例4.是借馬予人的意思；依包咸說似亦可解作借來善騎馬的人或假手於人訓練己馬，則所借者爲「人」，即有借入義。陸德明不取後解，大概認爲是借入指物，不能指人。我們不能把人借入或借出，所以「借人乘之」只能解作借出給人乘之，故單注B音一讀，有借出義。兩讀的區別相當清楚。另兼注兩讀一例，參見例7.。

《音辨》云：「取於人曰借，子亦反。與之曰借，子夜反。」(6-10b)周祖謨以爲出於漢讀(p.88)，且定爲意義有彼此上下之分，而異其讀(p.105)。Downer 以爲派生形式有致使義(p.282)，周法高則歸入主動被動關係之轉變一類(p.84)。

*31 假

A. °Ka　見馬

如字、音賈、古雅反、工雅反、工下反、舉下反（毛公、馬融、鄭玄、徐邈、梁武帝、沈重）　16/46

B. Ka°　見禡　音嫁

BA 1/46

《釋文》「假」字尚有音格、音遐、音暇三音，均屬假借改讀，與本題無關，今只論上、去兩讀。上聲如字A音多義，今只論假入義，例證較少。

5.《左傳・春秋序》：「三曰婉而成章，曲從義訓，以示大順，諸所諱辟；璧假許田之類是也。」(14-1-17a)《釋文》:「古雅反，後不音者同。」(221-1b-5)

案「璧假許田」事見桓公元年經文：「三月，公會鄭伯于垂，鄭伯以璧假許田。」杜注：「鄭求祀周公，魯聽受祊田，令鄭廢泰山之祀，知其非禮。故以璧假爲文，時之所隱。」(88-5-1b)

孔疏：「今言以璧假，似若進璧，以致辭然。故璧猶可言，祊則不可言也。何則？祊、許俱地，以地借地，易理已章，非復得爲隱諱故也。」諸家分析整件事相當清楚，此句據經文知對施事者鄭伯來說實有假入許田義，陸氏讀A音。

6.《書·秦誓》：「秦穆公伐鄭，晉襄公帥師敗諸崤。」孔傳：「以其不假道，伐而敗之，囚其三帥。」孔疏：「禮征伐朝聘過人之國，必遣使假道，晉以秦不假道，故伐之。」(314-20-11a′)《釋文》：「工下反。」(51-14b-10)

例6.對於施事者秦穆公來說有假入義，陸氏亦注A音。《釋文》去聲B音僅一見，且屬兼注兩讀之例。

7.《穀梁·僖公二十六年》集解引范雍曰：「兵，不祥之器，不得已而用之。安有驅民於死地，以共假借之役乎。」(92-9-9b′)《釋文》：「假借：音嫁，又古雅反。下子夜反，又子亦反。」(332-15a-11)

此例似指楚國出師助魯伐齊，故論稱以民假出他國而驅之死地，陸氏以B音爲首音。案《漢書·敍傳》：「至於成帝，假借外家。」顏注：「假音工暇反，借音子夜反。」(p.4207)「假借」就是對外家寬容的意思，似有假出義，顏師古單注B音，然亦僅此一例，較難判斷。

8.《左傳·莊公十八年》：「王命諸侯，名位不同，禮亦異數，不以禮假人。」杜注：「侯而與公同賜，是借人禮。」孔疏：「假借同義，取者假為上聲，借為入聲。與者假、借皆為去聲。」(159-9-15b)《釋文》：「是借：子夜反。」(228-16b-11)

杜注以「借人禮」釋「以禮假人」，假出義相當清楚。上文例3.杜注亦以「子借我以善名」解釋「子假吾名焉」，情況正同。《釋文》兩例中的「假」字不作音，「借」字同注B音。雖然孔穎達對「假」、「借」各兩讀的解釋很清楚，但就事論事，陸德明處理「假」字的方法與「借」字不同，不肯隨便注出B音一讀，頗持保留態度，未必與孔、顏一致。

《音辨》云：「取於人曰假，古雅切。與之曰假，古訝切，《春秋傳》：不以禮假人。」(6-10b)蓋據孔說立論，即例8.。周祖謨、周法高二家的歸類與「借」字全同。又周祖謨以爲「假」、「借」的B音出自蘇林、服虔(p.88)。並云：「案《禮記·王制》：大夫祭器不假，《釋文》：假：古訝切。」(p.105)其實陸氏未爲〈王制〉此例作音(267-13-23b)；而《禮運》亦有此句，孔疏：「祭器不假者，凡大夫無地則不得造祭器，有地雖造而不得具足，並須假借。」(421-21-20a′)則有假入義。所以，陸、孔二家於「大夫祭器不假」一句均不讀B音，周祖謨謂《釋文》讀「古訝切」，純出虛構，而且《釋文》根本不用「切」字。嚴學宭亦引此句爲證，其誤與周祖謨同。

*32 藉

A. dziæk 從昔

如字、在亦反 4/35

B. dzia° 從禡

在夜反、慈夜反、才夜反、字夜反 27/35

AB 1/35　　BA 1/35

《釋文》凡三音，其中音借兩見（184-9b-6、264-7b-10），徐邈讀。今只論從紐入、去兩讀。入聲如字A音多義，其中包括借入義。

9.《禮記・王制》：「古者公田藉而不稅。」鄭注：「藉之言借也，借民力治公田，美惡取於此，不稅民之所自治也。」（246-12-23a）《釋文》：「在亦反。」（174-25a-7）

10.《左傳・僖公二十八年》：「使宋舍我而賂齊秦，藉之告楚。」杜注：「假借齊秦使為宋請。」（271-16-18b）《釋文》：「在亦反，借也。」（237-7b-3）

去聲B音義爲薦也，有在下者獻進之意。《釋文》「藉」字B音所表示的關係似乎只有一個方向，就是在上的藉入，在下的藉出，在上的不能藉出給下。B音只有一個單向的關係，與「借」、「假」雙向的關係不同。

11.《左傳・文公十二年》：「所以藉寡君之命，結二國之好。」杜注：「藉，薦也。」（330-19下-6b）《釋文》：「在夜反，薦也。注同。」（242-17a-4）

12.《易・大過》：「初六，藉用白茅，无咎。」（70-3-30b）《釋文》：「在夜反，下同。馬云：在下曰藉。」（24-11b-2）

以上二例均是在下者獻進之意，或屬謙辭，陸氏注B音。兩讀的區別相當清楚。

Downer 將「藉」字歸入派生形式有致使義一類（p.282），其他各家無說。

*33 貸

A. dək　定德　音特　1/17

A_1 音忒、吐得反、他得反（t′-，透紐）

AA_1　2/17

B. t′əi°　透代

他代反、吐代反　10/17

B_1 敕代反（ṭ′-，徹紐）　1/17

《釋文》「貸」字三音，一讀音二，凡三例，蓋與「貣」字字形相混，須加辨識。入聲A音有貸入義，聲紐定、透不同。去聲B音有貸出義，聲紐透、徹不分，實同一音，亦以關係方向區別兩讀。

13.《周禮・地官・泉府》：「凡民之貸者，與其有司辨而授之，以國服為之息。」鄭注：「有司，其所屬吏也，與之別其貸民之物，定其賈以與之。鄭司農云：貸者謂從官借本賈也，故有息。」(228-15-6b)《釋文》：「之貸：音特⑯，注不出者同。」又云：「貸民：吐代反。」(117-19a-5)

14.《莊子・外物》：「莊周家貧，故往貸粟於監河侯。監河侯曰：諾。我將得邑金，將貸子三百金，可乎？」(p.924)《釋文》：「音特⑯，或一音他得反。」又云：「將貸，他代反。」(396-14a-8, 9)

例13.「民之貸（入）者」與「貸（出）民之物」剛好對舉，例14.「貸（入）粟」與「貸（出）子」亦剛好配對。《釋文》兩讀的區別相當清楚。

《音辨》云：「取於人曰貸，他得切，字亦作貣。與之曰貸，他代切。」(6-10b) 周祖謨(p.105)、周法高(p.84)的歸類與「借」字同。三家的A、B兩讀同屬透紐，忽略了A音定紐一讀。

*34 乞

A. k'iət 溪迄 如字

B. k'iəi° 溪未 音氣

AB 1/1

《釋文》僅得一例，兼注入去兩讀。

15.《禮記·少儀》：「事君者，量而后入，不入而后量。凡乞假於人，為人從事者，亦然。」鄭注：「量，量其事意合成否。」孔疏：「凡乞貸假借於人謂就人乞貸假借，為人從事謂求請事人，如此之屬，亦須先商量事意成否，不可不先商量，卽當其事，故云亦然。」(630-35-9a)《釋文》：「如字，又音氣。」(193-28b-4)

王夢鷗《禮記今註今釋》將「凡乞假於人」一句譯爲「凡是對人有所要求或假借」(p.464)。「乞」、「假」均爲雙向動詞，同有請求及借出義。《釋文》此句兼注兩讀，可能認爲兩義均可說得過去，而王譯則與《釋文》首音A音相合。

乞求之乞，一般讀入聲如字A音，如乞師、乞盟之例極多，《釋文》不作音。去聲B音則極罕見，孔穎達於《左傳·昭公十六年》疏云：「乞，奪取也。乞之與乞，一字也，取則入聲，與則去聲也。」(828-47-19b′) 兩讀的區別相當清楚，可惜缺少可靠的例句爲證。《漢書》「乞」讀B音者四見，均有與義。《朱買臣傳》：「買臣乞其夫錢，令葬。」顏注：「乞：音氣。」(p.2793) 大概唐人習慣如此。經傳中「乞」字B音的例句太少，與「假」字一樣，陸德明的看法亦未必與孔、顏一致。

《音辨》云：「取於人曰乞，去訖切。與之曰乞，去旣切。」(6-10b) 周祖謨 (p.105)、Downer (p.281)、周法高 (p.84) 三家的歸類與「借」字同。

*35 稟

A. °piem 幫寢 彼錦反、必錦反 4/6

B. piem° 幫沁 方鴆反（劉昌宗）

AB 1/6

《釋文》「稟」字三音，其中力錦反蓋爲「廩」字作音(209-3a-10)，不論。又B音劉昌宗讀幫非不分，但與辨義無關。《釋文》上聲A音有稟受義。

16.《穀梁・隱公元年》范注：「臣當稟命於君，無私朝聘之道。」(12-1-7b′)《釋文》：「彼錦反。」(325-2b-4)

17.又《莊公三年》范注：「凡生類稟靈知於天，資形於二氣，故又曰獨天不生。」(46-5-6b′)《釋文》：「彼錦反。」(328-8a-3)

去聲B音一見，屬劉昌宗讀，《釋文》列作又音。

18.《周禮・夏官・挈壺氏》：「挈畚以令糧。」鄭注：「亦縣畚于所當稟假之處，令軍望見知當稟假于此下也。」(461-30-15a′)《釋文》：「彼錦反，劉方鴆反。」(127-4b-6)

依《釋文》首音慣例，B音只是劉昌宗一家的主張，未必爲時人所接受，似不必強分爲兩讀。《後漢書・張禹傳》：「禹上疏求入三歲租稅，以助郡國稟假。」李賢注：「稟，給也。假，貸也。」(p.1499) 僅解釋詞義而未作音，按理稟出義當讀B音。又《光武帝紀》：「其命郡國有穀者，給稟高年鰥寡孤獨及篤癃、無家屬、貧不能自存者，如律。」李賢注：「說文：稟，賜穀也。音筆錦反。」(p.47) 亦有稟出義，合讀B音，但李賢卻注A音，與陸德明例18.的首音正同。

諸家均未討論此字。

*36 學

A. ɣok　匣覺　如字　1/9

B. ɣau　匣效

戶敎反、戶孝反、胡孝反、音效　6/9

B_1 音敎（k-，見紐）

AB 1/9　BB_1 1/9

《釋文》主要分爲A、B兩音。B音及B_1音由於聲紐匣見不同，應該分作「斆」、「教」兩字；現因意義相同，且又同讀去聲，暫時合併爲一字處理。B音或又分化作「斆」字，《釋文》兩見，全出《尚書音義》(43-15a-1,43-16b-6)，或屬後人改易，不甚可靠。《釋文》「學」字的A、B兩音是指同一關係說的，在甲方來說是學，在乙方來說就是教了。所以A音是內向動詞，B音是外向動詞。

19.《禮記・檀弓下》：「三臣者廢輴而設撥，竊禮之不中者也，而君何學焉。」鄭注：「止其學非禮也。」(192-10-13a)《釋文》：「如字，或音戶教反，非，注同。」(172-21a-10)

20.《禮記・學記》：「兌命曰：學學半，其此之謂乎。」鄭注：「言學人乃益己之學半。」(648-36-2b)《釋文》：「學學：上胡孝反，下如字。言學人：胡孝反，又音教。」(195-1a-9)

以上二例《釋文》辨析極細。例19.是君學而非教三臣者，只能讀A音。例20.《尚書》孔傳以教義釋上「學」字，《釋文》注B音；下「學」字有學習義，《釋文》讀A音。注文「學人」即教人，故讀B音。《禮記・曲禮上》云：「禮聞來學，不聞往教。」(14-1-10a)其中「學」、「教」已分化爲兩字，且有「來」、「往」兩字可供辨認方向，不相混淆，較「學學半」一句清楚，且不會產生歧義，所以也不必用注音方式來區別兩讀了。

21.《禮記・文王世子》：「凡學世子及學士必時。春夏學干戈，秋冬學羽籥，皆於東序。小樂正學干，大胥贊之。籥師學戈，籥師丞贊之。」(392-20-4b)《釋文》：「戶孝反，教也。下小樂正學干，籥師學戈，學舞干戚同。」(181-3b-2) 岳珂《九經三傳沿革例》云：「學世子之學既為戶孝反，學士之學當同音。」(p.9)（今疑《釋文》或脫「下同」二字[97]。）

22.《禮記・學記》：「善歌者使人繼其聲，善教者使人繼其

志。」鄭注：「言為之善者則後人樂傚傚。」(653-36-12b)
《釋文》：「善敎：如字。一本作學，胡孝反。」(195-2a-8)

例21.共有六個「學」字，全有教義，當讀B音；其中三個未見注音的，可能是陸德明的疏忽，可據岳珂說補上。例22.「教」、「學」(胡孝反)互爲異文，參見例20.。

Downer將B音歸入致使義一類(p.283)，王力認爲「教是效的使動詞，也就等於說教是學的使動詞。」(p.22)「教」可以說是使學，但將「學」說成使教則不合情理。《釋文》既以A音爲學，那麼B音就是使學，核心詞義不變，如此方合致使規律。又周法高歸入主動被動關係之轉變一類(p.84)，則B音爲被學。三家同誤。

【辯　證】

⑦糴糶(A. diɛk定錫——B. diɛu°定嘯)

《釋文》「糴」字九見，有入、去兩讀。其中入聲多爲「告糴」、「請糴」、「乞糴」等詞注音，顯屬內向動詞。又去聲一見，徐邈讀(252-11a-5)，蓋爲晉大夫「糴茷」作音(《左傳·成公十年》，449-26-28b)，與入聲沒有任何音義關係。大概經典有「糴」無「糶」，有關「糶」(出米)的概念多用「餼」、「輸」等詞表示之。「糶」字或屬後出，《釋文》未見收錄。

⑧匄(A. kuɑt見末——B. kɑi°見泰)

《釋文》有入、去兩讀。其中去聲一讀佔13/14例，幾全爲范丐、伯丐、士丐、陽丐、張丐、王子丐等人名作音。其他爲動詞注音者二例。

23.《左傳・昭公六年》：「不強匃。」(752-43-22a)孔疏：「匃，乞也，不就人強乞也。」(277-5b-11)《釋文》：「本或作丐，音蓋，乞也。說文作匃，云乞也，逯安說：亡人為匃。」(277-5b-11)

24.又《昭公十六年》：「毋或匃奪。」孔疏：「乞，奪取也。乞之與乞，一字也，取則入聲，與則去聲也。此匃亦有取與，此傳言匃謂取也。詔書稱祖調匃民謂與民。」(828-47-19b)《釋文》：「匃奪：古害反，舊又姑末反，乞也。」(283-17b-11)

二例均有取義，內向動詞，陸氏於例23.讀去聲，例24.兼注兩讀，但以去聲爲首音，入聲爲舊音、又音。疑入聲A音原是內向動詞，有取義；去聲B音是外向動詞，有與義。《釋文》「匃」字或已沒有兩讀及兩向之別，一律讀去聲，其他傳注資料亦同。姑末反一讀可能並不可靠。

第九節　區別上下尊卑類

*37　養：A音喻紐養韻；B音喻紐漾韻。上去之別。

*38　仰：A音疑紐養韻；B音疑紐漾韻。上去之別。

*39　風：A音非紐東韻；B音非紐送韻。平去之別。

本類動詞表示一般關係時讀A音，如果牽涉到下對上的實質關係時則讀B音。今以公式表示於下。

[I 1] X養Y （例如：養其親。）

X養Y，讀A音。

[I 2] X養°Y （例如：養其父母。）

X養Y，其中X一定是Y的晚輩，讀B音。

本類和第八類「區別關係方向類」有些不同。第八類的兩讀都是指同一關係說的，本類則分屬兩種不同的關係，全由交接雙方的上下關係來決定動詞（同一詞形）的讀音，亦具辨義作用。

本類共得三字，基本上都有此區別。惟陸氏對「仰」字的兩讀區別似有懷疑，未盡同意徐邈所訂的標準。此外「見」、「告」、「藉」、「從」四字引申也有區別上下尊卑的特質，說詳各有關例字下。

*37 養

A. °oiang 喻、養 如字 1/63

B. oiang° 喻、漾

以上反、羊尚反、羊亮反、以尚反、餘尚反、餘亮反、予亮反、羊讓反、余亮反（徐邈） 50/63

B_1 于亮反（j-，爲紐） 1/63

AB 6/63 BA 4/63

《釋文》「養」字三音，其中一音改讀「癢」字（186-14a-7），與本題無關。又 B_1 讀爲紐，與喻紐不同，僅一見(158-32b-3)，「于」或爲「予」字之誤，或喻、爲不分，與辨義無關，實即一讀。上聲如字A音有生養、養育、教養、修養諸義，一般不作音。

1.《左傳•昭公元年》：「國之大節有五：女皆奸之。畏君之威，聽其政，尊其貴，事其長，養其親。王者所以為國也。……幼而不忌，不事長也。兵其從兄，不養親也。」(703-41-15a)《釋文》：「養其親：如字，下同。」(272-23b-7)

此條「養其親」與「事其長」對文，「長」是長輩，而「親」就是平輩親屬，也就是下文的從兄。陸德明爲免讀者誤會「養其親（從兄)」指長上，故特標如字以提示讀者。

去聲B音有供養及孝養義，即下養上，並表敬意。

2.《詩・唐風・鴇羽》：「君子下從征役，不得養其父母。」(224-6.2-6b)《釋文》：「羊亮反。」(68-32a-2)

3.《論語・為政》：「今之孝者，是謂能養，至於犬馬，皆能有養。不敬，何以別乎？」集解引包咸曰：「犬以守禦，馬以代勞，皆養人者。一曰：人之所養，乃至於犬馬，不敬則無以別。」(17-2-3a)《釋文》：「能養：羊尚反，下及注養人同。」(345-2b-4)

例2.有孝養義，陸氏讀B音。例3.陸氏以「能養」、「有養」、「養人」三「養」字讀B音，「能養」有孝養義，「有養」據包咸說是犬馬「養人」的意思，或即下養上，此三處讀B音是對的。至於一曰「所養」之「養」則與包咸「養人」異解，是人養犬馬的意思，《釋文》不作音，即讀A音。兩讀區別上下尊卑相當清楚，《釋文》間亦有兼注兩讀的例子，多表示與徐邈的觀點有別。

4.《易・井卦》：「井養而不窮也。」(110-5-15a)《釋文》：

「如字，徐以上反。」(27-18b-10)

5.《禮記·王制》：「凡養老，……五十養於鄉，六十養於國，七十養於學，達於諸侯。」(263-13-15b)《釋文》:「養於：如字，徐以尚反，下同。」(174-26b-9)

例4.井養人根本設有上下關係，陸氏以A音爲首音，是也。例5.「養老」不作音，對於在上位者來說，「老」或在下，可讀A音。至於「養於」三見，亦即養老義，陸氏仍以A音爲首音。兩例徐邈讀B音，例4.或因養人義，例5.或因被動義，或因敬老義而有異讀。陸德明似不同意徐說，僅列作又音處理。

《音辨》云：「上育下曰養，餘兩切；《書》：政在養民。下奉上曰養，餘亮切。」(6-11a) 周祖謨認爲是意義有彼此上下之分，而有異讀(p.105)，Downer 認爲派生形式具有受局限的意義(p.286)，周法高則歸入主動被動關係之轉變：上和下的關係(p.81)。

*38　仰

A. °ngiang　疑養　　如字

B. ngiang°　疑漾　　魚亮反、五亮反(徐邈)

AB　4/4

《釋文》凡四例，全注上、去兩讀，而以上聲如字A音爲首音，去聲B音多屬徐邈讀。

6.《易·屯卦》王注：「窮困闉厄，无所委仰，故泣血漣如。」(23-1-31b′)《釋文》：「如字，又魚亮反。」(20-3a-9)

7.《偽書・說命下》:「王曰:嗚呼!說!四海之內,咸仰朕德,時乃風。」(142-10-8a)《釋文》:「如字,徐五亮反。」(43-16b-6)

8.《左傳・襄公十九年》:「小國之仰大國也,如百穀之仰膏雨也。」(585-34-3b)《釋文》:「如字,徐五亮反,下同。」(262-3b-10)

例6.「委仰」根據上下文「下无應援,進無所適」來判斷,大概是上仰下義。例7.、例8.明顯有下仰上義,徐邈讀去聲B音,而陸德明則仍以如字A音為首音,僅將徐讀列作又音處理,似不同意徐邈的音義區別。此外,顏師古及李賢亦讀去聲B音。

《漢書・食貨志》:「邊兵二十餘萬人仰縣官衣食。」顏注:「仰音牛向反。」(p.1144)「縣官」即朝廷。又《後漢書・鄧禹傳》:「前無可仰之積,後無轉饋之資。」李注:「仰猶恃也,音魚向反。」兩例均表示軍隊恃賴朝廷的關係,而顏、李二家全注去聲B音。可見兩讀與上下義無關,而是以意義為根據。作俯仰解時讀A音,作恃賴解時讀B音。至於是否與徐邈的區別相同,則讀例不足,難以判斷。

《音辨》云:「上委下曰仰,魚亮切。下瞻上曰仰,語兩切。」(6-12a)似根據例6.「委仰」一詞立論,但所論兩讀的上下關係適與徐、顏、李諸家相反;而將去聲一讀訂作A音,亦與陸氏所說不合;必有訛誤,其故未詳。周祖謨(p.106)、周法高(p.82)區別兩讀與「養」字同。Downer 則列入派生形式是表效果的(p.284)。Downer 及周法高均以例8.為證,由於兼注兩讀,說解並不明確。

*39　風

A. ₒpiung 非東　　如字（王肅、徐邈）　　1/21

B. piungᵒ 非送

音諷、福鳳反、方鳳反（徐邈、沈重）　　14/21

AB 4/21　　BA 2/21

「風」字一般用作名詞，例如「國風」、「風雨」等，《釋文》不作音。陸氏嘗云：「風之始也：此風謂十五國風，風是諸侯政教也。下云所以風天下，《論語》云：君子之德風，並是此義。」(53-1b-6)至於動詞則有風化義及風刺義，並有上下之別。

陸氏以平聲如字A音爲上風下，去聲B音爲下風上，兩讀辨正音義非常清楚。

9.《詩・周南・關雎》序：「所以風天下而正夫婦也。」(12-1.1-4a)《釋文》：「如字，徐福鳳反，今不用。」(53-1b-7)

10.又：「風，風也，教也。」(12-1.1-4a)《釋文》：「並如字，徐上如字，下福鳳反。崔靈恩集注本下卽作諷字。劉氏云：動物曰風，託音曰諷。崔云：用風感物則謂之諷。沈云：上風是國風，卽詩之六義也，下風卽是風伯鼓動之風，君上風教能鼓動萬物，如風之偃草也。今從沈說。」(53-1b-7)

11.又：「風以動之，教以化之。」(12-1.1-4b)《釋文》：「如字，沈福鳳反，云：謂自下刺上，感動之名，變風也。今

不用。」(53-1b-9)

例 9.是上風下，陸氏讀如字A音，而不同意徐邈讀去聲。例10.次「風」字用沈重說認爲有「君上風教能鼓動萬物」義，亦讀如字，不從徐邈說。另首「風」字爲國風之風，名詞，諸家同讀A音。例11.沈重以爲有「自下刺上」義，讀B音；但陸氏根據下文「教以化之」句認爲是上風下，當讀A音。由此觀之：陸氏及沈重均以爲A音爲上風下，有風化、風教義；B音爲下風上，有風刺義。徐邈讀去聲B音大概假借爲「諷」字，似無上下之分。

12.又：「上以風化下，下以風刺上。」(16-1.1-11b)《釋文》：「下以風：福鳳反，注風刺同。」(53-2a-3)

13.又：「吟詠性情以風其上。」(17-1.1-13b)《釋文》：「福鳳反。」(53-2a-5)

14.《詩・小雅・北山》：「或出入風議，或靡事不為。」鄭箋：「風猶放也。」(444-13.1-20b)《釋文》：「音諷，放也。」(84-27a-11)

15.《左傳・桓公十三年》杜注：「難以屈瑕將敗，故以益師諷諫。」(124-7-14b′)《釋文》：「方鳳反，本亦作諷。」(226-12a-4)

例12.、例13.均有下風上義，讀B音。例14.「風議」、例15.「風諫」亦有下風上義，或借作「諷」字，陸氏同讀B音。

此外陸氏兼注兩讀者六例，其中三例已見例 9.、例10.、例11.；其他或區別名、動，或區別上下尊卑。

16.《詩・周南・關雎》序：「言之者無罪，聞之者足以戒，故曰風。」(16-1.1-11b)《釋文》：「福鳳反，又如字。」

(53-2a-4)

此例有風刺義，是下風上，同例12.、例13.，陸氏以去聲B音爲首音，是也。惟「曰風」之「風」又可理解爲國風之風，名詞，故又讀如字A音。

《音辨》云：「上化下曰風，方戎切；下刺上曰風，方鳳切。」(6-11a)兩讀同爲動詞，說解與《釋文》相合。周祖謨歸入意義有彼此上下之分，而有異讀一類(p.105)，其所引「風，風也」(即本文例10.)一例省略首音如字不說，易引起誤會。Downer以《說苑》「春風風人」爲例訂爲名動之別(p.279)，周法高說同(p.56)，但與本書重點不同。

第十節　區別形容詞好惡遠近類

*40　好：A音曉紐皓韻；B音曉紐號韻。上去之別。

*41　惡：A音影紐鐸韻；B音影紐暮韻。入去之別。

*42　遠：A音為紐阮韻；B音為紐願韻。上去之別。

*43　近：A音群紐隱韻；B音群紐焮韻。上去之別。

*44　先：A音心紐先韻；B音心紐霰韻。平去之別。

*45　後：A音匣紐厚韻；B音匣紐候韻。上去之別。

*46　前：A音從紐先韻；B音從紐霰韻。平去之別。

*47　難：A音泥紐寒韻；B音泥紐翰韻。平去之別。

本類一般形容詞讀A音，表示動賓結構時讀B音。又同是動賓結構時，有時或以A音表靜態，B音表動態，由是否有移動義來決定兩讀。今用公式表示於下。

[J 1] 好 + X → 偏正詞組　（例如：我有好爵。）

形容詞的「好」讀A音。

[J 2] 好°+ X → 動賓詞組　（例如：有寵而好兵。）

動詞的「好」讀B音。

漢語的形容詞和動詞一般都能充當句子的謂語成分，在語法研究上可以合成一個大類。周法高在《中國古代語法·造句編上》統稱爲「謂詞」，並從《孟子》書中舉出「惡」、「善」、「殺」、「去」、「死」、「生」、「正」諸字詳加論說：

> 我們似乎需要把謂詞分為二類：一類可用「善」字作代表，叫作形容詞；一類可用「殺」字作代表，叫作動詞。假使在這兩個字後面加上一個名詞，例如「人」，那麼，「殺人」是「述語＋賓語」的組織；而「善人」卻是「形容詞＋端語」的組織。由此可以看出「述語『善』＋賓語」的用法是不常見的。……我們再看「善」字可以在後面加「於」表示比較，這種用法是「殺」字所沒有的。而「殺」字可以在前面加「見」表示被動，這種用法也是「善」字所沒有的。(p.43)

周氏這樣做有兩種好處：一方面可以兼顧形容詞和動詞的共性，一方面又可以利用兩種搭配的特性顯示出兩者的區別。不過有時遇到一些兼隸兩類的情況卻仍然有歧義現象發生。周氏又云：

> 「正人」在語法上就可能有兩種含義：一種是「述語＋賓語」的組織，一種是「形容詞＋端語」的組織。「正」字後面跟着賓語的有10次，「正」字作形容詞的有5次，其比數相差已不太大。把牠屬在動詞或形容詞或是分隸二類，這實在是

一個值得考慮的問題。(p.48)

碰到這種情況時，一般只能以意義，甚至舊注的解釋或上下文爲判別的標準。例如：

(a)《易・中孚》：「我有好爵。」(133-6-16a)《釋文》:「如字，王肅呼報反。孟云：好，小也。」(30-23a-10)

(b)《左傳・隱公三年》：「有寵而好兵。」(53-3-10b)《釋文》:「呼報反。」(222-4b-5)

(b)「好兵」和「有寵」對舉。「有寵」既屬動賓詞組，那麼「好兵」當然也是動賓詞組了。這裏「好」是動詞而不是形容詞，所以《釋文》注B音。(a)「好」爵的「好」有兩讀，依照王肅的B音就是動賓詞組，在句子中並不好解釋(孤立來看當然沒有問題)；所以陸德明還是遵從孟喜舊注把「好」字注A音，那麼「好爵」就是一個偏正詞組，而「好」就是形容詞了。這主要是由於兩種結構共用一個詞形所造成的，有些有讀音區別，有些則沒有讀音區別：例如「正人」一詞可以理解爲「正人君子」類的「正人」，是偏正詞組，又可以理解爲「正人正己」類的「正人」，是動賓詞組。

此外，有些同屬動賓詞組的亦有兩讀之別。例如在《孟子》「叟不遠千里而來」(9-1上-2a)及「是以君子遠庖厨也」(22-1下-3b)兩例中，前者的「遠」有「視之爲遠」義，參見下文例29.，讀A音；後者有「遠離」義，讀B音。

本書計收「好」、「惡」、「遠」、「近」、「先」、「後」、「前」、「難」八例，除「前」字外，A、B兩讀不但可以區別形、動，有時也可以區別某些動賓詞組中靜態、動態之異。此外，第四類「治國國治類」及第五類「染人漁人類」的兩讀亦見類似區別，可以參看。至於「善」（繕）、「齊」、「和」、「調」、「遲」、「陰」（瘖、蔭）諸字或亦算入本類，惟依《釋文》句例分析，當屬兩義區別，與分辨形、動無關。

*40 好

A. ° xɑu　曉皓

如字、蒿縞反、呼老反（毛公、王肅、崔靈恩）　4/424

B. xɑu　曉號

呼報反、呼到反、許到反、音耗（鄭玄、王肅、徐邈）

344/424

AB 16/424　　BA 10/424

《釋文》兩讀有辨義作用，上聲如字A音訓美也，形容詞，〈序錄〉訓作「精」也（3-5a-11）。

1.《詩・齊風・還》序：「習於田獵，謂之賢；閑於馳逐，謂之好馬。」(189-5.1-7a)《釋文》：「蒿縞反。」(66-27a-8)

2.《老子・第53章》：「朝甚除。」王注：「朝，宮室也。除，潔好也。」(p.141)《釋文》：「如字。」(358-6a-3)

3.《莊子・齊物論》郭注：「有無而未知無無也，則是非好惡猶未離懷。」(p.80)《釋文》：「好惡：並如字。」(363-8b-4)

例1.孔疏以爲「好」即好君，「好」與「賢」對舉，「賢」者賢君，故「好」爲形容詞。例2.「好」有美義。例3.「好惡」

即美醜。三句均讀A音。

去聲B音訓「悅」也(77-14a-5)，物之美者悅之，〈序錄〉訓「愛」也，動詞。《音辨》稱「嚮所善謂之好」(6-6b)，則表喜好之意。

4.《詩・小雅・彤弓》：「我有嘉賓，中心好之。」毛傳：「好，説也。」(353-10.1-15a)《釋文》：「呼報反，悦也。」(77-14a-5)

5.《論語・公冶長》：「由也，好勇過我，無所取材。」(42-5-3a)《釋文》：「呼報反，下同。」(347-5a-10)

6.《左傳・隱公元年》：「公攝位而欲求好於邾，故為蔑之盟。」(35-2-15a)《釋文》：「呼報反。」(221-2b-9)

例4.、例5.均有悅好義，動詞，「好之」、「好勇」均為動賓詞組。例6.是由悅好所派生出來的一種友好和平的狀態，可以說是成功詞，與例1.代表性質的「好」相似而實不同。三例《釋文》均讀B音。至於「好惡」一詞由於對文句理解不同，異讀頗多。

7.《禮記・王制》：「命市納賈以觀民之所好惡，志淫好辟。」鄭注：「民之志淫邪，則其所好者不正。」(226-11-30a)《釋文》：「所好：呼報反，下及注同。惡：烏路反。」(173-24a-4)

例7.的「所」字後「好惡」及「好」均為動詞，「好辟」是動賓詞組，陸氏全讀B音，可與例3.的「好惡」比較參看，兩讀的區別相當清楚。不過有時又頗複雜，《釋文》「好」字兼注兩讀者二十六例，其中牽涉「好惡」一詞者十二例，以A音為首音者六例，以B音為首音者亦六例，分配平均。

8.《禮記・月令》：「詰誅暴慢，以明好惡，順彼遠方。」(323-16-18b)《釋文》：「並如字。又上呼報反，下烏路反。」(177-32a-5)

9.又《樂記》：「將以教民平好惡而反人道之正也。」鄭注：「教之使知好惡也。」(665-37-8b)《釋文》：「上呼報反，下烏路反。又並如字。後好惡二字相連者皆放此。」(196-3a-11)

例8.、9.分別作「明好惡」、「平好惡」或「知好惡」，句式相同。其實二例並無兩讀之理，好惡讀如字表美醜，辨美醜非爲政急務，當讀去聲。陸德明誤以如字爲首音，蓋將好惡理解爲善惡義，與古訓不合。其他兩讀各例問題亦多。

10.《僞書・大禹謨》：「惟口，出好，興戎，朕言不再。」孔傳：「好謂賞善，戎謂伐惡。言口榮辱之主，慮而宣之，成於一也。」(56-4-9a)《釋文》：「如字，徐許到反。」(38-6b-1)

11.《詩・周南・關雎》：「關關雎鳩，在河之洲。窈窕淑女，君子好逑。」毛傳：「是幽閒貞專之善女，宜為君子之好匹。」鄭箋：「能為君子和好衆妾之怨者。」(20-1.1-20a)《釋文》：「毛如字，鄭呼報反。〈兎罝〉詩放此。」(53-2b-1)

12.《詩・鄭風・遵大路》：「遵大路兮，摻執子之手兮。無我魗兮，不寁好也。」毛傳：「魗，棄也。」鄭箋：「魗亦惡也，好猶善也。」(169-4.3-3a)《釋文》：「如字，鄭云善也，或呼報反。」(64-24b-5)

例10.孔傳將「好」解作賞善義，陸氏以A音爲首音，均誤。徐邈或將此句理解爲「求好於郲」之「好」（參見例6.），讀去聲，於義爲長。例11.毛公以「好匹」釋「好逑」，意即「美匹」，形容詞；鄭玄以「和好」釋「好」，動詞，殆即《小雅·車舝》「雖無好友」一句，鄭箋以「雖無同好之賢友」釋之（484-14.2-14a），陸氏注「呼報反」（86-32a-3），或與此例相近。故陸氏分別爲毛、鄭代擬A、B兩音。例12.「好」字不知當作何解；鄭玄訓「好」爲善，其誤與孔傳同；則東漢已不知古代「好」只訓美，而將美善混爲一談了。

《音辨》云:「好，善也，呼皓切。嚮所善謂之好，呼到切。」(6-6b) 周祖謨（p.103）、周法高（p.71）均以爲形、動之別，Downer 列入致使義，兩義分別爲 to be pretty 和 to love(p. 283)，蓋謂物之美者好之，實與形、動無異。

*41 惡

A. ʔɑk 影鐸

如字、烏各反、烏洛反（馬融、鄭玄） 15/500

B. ʔuo° 影暮

烏路反、烏故反 364/500

AB 24/500 BA 28/500

《釋文》「惡」字五音，今只論A、B兩音，其餘是音烏、音呼、於嫁反（即「亞」字）三音。入聲如字A音訓「貌醜」(368-18a-5)，〈序錄〉或訓作「麤」也，形容詞。

13.《書·酒誥》孔傳：「又惟殷家蹈惡俗。」(211-14-23a′)《釋文》：「烏各反。」(47-6b-5)

14.《穀梁·隱公四年》：「晉之名惡也。」范注：「惡謂不正。」(20-2-2b)《釋文》：「烏各反，注同。」(326-3b-2)

15.《穀梁·隱公元年》：「春秋成人之美，不成人之惡。」(9-1-2a)《釋文》：「烏各反，下注之惡同。」(325-2a-6)

例13.「惡俗」爲偏正詞組；例14.以「不正」釋「惡」，形容詞；例15.「美」、「惡」對舉，形容詞，亦可理解爲成功詞。三例陸德明全注A音。

去聲B音有憎惡義，物之醜者惡之，動詞。

16.《論語·顏淵》：「愛之欲其生，惡之欲其死。」(108-12-6a)《釋文》：「烏路反，注同。」(351-14a-7)

17.《禮記·喪大記》鄭注：「私館，卿大夫之家也。不於之復為主人之惡。」(762-44-4a′)《釋文》：「烏路反。」(201-13a-8)

18.《莊子·齊物論》郭注：「此略舉四者，以明美惡之無主。」(p.94)《釋文》：「烏路反。」(364-9b-3)

例16.「惡之」爲動賓詞組，適與「愛之」相對。例17.「惡」、例18.「美惡」均有動詞憎惡義；或可理解爲憎惡的狀態，成功詞。三例陸德明全讀B音。又例16.可與例13.比較兩種不同的結構，例17.、例18.可與例15.的「美」、「惡」比較，詞性相同，詞義卻不一樣，而《釋文》也就分爲兩讀了。又「惡」的B音一般以動詞爲主，少數例子爲成功詞，與「好」字B音兼具動、名的性質稍異。此外《釋文》區別兩讀之例句亦多，一般與形、動有關。

19.《禮記·大學》：「如惡惡臭，如好好色。此之謂自謙。」(983-60-2a)《釋文》：「上烏路反，下如字。」(216-18a-2)

20.《左傳·昭公七年》：「晉侯問於士文伯曰：誰將當日食？對曰：魯衛惡之。」杜注：「受其凶惡。」(761-44-7a)《釋文》：「如字，或烏路反，非也。」(278-7a-1)

21.《孝經·天子章》：「愛親者不敢惡於人，敬親者不敢慢於人。」(11-1-4b)《釋文》：「烏路反，注同，舊如字。」(341-1b-10)

例19.上「惡」字是動詞，下「惡」是「臭」的修飾語，所以陸氏上讀B音，下讀A音。例20.陸氏根據杜注將「惡之」理解爲「受其凶惡」，並非一般的動賓詞組，與例16.不同，其實此處當釋作視之爲惡，亦爲動詞，但意義不同，陸氏注A音，同時申明不能讀B音。例21.之「惡」爲動詞，當讀B音，舊讀A音非是，故力辨之。諸例兩讀的區別相當清楚。

《釋文》尚有很多兼注兩讀的例子，其中「好惡」連用者已見例3.、例7.、例8.、例9.各條。

22.《公羊·昭公二十年》：「君子之善善也長，惡惡也短。惡惡止其身，善善及子孫。」(293-23-13a)《釋文》：「並如字，一讀上烏路反，下同。」(321-31a-2)

23.《左傳·昭公元年》：「內官不及同姓，其生不殖，美先盡矣，則相生疾，君子是以惡之。」(707-41-24b)《釋文》：「如字，又烏路反。」(272-24b-11)

兩例的「惡」同是動詞，陸氏以A音爲首音，大概是根據動詞的靜態、動態爲別。例22.「惡惡」與「善善」相對，意謂以善爲善，以惡為惡；上「惡」字非「好」字之對，讀A音為長。例23.「惡之」可解作「受其凶惡」(參見例20.)，讀A音。此外兩例解作「憎惡」則有動態義，所以又讀B音。例20.兩讀區別亦同。

24.《易·繫辭下》：「是故愛惡相攻而吉凶生。」(176-8-24b)

《釋文》：「烏路反，注同。鄭烏洛反。」(33-30a-2)

25.《左傳·襄公三十一年》：「其所善者，吾則行之；其所惡者，吾則改之。」(688-40-20b)《釋文》：「烏路反，又如字。」(271-21b-1)

以上二例以B音為首音。例24.「愛惡」相對應與「好惡」同讀B音；鄭玄A音一讀未詳，疑誤。例25.與例22.同，陸氏以為「所惡」有厭惡義，以B音為首音，誤。此句當解作視為惡者，宜讀A音。又從例22.—25.四例可以看出，「惡之」訓憎惡之與視之為惡，並是動詞，而讀音不同，則二音之區別非簡單形、動之別，每與意義及理解有關，頗難董理。

《音辨》云:「惡，否也，烏各切。心所否謂之惡，烏路切。」(6-7a)其他周祖謨、周法高、Downer三家的分類與「好」字全同。

*42 遠

A. ◦jiuan 為、阮 如字（師讀） 1/142

B. jiuan◦ 為、願

于願反、于萬反、于万反、袁万反（馬融、王肅、韓康伯、徐邈、皇侃） 126/142

AB 5/142　　BA 10/142

《釋文》「遠」字兩讀，上聲如字A音爲形容詞，只得一例。

26.《禮記・文王世子》：「凡侍坐於大司成者，遠近間三席，可以問。」(394-20-8b)《釋文》：「遠近間：並如字。」(181-3b-9)

其他都不作音，例如《論語》「有朋自遠方來」(5-1-1a)、「愼終追遠」(7-1-6b)、「不遠遊」(38-4-5a)三句中，除「遠方」屬偏正詞組外，「追遠」、「遠遊」兼具名詞、副詞的功能。陸氏不作音，可能全讀A音。但與下列三例相較，似又有異說。

27.《禮記・郊特牲》：「不知神之所在，於彼乎？於此乎？或諸遠人乎？祭于祊，尚曰：求諸遠者與！」(507-26-22a)《釋文》：「遠人：徐于万反。」(186-13a-4)

28.又：「夫昏禮萬世之始也，取於異姓，所以附遠厚別也。」鄭注：「同姓或則多相褻也。」(505-26-18b)《釋文》：「皇于万反。」(185-12b-5)

29.又《曾子問》鄭注：「不祭于廟，無爵者賤，遠辟正主。」(381-19-13a′)《釋文》：「徐于萬反。」(180-2b-3)

例27.「或諸」猶或者，「遠人」爲動賓詞組，或解作遠離人義，蓋謂神不在彼，不在此，可是神遠離人乎？「於彼」、「於此」指處所，「遠人」不能指處所，而是動賓詞組，徐邈讀B音。例28.「附遠」孔疏謂「所以依附相疏遠之道」，則孔以「遠」爲動詞，與皇讀去聲相合。例29.疑徐解作平列，意謂遠之辟之，故讀B音。總之，例27.—29.三例陸氏明注這是徐邈及皇侃的讀音，除保留衆家舊說外，且可與前引《論語》三句不作音的例子相較，句式相同，理解卻異。《釋文》去聲B音多表動態義或區別某些動賓詞組，例句極多。

30.《論語·陽貨》：「近之則不孫，遠之則怨。」(159-17-11b)《釋文》：「近：附近之近。遠之：于萬反。」(354-20a-6)

31.《論語·雍也》：「務民之義，敬鬼神而遠之，可謂知矣。」(54-6-8a)《釋文》：「于萬反。」(348-7a-5)

《釋文》兼注兩讀者十五例，頗難處理。

32.《左傳·哀公十四年》：「我遠於陳氏矣。」杜注：「言己疏遠。」(1032-59-15b)《釋文》：「如字，又于萬反。」(301-22b-10)

33.《禮記·中庸》：「遠之則有望，近之則不厭。」(898-53-10b)《釋文》：「遠之：如字，又于萬反。近之：如字，又附近之近。」(209-4a-4)

例32.依杜注有「疏遠」義，形容詞，服虔亦稱「言我與陳疏遠也」[98]。按「疏遠」指親屬關係，「與陳疏遠」猶言「在陳氏家族，我是遠房」。而且「遠＋於＋X」並非動賓詞組，自以A音為首音，意謂我與陳氏關係疏遠。B音則意謂我與陳氏關係已愈來愈疏遠，或含動態義，參見下文例39.與例42.的比較。例33.「遠之」、「近之」與例30.相同，同屬動賓詞組。孔疏：「言聖人之道為世法則，若遠離之，則有企望思慕之深也。若附近之，則不厭倦，言人愛之無已。」亦將「遠」、「近」解作動詞。此處「遠之」、「近之」或謂以遠者而言，以近者而言；平常動賓有遠離、來就之意，此處無移動義，陸氏以A音為首音，是也。可見陸氏認爲「遠」、「近」無移動義者讀A音，有移動義者讀B音，故形容詞意動用法(例如《孟子》:「叟不遠千里而來」〔9-1上-2a〕)雖是動詞，仍讀A音，兩讀似非簡單的形、動之別。

34.《易·繫辭下》：「易之為書也不可遠，為道也屢遷，變動不居，周流六虛。」王注：「擬議而動，不可遠也。」(173-8-18b)《釋文》：「馬、王肅、韓袁万反，注皆同。師讀如字。」(33-29b-2)

35.《詩·鄘風·載馳》：「既不我嘉，不能旋反。視爾不臧，我思不遠。」毛傳：「不能遠衞也。」(125-3.2-8a)《釋文》：「于万反，注同。協句如字。」(61-17b-3)

以上二例陸氏全以B音爲首音。例34.亦見〈繫辭上〉王注(150-7-16b′)，陸氏注B音(31-26a-3)。此句將「不可遠」與「屢遷」配合來看，顯爲動詞。馬融、王肅、韓康伯均讀B音，則來源已久。但師讀A音，或理解爲「不可以爲遠」，則屬形容詞意動用法。例35.依毛傳「遠衞」解爲動詞，故以B音爲首音;但「反」、「遠」叶韻，經文亦可讀A音。

《音辨》云:「遠，疏也，於阮切，對近之稱。疏之曰遠，于眷切。《論語》：敬⑲鬼神而遠之。」(6-2b)周祖謨(p.103)，Downer (p.283)、周法高(p.71)三家的歸類與「好」字全同。毛居正《六經正誤》云：「凡指遠近定體則皆上聲，離而遠之，附而近之，則皆去聲，後準此。」(1-13a)則兩讀亦以靜態、動態爲別，非簡單的形、動之別。

*43 近

A. °giən 群隱 如字(徐邈) 5/246

B. giən° 群焮

附近之近、巨靳反、其靳反(徐邈、沈重) 217/246

AB 11/246 BA 11/246

《釋文》「近」字的兩讀區別同「遠」字，上聲如字A音爲形容詞，其一已見例26.「遠近間三席」。

36.《禮記・曲禮上》鄭注：「居人左右，明其近也。」(39-2-17b')《釋文》：「如字。」(163-4b-11)

37.《左傳・成公十六年》：「君之外臣，至從寡君之戎事，以君之靈，間蒙甲冑。」杜注：「間猶近也。」(477-28-11a')《釋文》：「如字。一本作與，音預。」(254-15a-9)

二例均爲形容詞，在句中兼具名詞或副詞的功能，陸氏讀A音。去聲B音爲動詞，參見例30.、例33.。

38.《論語・泰伯》：「正顏色，斯近信矣。」(70-8-2b)《釋文》：「附近之近。」(349-9a-6)

39.《禮記・樂記》：「仁近於樂，義近於禮。」(671-37-19a)《釋文》：「附近之近，又其靳反，下同。」(196-4a-2)

40.《詩・大雅・抑》鄭箋：「是於正道不遠，有罪過乎，言其近也。」(647-18.1-14a')《釋文》：「近之也：附近之近。一本無之字，近則依字讀。」(97-15a-3)

41.《禮記・經解》鄭注：「詩敦厚近愚；書知遠近誣；易精

微愛惡相攻，遠近相取，則不能容人，近於傷害；春秋以習戰爭之事近亂。」(845-50-1b′)《釋文》：「附近之近，下除遠近一字並同。」(205-22a-4)

例40.「其近」之「近」爲形容詞，讀A音；參見例36.。異文或作「近之」，則是動賓詞組，讀B音。例41.「遠近」爲形容詞，A音；「近愚」等四「近」字全屬動詞，讀B音；可見兩讀實有所別。至於例39.雖注兩讀，實同屬B音，此外也有一些問題。

42.《論語·學而》：「信近於義，言可復也；恭近於禮，遠恥辱也。」(8-1-7b)《釋文》：「信近：附近之近，下及注同；又如字。」又云：「遠恥：于萬反。」(345-1a-5,6)

例39.與例42.句式全同，但例39.只讀去聲B音，例42.則兼注B、A兩音，頗難理解陸氏的原意。此例大概是憑移動義區別讀音，宜讀B音；但陸氏可能認爲「近＋於＋x」並非動賓詞組，故讀A音；參見上文例32.。又例41.「近於傷害」及下文例44.「莫近於詩」亦有音義之別。總之，「近」字的兩讀區別與「遠」字相似，除了簡單的形、動之別以外，尚可由移動義區別一些比較複雜的動賓詞組。其他兼注兩讀之例亦多。

43.《易·剝卦》：「剝牀以膚，切近災也。」(64-3-18a)《釋文》：「如字，徐巨靳反。鄭云：切，急也。」(23-9b-8)

44.《詩·周南·關雎》序：「故正得失，動天地，感鬼神，莫近於詩。」(14-1.1-8b)《釋文》：「如字，沈音附近之近。」(53-2a-2)

45.《左傳·春秋序》：「又引經以至仲尼卒，亦又近誣。」(19-1-27b)《釋文》：「如字，舊音附近之近。」(221-2a-3)

46.《禮記・樂記》：「夫樂者與音相近而不同。」(691-39-1b)

《釋文》：「附近之近，徐如字。」(197-5b-7)

以上四例中的「近」字全用作動詞，例43.、例44.、例45.分別與前例38.、例39.、例41.相類。前三例單注B音，後三例或因靜態義而以A音爲首音，而加注徐邈、沈重及舊音等B音，似欲糾正前人的讀音訓詁。例46.陸氏以B音爲首音，但徐邈又讀A音，可能亦屬動態、靜態之別。

《音辨》云：「相隣曰近，巨隱切。相親曰近，巨刃切。」(6-13a)似以意義爲別。其他周祖謨(p.103)、Downer(p.282)、周法高(p.72)三家的分類均與前「好」字同。又毛居正則以靜態、動態爲別(1-13a)，非盡簡單的形、動之別，與「遠」字兩讀的區別相同。

*44 先

A. °siɛn 心先 如字 5/102

B. siɛn° 心霰

悉薦反、息薦反、西薦反、蘇薦反、悉見反、西見反、蘇遍反、悉遍反、蘇徧反、蘇練反(徐邈) 76/102

AB 2/102 BA 19/102

「先」、「後」是形容詞，間亦可活用作副詞、名詞，兼有空間義及時間義。《釋文》「先」字讀平聲如字A音爲形容詞，去聲B音爲動詞。

47.《僞書・太甲上》：「惟尹躬先見于西邑夏。」(116-8-18b)

《釋文》：「先見：並如字，注同。」(42-14a-1)

48.《左傳·襄公三十年》：「安定國家，必大焉先。姑先安大，以待其所歸。」杜注：「先和大族，而後國家安。」(684-40-11b)《釋文》：「必大焉先：並如字。」(270-19b-2)

49.《穀梁·桓公三年》：「是必一人先，其以相言之，何也?」(31-3-7a)《釋文》：「如字，絕句。」(327-5b-5)

諸例分別用作形容詞、副詞等，陸氏注A音。此外「先王」、「先君王」、「先進」諸詞性質相同，《釋文》不作音，即讀A音。

50.《儀禮·旣夕禮》：「燭先入者，升堂，東楹之南，西面。後入者，西階，東北面，在下。」鄭注：「炤在柩者，先，先柩者，後，後柩者。適祖時，燭亦然，互記於此。」(484-41-9b′)《釋文》：「先先柩：上如字，下西見反。後後柩：上如字，下戶豆反。」(158-31a-4)

此例區別兩讀詞義極清楚。經文「先入」、「後入」之「先」、「後」屬副詞，《釋文》不作音。注文上「先」、「後」字蓋解釋經文「先」、「後」的概念，陸氏注A音;其後「先柩」、「後柩」指走在柩之先、走在柩之後，有空間義，陸氏讀B音。其他有時間義者亦讀B音。例如：

51.《周易·乾文言》：「先天而天弗違，後天而奉天時。」(17-1-20a)《釋文》：「先天：悉薦反。後天：胡豆反。」(19-2a-6)

52.《左傳·春秋序》：「故傳或先經以始事，或後經以終義。」(11-1-11a)《釋文》：「先經：悉薦反。後經：戶豆

反。」(221-1a-10)

53.《禮記・昏義》:「以古者婦人先嫁三月，祖禰未毀，教于公宮，祖禰既毀，教于宗室，教以婦德、婦言、婦容、婦功。」(1002-61-9a)《釋文》:「悉薦反。」(218-21a-1)

例51.、例52.、例53.中的「先」、「後」字常與後面的名詞組成動賓詞組。驟看「先」在動賓詞組中該讀B音，其實不然。例如《左傳・文公二年》:「先大後小，順也。」(303-18-13a)陸氏不作音；惟下文「子雖齊聖，不先父食久矣。故禹不先鯀，湯不先契，文武不先不窋」諸「先」字則全讀「悉薦反」(239-12b-11)，去聲。雖然同屬動詞，如果表示一般的次序先後讀A音，有靜態義；凡表示「在……之先」則讀B音，有動態義。例47.「先見」表示次序先後，例53.「先嫁」意謂在嫁之先，即有兩讀之別。此外「先後」一詞歧義頗多，全讀去聲。

54.《書・君奭》孔傳:「佐文王為胥附、奔走、先後、禦侮之任。」(247-16-23b')《釋文》:「先後:上悉薦反，下戶豆反。《毛詩傳》云:「相導前後曰先後。」(49-9a-4)

55.《詩・大雅・緜》序:「予曰有疏附，予曰有先後，予曰有奔奏，予曰有禦侮。」毛傳:「相道前後曰先後。」孔疏:「先後者，此臣能相導禮儀，使依典法，在君前後，故曰先後也。」(551-16.2-24a)《釋文》:「先:蘇薦反，注同。後:胡豆反，注先後同。」(91-3b-9)

56.《禮記・喪服大記》:「小臣二人執戈立于前，二人立于後。」鄭注:「小臣執戈先後君，君升而夾階立。」(784-45-13a')《釋文》:「先後君:悉見反，下胡豆反。一音並

如字。」(202-15b-2)

57.《爾雅・釋親》：「長婦謂稚婦為娣婦，娣婦謂長婦為姒婦。」郭注：「今相呼先後，或云妯娌。」(63-4-17b')《釋文》：「先：蘇練反。後：胡遘反。《廣雅》云：先後，妯娌。韋昭云：先謂姒，後謂娣。」(415-17b-4)

例54.、例55.、例56.之「先後」一詞毛傳釋作「相道前後」即有護衞義，動詞，例56.又讀A音或因經文明言「立于前」、「立于後」，屬靜態義，故有異讀。例57.「先後」爲名詞，王念孫《廣雅疏證》云：「先後，亦長幼也。……娣之言弟，姒之言始也。或言娣姒，或言弟長，或言先後，或言長婦稚婦，其義一也。」(201-6下-3b)似指入門的先後說的，《釋文》亦讀去聲。

《音辨》云：「先，前也，思天切；對後之稱。前之曰先，思見切；《詩傳》：相導前後曰先後。」(6-2b)毛居正《六經正誤》云：「案先後二字，指在先在後定體則先平聲，後上聲。若當後而先之，當先而後之，則皆去聲。」(1-14a)岳珂說同(p.6)。則兩讀有靜態、動態之別。此外周祖謨以爲兩讀是區分名詞之時間詞用爲動詞(p.104)，Downer亦以爲是名、動之別(p.280)，周法高則以爲是方位詞與他動式之異(p.76)。三家着眼點不同，所說亦與古人異趣。

*45　後

A. °ɣəu　匣厚　　如字　　1/34

B. ɣəu°　匣候

音候、胡豆反、戶豆反、胡遘反（徐邈）　　22/34

AB 7/34　BA 4/34

「後」字之兩讀區別與「先」字同，上聲如字A音爲形容詞，兼有空間義及時間義，參見前引各例。去聲B音爲動詞，似多屬徐音，《釋文》列作又音，凡四例。

58.《禮記・內則》：「昧爽而朝。」鄭注：「後成人也。」(519-27-5a′)《釋文》：「如字，徐胡豆反，下同。」(186-14b-4)

59.《禮記・玉藻》：「諸侯荼，前詘後直，讓於天子也。」(548-29-12b)《釋文》：「如字，徐胡豆反。」(189-20a-3)

60.《左傳・成公八年》：「君（魯君）後諸侯，是寡君（晉君）不能事君也。」杜注：「欲與魯絕。」(447-26-23a)《釋文》：「如字，徐胡豆反。」(251-10b-4)

61.《左傳・襄公七年》：「諸侯之會，寡君未嘗後衛君。」(519-30-11b)《釋文》：「如字，徐胡豆反。」(256-20b-11)

例58.解作跟隨在成人後，有動態義，宜依徐讀B音。例59.謂荼的前部詘，後部直，當讀A音。例60.讀A音似指魯君在前，諸侯在後；讀B音則指魯君貶低諸侯，動詞。例61.同，可能也是靜態、動態之別。又例61.的上文「公登亦登」句注云：「禮登階臣後君一等」，《釋文》：「胡豆反，下文不後寡君同。」(256-20b-10) 指臣走在君之後，有動態義，《釋文》只讀B音。其他兩讀之例全以B音爲首音。

62.《儀禮・聘禮》鄭注：「凡君與賓入門，賓必後君。」(242-20-9a′)《釋文》：「戶豆反，又如字，下及後同。」

(151-17a-9)

63.《毛詩・秦風・車鄰》鄭箋：「其徒自使老，言將後寵祿也。」孔疏：「謂年歲晚莫，不堪仕進，在寵祿之後也。」(234-6.3-5b′)《釋文》：「胡豆反，又如字。」(69-33a-4)

例62.解作賓隨於君後，例63.孔疏以「在寵祿之後」釋之，均有動態義，《釋文》以B音爲首音，是也。可見動賓詞組「後x」如指在x之後，不論時間空間，均讀B音。與上文「先」字全同。

《音辨》云:「居其後曰後，胡茍切。從其後曰後，胡姤切。」(6-13a)「居」與「從」對舉即區別靜態與動態。其他各家所論兩讀區別亦與「先」字相同。由於匣紐爲全濁聲母，全濁上聲讀去，今國、粵語「後」字只存去聲一讀，不具辨義作用。賈昌朝列於「辨字音疑混」中，疑宋人已不能分別兩讀了。

*46　前

A. ˳dziɛn　從先　　如字

B. dziɛn°　從霰　　昨見反(徐邈)

AB 1/1

《釋文》「前」字注音只得一例，兼注平、去兩讀，去聲B音爲又音，徐邈讀。

64.《周禮・天官・大宰》：「前期十日，帥執事而卜日，遂戒。」鄭注：「前期，前所諏之日也。」賈疏：「前期者，謂祭日前夕為期。云前期十日者，即是祭前十一日。」(35-

2-20b)《釋文》:「如字,于本同。徐昨見反。本或作先,如字,又悉薦反。」(109-3a-8)

按此例陸氏大概把「前期」看作偏正詞組,故注A音,賈疏說同;徐邈看作動賓詞組,解爲在期之前,故讀B音。與「先」、「後」的兩讀區別同。《釋文》尚有一例,不作音。

65.《莊子·徐无鬼》:「張若謵朋前馬,昆閽滑稽後車。」成疏:「前馬:馬前為導也。後車,車後為從也。」(p.830)《釋文》:「前馬:司馬云:二人先馬導也。……後車:司馬云:二人從車後。」(393-7a-1)

蓋即例54.—56.「先後」一詞,有護衞或導引義,陸氏不注B音,或不贊成徐邈之說。又《公羊·莊公九年》:「君前臣名也。」(86-7-4a)謂因在君之前臣稱名,「前」非動詞,故不作音。大概B音只是徐邈的區別,實際上可能也沒有這個讀音。錢大昕《十駕齋養新錄》云:「又《周禮》前期之前,徐音昨見反,是前亦有去聲也。此類皆出于六朝經師強生分別,不合于古音。」(4-9b)

*47 難

A. ₒnɑn　泥寒　3/366

如字,乃丹反、諾安反

B. nɑnᵒ　泥翰

乃旦反、奴旦反(杜子春、劉昌宗)　335/366

AB 8/366　BA 9/366

《釋文》「難」字三音,另一讀爲乃多反,共十一見,蓋爲

「儺」字作音，暫不討論。今只論平、去兩讀。平聲如字A音爲形容詞，凡三例。

66.《易‧旅卦》王注：「牛者稼穡之資，以旅處上，衆所同嫉，故喪牛于易，不在於難。」(128-6-6a′)《釋文》:「諾安反。」(29-22a-10)[100]

67.《書‧舜典》：「虞舜側微，堯聞之聰明，將使嗣位，歷試諸難。」孔傳：「試以治民之難事。」(34-3-1a)《釋文》:「乃丹反。」(37-4a-7)

68.《左傳‧昭公二十五年》：「公果自言，公以告臧孫，臧孫以難。」杜注：「言難逐。」(893-51-18a)《釋文》:「如字，注同。」(289-29a-2)

例66.「難」與「易」對舉；例67.、例68.依注文知「難」分別指「難事」及「難逐」義。三例中的「難」爲形容詞或副詞，陸氏注A音。

《釋文》去聲B音一般有名詞災難義。此外尚有少數動詞有畏難、苦困等義，陸氏亦讀B音。

69.《禮記‧儒行》：「儒有居處齊難，其生起恭敬，言必先信，行必中正。」鄭注：「齊難，齊莊可畏難也。」(974-59-2a)《釋文》：「乃旦反，注同，可畏難也。」(215-16a-10)

70.《左傳‧隱公元年》：「謂之鄭志。不言出奔，難之也。」杜注：「明鄭伯志在必殺，難言其奔。」(37-2-19a)《釋文》：「乃旦反，注同。」(222-3a-7)

71.《左傳‧哀公十二年》：「今吾不行禮於衞而藩其君舍以難

之。」杜注：「難，苦困也。」(1026-59-4b)《釋文》：「乃旦反，注同。」(301-21b-5)

72.《老子‧第73章》：「天之所惡，孰知其故，是以聖人猶難之。」王注：「夫聖人之明，猶難於勇敢，況無聖人之明而欲行之也。故曰猶難之也。」(p.182)《釋文》：「乃旦反。」(359-7a-5)

諸例用作動詞相當清楚，例70.—72.「難之」乃動賓詞組，有動態義，陸氏全讀B音。此外兼注兩讀之例多與名詞有關，然亦有少數牽涉動詞的例子。

73.《莊子‧說劍》：「瞋目而語難。」(p.1017)《釋文》：「如字，艱難也，勇士憤氣積於心胸，言不流利也。又乃旦反，旣怒而語為人所畏難。」(401-23a-8)

74.《禮記‧月令》鄭注：「順陽敷縱不難物。」(317-16-5b′)《釋文》：「乃旦反，又如字。」(177-31a-2)

75.《左傳‧襄公十三年》：「新軍無帥，晉侯難其人，使其什吏率其卒乘官屬，以從於下軍，禮也。」杜注：「得愼舉之禮。」(555-32-3a)《釋文》：「乃旦反，或如字。」(259-25a-8)

例73.「語難」兩讀異解，分別有「艱難」義及「畏難」義，其實亦爲形、動之別。例74.、例75.同屬動詞，陸氏以B音爲首音，是也。

《音辨》云:「難，艱也，乃干切。動而有所艱曰難，乃旦切。」(6-9b)已指出兩讀爲形、動之別。周祖謨以爲去聲一讀遠始於漢初⑩，並云：「難易之難爲形容詞，讀平聲；問難、難卻之難爲動詞，讀去聲。患難之難爲名詞，亦讀去聲。此本一義之引申，因其用法各異，遂區分爲二。」(p.85) 此外 Downer 以爲兩讀是動名之別 (p.273)，周法高則訂爲形名之別 (p.75)；由於Downer 形動不分，故二氏所論相同，而欠全面也。

【辯　證】

在區別形容詞、動詞兩讀的例字中，周祖謨共舉出八個例字，除本文「好」、「惡」、「遠」、「近」外尚有「卑」、「空」、「上」、「下」四字；其中「上」、「下」兩字當歸入方位詞一類中，已見周法高說。至於周法高則共舉十八字爲證，剔除重複，尚有「善」（「繕」）、「齊」、「和」、「調」、「遲」、「陰」（「蔭」、「蔭」）六字。依《釋文》的注音，似與區別形、動無關。

⑨卑（A.꜀piI 幫支——B. ꜂biI 並紙）

周祖謨云：「卑，下也，對高之稱，補支切。下之曰卑，部此切。案《禮記・中庸》辟如登高，必自卑，《釋文》卑音婢。《周禮・匠人》注禹卑宮室，《釋文》卑，劉音婢。皆讀上聲也。」(p.103) 引證資料不盡不實，容易誤導讀者，周法高已加辯證 (p.74)，且不認作形、動之別。

《釋文》「卑」字單注A音者兩見 (2/36)，分別爲「卑服」、「卑賤」、「卑兮」詞語注音 (48-8b-2，89-37a-4)，形容詞。其單注B音者三例 (3/36)，全見《周禮》、《儀禮》，或出劉昌宗讀。

76.《周禮・冬官・輪人》：「上欲尊而宇欲卑。」(603-39-22b)《釋文》：「音婢，下同。」(137-23b-5)

77.《儀禮・聘禮》鄭注：「豐承尊器，如豆而卑。」(287-24-12b′)《釋文》：「劉音婢。」(152-19a-11)

以上兩例中的「卑」仍是形容詞，劉昌宗音婢，似是師說各異，並無辨義作用。其他兼注兩讀之例極多，凡十六例，一般均有形容詞卑下義，《釋文》多以A音爲首音，B音爲又音，又音多屬徐邈、劉昌宗讀。

至於「卑」字用作動詞之例，《釋文》三見，除周祖謨前引《周禮》「禹卑宮室」一例外，尚有兩例，合共三例。

78.《周禮・冬官》鄭注：「禹治洪水，民降丘宅土，卑宮室，盡力乎溝洫而尊匠。」(596-39-8b′)《釋文》：「如字，劉音婢。」(136-21b-7)

79.《禮記・哀公問》：「卽安其居，節[102]醜其衣服，卑其宮室。」(848-50-7b)《釋文》：「如字，又音婢。」(205-22b-4)

三例句式全同，《釋文》全以A音爲首音，劉音婢列作又音。且周祖謨所引二例《釋文》分別作「自卑：音婢，又如字，注同 。」(208-2a-7)，「禹卑：如字，劉音婢。」(140-30a-8) 均兼注兩讀。周祖謨斷章取義，僅截取B音一讀立論是不對的。又周祖謨所引《中庸》「必自卑」一例的「卑」字爲形容詞，《釋文》卻以B音爲首者。且周祖謨所引「自卑」、「禹卑」二例同只注B音一讀，則又怎樣區別形、動呢？

總之，周祖謨以A、B兩音區別「卑」字形、動之說實難成立，大概陸德明讀如字，劉昌宗音婢，師承各異，全與辨義無關。

⑩空（A. ˳k'ung 溪東——B. k'ung˚ 溪送）

《釋文》B音只得一例。

80.《詩・小雅・節南山》：「不弔昊天，不宜空我師。」毛傳：「空，窮也。」(394-12.1-4b)《釋文》：「苦貢反，注同，窮也。」(80-19b-1)

周祖謨(p.103)、周法高(p.72)均以此例證明形、動之別。案「空」字毛傳訓「窮也」，高亨譯作「此言上天不宜使我們群衆陷于窮困」[103]，則兩義不同，與詞性區別無關。又《論語・先進》有「回也其庶乎屢空」(98-11-6b)一例，《釋文》作「力從反」(351-13a-6)，似兼爲「屢」字或「空」字作音[104]，疑有脫誤，暫不討論。

⑪善（繕）（A. ˳dźiæn 禪獮——B. dźiæn˚ 禪線）

周法高以「善」、「繕」爲形、動之別(p.71)，《釋文》「善」字未作音，蓋已分化爲兩字。

⑫齊（A. ˳dziɛi 從齊——B. dziɛi˚ 從霽）

《釋文》「齊」字多音，周法高以爲平、去兩讀有形、動之別(p.72)。今案《釋文》A音用作動詞時有齊一、整齊之義，如「齊家」；B音通作「劑」字，名詞，如「五齊」、「品齊」、「水火之齊」等；另有少量動詞的例子，義爲分齊、和齊；周法高所舉二例是也。其實A、B兩讀意義不同，不能混爲一談。「和齊」是指不同的因素使調和爲一，甜酸都有，裏面因素不同，並非單獨齊一。

81.《周禮・天官・內饔》：「掌王及后世子膳羞之割亨煎和之事。」鄭注：「煎和，齊以五味。」(61-4-10b')《釋文》：「才細反。」(110-5b-5)

82.《老子．第54章》王注：「不貪於多，齊其所能。」(p.143)

《釋文》：「才細反。」(358-6a-4)

83.《論語・為政》：「道之以政，齊之以刑，民免而無恥；

道之以德，齊之以禮，有恥且格。」《集解》引馬融曰：

「齊整之以刑罰。」(16-2-1b)《釋文》不作音。

三例之「齊」全屬動詞，例81有和齊義，例82似解作齊和其不同之所能，《釋文》全注去聲，是也。例83有以刑以禮齊一之義，亦爲動詞，陸氏不作音，即讀A音。可見兩讀的區別不在形、動而在「齊一」與「和齊」兩義。

⑬和（A. ˳ɣuɑ 匣戈——B. ɣuɑ˚ 匣過）

《釋文》「和」字作動詞用者往往亦讀平聲。例如《周禮・地官・調人》「掌司萬民之難而諧和之」(214-14-10b)，陸氏不作音，是也。

周法高云：「和讀去聲，有二義：一爲倡和之和，一爲齊和之和，皆從形容詞（讀平聲）之和之使謂式引伸而來。」(p.72)

可知A、B兩音的意義有別，與「齊」字同，當無詞性關係。

⑭調（A. ˳diɛu 定蕭——B. diɛu˚ 定嘯）

《釋文》「調」字注B音一讀者八例，其中「宮商之調」、「賦調」、「調戲」、「改調」等五例，名詞。另有「調度」、「所調」、「調和」三例，動詞。與形容詞訓和義者似無關係，大可區別爲兩字。

84.《禮記・內則》鄭注：「自膾用葱至此，言調和菜釀之所宜也。」(529-28-1a′)《釋文》：「徒弔反。」(187-16b-7)

85.又《內則》鄭注：「謂用調和飲食也。」(518-27-4b′)《釋

文》：「調：如字，又徒弔反。和：如字，又胡臥反。」(186-14b-3)

兩例句式相似，例54.「調」讀B音，「和」不作音。例55.「調和」均兼注兩讀，而以A音為首音。游移其辭，似未論定。

⑮遲（A.ₒḍili 澄脂——ḍiei ᵒ 澄至）

《釋文》A音六見(6/10)，脂之支不分，有遲速義，形容詞；B音三見，至志不分，有待義，動詞。意義不同，當分作兩字處理。其他兼注兩讀者一見。

86.《易・歸妹卦》：「歸妹愆期，遲歸有時。象曰：愆期之志，有待而行也。」(119-5-33b)《釋文》：「雉夷反，晚也，緩也。陸云：待也，一音直冀反。」(29-21a-6)

此例全據詞義分作兩讀，A音訓晚訓緩，B音訓待，有象辭可為旁證。兩讀的意義區別相當清楚。

⑯陰（A. ₒʔiem 影侵——B. ʔiem ᵒ 影沁）

陰陽之陰，常用詞，《釋文》不作音；其注A音者訓默，形容詞。B音訓覆蔭義，動詞。詞性雖然不同，兩讀卻無必然聯繫；B音在字形方面甚至亦分化為「蔭」、「廕」兩字。A、B兩音應該分作兩字處理，即謂有詞性區別，似亦以名、動為主。

第十一節　區別形容詞高深長廣厚類

*48　高：A音見紐豪韻；B音見紐號韻。平去之別。

*49　深：A音審紐侵韻；B音審紐沁韻。平去之別。

*50　長：A音澄紐陽韻；B音澄紐漾韻。平去之別。

*51　廣：A音見紐蕩韻；B音見紐宕韻。上去之別。

*52　厚：A音匣紐厚韻；B音匣紐候韻。上去之別。

本類A音表出某種屬性，B音後帶數量詞，指某種屬性所達致之程度。陸氏所謂「度高下曰高」並非指量度之動作，而係指高度。又A音在名詞前或名詞後爲修飾語，B音在名詞後加數量詞構成動補詞組。今用公式表示之。

[K1] 高＋X　（例如：高山。）

高在X前，形容詞，讀A音。

[K2] X＋高　（例如：山高。）

高在X後，形容詞，讀A音。

[K3] X＋高°＋S＋L [S＝數詞，L＝量詞]（例如：山高五丈。）

高在X後加數量詞構成動補詞組，形容詞，讀B音。

本類共收五字，全屬形容詞；其中「廣」、「厚」二字有時活用作動詞，《釋文》仍讀A音。B音一讀幾全見於公式K3中，後面都帶數量詞，「深」、「廣」、「厚」三字區別清楚，「高」、「長」二字規範未嚴，體例亦欠統一。此外凡引申爲高度、長度、深度、廣度、厚度等概念時，名詞，《釋文》亦讀B音。惟前人多不信此讀，例如錢大昕即認爲是六朝經師強生分別。大概此讀屬紙上材料，後世亦不通行。

本類的B音或由徐邈所首創（參見例21.），劉昌宗甚至認爲「高尚」作動詞用時亦應讀B音（參見例4.），大概陸德明大不同意劉說，所以未加推廣。

關於B音的詞性問題，諸家討論亦多。周祖謨着眼於「高度」、「長度」等義，認爲是名詞(p.102)。Downer 認爲兩讀動、名不同，由於他將形容詞和動詞合成一類，故所說實與周祖謨全同。不過Downer 亦已發現「當後跟數量時，很規則地使用派生的形式」(p.267)，然而並沒有將這一類獨立開來。周法高評云：

> 我是主張把「高」、「廣」、「長」、「深」、「厚」後面的成分作為補語的，無論你把牠們怎麼樣看待，牠們的用法絕對和動詞轉化為名詞的現象，不可相提並論。(p.35)

所見極是，故周法高認爲兩讀是形、動之別；這大概是受了《群經音辨》的影響，將B音解作「度高」、「測深」、「揆長」、「量廣」等義，所以定作動詞；張正男(p.41-45)、吳傑儒(p.189)說同。其實，無論將B音解作名詞或動詞都是有些問題的，今試比較下列三句，或可明白。

a.布十尺　　(名詞＋數量詞/主謂結構)

b.跑十尺　　(動詞＋數量詞/謂補結構)

c.長十尺　　(形容詞＋數量詞/謂補結構)

周祖謨、Downer 認爲c句和a句相近，所以將「長」字認作活用爲名詞；周法高等認爲c句和b句相近，則又認作活用爲動詞。其實c句與a句、b句最大的分別在c句整句可作判斷句的謂語，例如《論語·鄉黨》：「必有寢衣，長一身有半。」(88-10-5b)《釋文》注「直亮反」(350-11b-5)，讀去聲B音。可見「長」字並沒有活用問題，它的詞性也沒有改變，仍然是形容詞，作判斷句的謂語。

總之，這一類的形容詞並不因轉讀B音而發生詞性變化，A、B兩讀都是形容詞。陸德明對語法理論的了解可能不像我們的深入，他大概主要根據「高」字後面有沒有帶數量詞(s+1)來區別A、B兩讀，另有少數例子則憑句子成分修飾語（在名詞前）或謂語（在名詞後）區別A、B兩讀；均從形式（結構）入手，與詞性無關。不過由於語法及意義無窮，聲調變化有限，所以碰到有些複雜的例子時，陸德明也無法解釋清楚了。

*48　高

A. ₒkau　見豪　如字

B. kau°　見號　古到反、古報反（劉昌宗）　2/7

AB 3/7　BA 2/7

《釋文》凡兩音，平聲如字A音爲形容詞，一般不作音。去聲B音後帶數量詞（s+1）。

1.《周禮・考工記・匠人》鄭注：「雉長三丈，高一丈。度高以高，度廣以廣。」(645-41-29a′)《釋文》:「古報反，後放此。」(140-30a-9)

《釋文》兼注兩讀者五例，亦有以B音爲首音者。岳珂嘗云:「《冬官・輪人》注，蓋高一丈，高字《釋文》初無音;至《匠人》營國雉長三丈，高一丈，始音古報反。」(p.11)岳珂所見或有缺文，故體例未盡劃一。又《匠人》一例即本文例1，其中「長」字亦未注B音，至於「度高以高」句中的兩「高」字是否有異讀，亦未可知。

2.《禮記・禮器》鄭注：「如今方案隋長局足，高三寸。」(455-23-13b′)《釋文》：「如字，又古報反。」(183-8b-6)

3.《左傳・哀公元年》:「廣丈高倍。」杜注：「壘厚一丈，高二丈。」(990-57-1b)《釋文》:「廣丈：古曠反。高陪：並如字，高又古報反，注同。厚一：戶豆反。」(297-14a-8)

例2.陸氏以A音爲首音，體例未一。例3.前後的「廣」、「厚」二字均注B音，但「高」字卻兼注兩讀；可能「高倍（陪）」的「倍」非數量詞，故以A音爲首音，但此處「倍」爲二丈，有注文可證，且有「廣」、「厚」可資參證，更應讀B音。

劉昌宗似將動詞用的「高尚」亦注B音，陸氏不同意劉說，故仍以A音爲首音。

4.《周禮・夏官・合方氏》：「除其怨惡，同其好善。」鄭注：「所好所善，謂風俗所高尚。」(503-33-20b′)《釋文》:「如字，劉古到反。」(130-10b-6)

《音辨》云:「高,崇也，古刀切，對下之稱。度高曰高，下古到切，高幾丈幾尺是也。」(6-3a) 周祖謨認爲兩讀是形、名不同 (p.102)，Downer 認爲是動、名不同 (p.271)、周法高則認爲形、動不同 (p.73)，均誤。其實B音多由後面數量詞決定，與區別詞性無關。

*49　深

A. ₒśiIm　審侵　　如字

B. śiImᵒ　審沁

尸鴆反、申鴆反、式鴆反　　　11/13

AB 1/13　　BA 1/13

《釋文》平聲如字A音爲形容詞，一般不作音，《禮記·喪大記》鄭注：「悲哀有深淺也。」(763-44-5a′)《禮記音》作「傷針(反)」(第68行)。去聲B音後帶數量詞，另「深度」義亦同此讀。

5.《周禮·天官·凌人》鄭注：「漢禮器制度，大槃廣八尺，長丈二尺，深三尺，漆赤中。」(81-5-20b′)《釋文》：「凡度長短曰長，直亮反；度淺深曰深，尸[105]鴆反；度廣狹曰廣，光曠反；度高下曰高，古到[105]反。相承用此音，或皆依字讀，後放此。」(111-8a-7)

6.《儀禮·士冠禮》：「擯者告期于賓之家，夙興，設洗直于東榮，南北以堂深，水在洗東。」(8-1-13b)《釋文》：「申鴆反，凡度淺深曰深，後放此。」(143-1b-6)

例5.發凡起例說明這類B音的特點，相承有據，或非自創。但亦有人堅持A音一讀的。例6.蓋謂「深」以堂爲度，故陸氏解釋爲「凡度淺深曰深」，與例5.同，即有深度義。張爾岐將此句釋作「其南北則以堂爲淺深」[106]，意謂南北之深度(即長度)與堂相等，宜讀B音。

至於兼注兩讀者二例。

7.《爾雅·釋言》：「潛，深也。潛、深，測也。」郭注：「測亦水深之別名。」(39-3-5a)《釋文》：「如字，又尸[107]鴆反。」(411-9b-2)

8.《爾雅·釋樂》郭注：「柷如漆桶，方二尺四寸，深一尺

八寸。」(83-5-23a′)《釋文》：「尸鴆反，或如字。」(418-24b-1)

例7.爲深淺之深，其後並無數量詞，宜讀A音；但「深」在名詞「水」後，故又讀B音。例8.「深」後有數量詞，宜讀B音；其又注A音者，如例5.，知仍有人讀A音。兩例均以首音爲據，兩讀的區別相當清楚。《音辨》云:「深，下也，式金切，對淺之稱。測深曰深，下式禁切，深幾尋幾仞是也。」(6-3b) 其他各家分類與「高」字同。

*50　長

A. ₒḍiang　澄陽

如字、直良反、治良反（盧植、馬融、王肅、施乾、崔靈恩、司馬彪）　17/474

B. ḍiangᵒ　澄漾

直亮反、直諒反　22/474

AB 2/472　BA 8/474

《釋文》「長」凡四音，尚有端紐（端知不分）上、去兩讀，暫與本書無關，不論。平聲如字A音爲形容詞，引申有久義。

9.《周易·屯卦》：「泣血漣如，何可長也。」孔疏：「言窮困泣血，何可久長也。」(23-1-31b)《釋文》：「直良反。」(20-3a-9)

10.《毛詩·商頌·長發》：「長發，大禘也。」(800-20.4-1a)《釋文》：「如字，久也。」(106-34b-4)

去聲B音後帶數量詞。

11.《儀禮・士冠禮》鄭注：「素韠，白韋韠，長三尺，上廣一尺，下廣二尺。其頸五寸，肩革帶博二寸。」(3-1-4b′)《釋文》：「直亮反。凡度長短曰長，直亮反；度廣狹曰廣，古曠反。他皆放此。」(143-1a-8)

12.《禮記・檀弓上》：「蓋榛以為笄，長尺而總八寸。」鄭注：「總，束髮垂為飾，齊衰之總八寸。」(119-6-21a)《釋文》：「直亮反。凡度長短曰長，皆同此音。」(168-13b-3)

例11.亦見《禮記音》：「廣，公壙(反)」(第60行)，B音，但未爲「長」字作音。《釋文》兼注兩讀之例十見，其中以A音爲首音者兩例，但「長」後全帶數量詞，未盡統一。

13.《毛詩・衞風・伯兮》毛傳：「殳長丈二而無刃。」(139-3.3-12b′)《釋文》：「如字，又直亮反。」(62-20b-2)

14.《左傳・文公十一年》杜注：「僑如，鄋瞞國之君，蓋長三丈。」(328-19下-2a′)《釋文》：「如字，又直亮反。」(240-16b-7)

案例13.或以「殳長」爲一詞，意爲「殳之長」，「長」非謂語，語法上出現歧義。例如公式K3「X＋長(量度)＋S＋L」可以分別理解爲：

(a) X∥長＋數量詞　（主謂結構）

(b) X長∥數量詞　（主謂結構）

(a)、(b)同屬主謂結構，容易產生歧異。但在讀音方面則無區別，陸德明似乎都讀B音。參見例21.「緣廣寸半」、例25.「其厚三寸」，例26.「皮厚二三寸」，均只一讀。例14.句式亦同，當讀

B音。《釋文》在這兩例中竟以A音為首音，使人費解。

李賢《後漢書注》、何超《晉書音義》均見B音一讀，但僅為「侈長」、「繁長」、「浮長」、「長物」等詞語作音，凡五例，全用作語素，兩讀的區別與《釋文》迥異。例如：

a.《後漢書·孝桓帝紀》：「其輿服制度有踰侈長飾者皆宜損省。」(p.299)

b.又《桓郁傳》：「浮辭繁長，多過其實。」(p.1256)

c.又《宋均傳》：「禁人喪葬不得侈長。」注：「禁之不得，奢侈有餘。」(p.1412)

d.《晉書·陶侃傳》：「臣常欲除諸浮長之事。」(p.1776)

e.又《王恭傳》：「吾生平無長物。」(p.2183)

諸例多屬特殊詞語，雖讀B音，但與本文所論區別無關。《廣韻》B音訓「多也」(p.425)，正與李賢、何超說相合。李榮云：

> 去聲一音隋代詩文沒有用為韻脚。江總和釋真觀都用平聲、上聲兩個音押韻。[108]

可見《釋文》「長」字的B音雖然和李賢、何超的習慣用法不同，但均屬後出，似乏他書佐證。其他「高」、「深」、「廣」、「厚」四字，李賢等根本更沒有兩讀區別，倘與李榮說配合來看，使人愈覺可疑。

《音辨》云：「長，永也，持良切，對短之稱。揆長曰長，下持亮切，長幾分幾寸是也。」(6-3b)其他各家分類與「高」字同。

*51 廣

A. ◦kuang 見蕩 如字 1/55

B. kuang◦ 見宕

光曠反、古曠反、公曠反、古擴反、光浪反（徐邈）50/55

AB 1/55 BA 1/55

《釋文》凡四音，另「音光」(437-27b-4)、「音徑」(137-23b-2) 各一見，均屬改字讀，不論。上聲如字A音爲形容詞，一般不作音。

15.《周易・說卦》：「其於人也，為寡髮，為廣顙。」(185-9-8b)《釋文》：「如字，鄭作黃。」(34-31a-2)

此例本注異文，今用來表示讀音亦未嘗不可。有時「廣」字活用作動詞也不注音。

16.《孝經・廣要道章》邢疏：「廣宣要道以教化之，則能變而為善也。」又云：「申而演之，皆云廣也。」(43-6-4a)

其他〈廣至德章〉、〈廣揚名章〉性質亦同，可見陸氏A、B兩讀並非用來區別形、動的。

B音後帶數量詞，引申有廣度義，名詞。此外「廣輪」、「廣車」二詞之「廣」字用作語素，亦同此讀。

17.《偽書・益稷》孔傳：「一畎之間廣尺深尺曰畞，方百里之間，廣二尋深二仞曰澮。」(66-5-1b′)《釋文》：「廣尺：上音光浪反。深尺：上尸鴆反，下深二仞同。」(39-7a-11)

18.《禮記・雜記上》：「魯人之贈也，三玄二纁，廣尺長終幅。」(727-41-15a)《釋文》：「廣尺：古曠反。長：直亮反。」(199-10a-1)

19.又《檀弓上》：「旌之旒，緇布廣充幅，長尋曰旐。」(132-7-15b′)《釋文》：「光浪反。凡度廣狹曰廣，他皆放此。」(169-15a-2)

20.又《檀弓上》鄭注：「蓋高四尺，其廣袤未聞也。」(149-8-16b′)《釋文》：「古曠反。」(170-17a-1)

21.《禮記・玉藻》：「袪尺二寸，緣廣寸半。」鄭注：「(袪)：袂口也。(緣)：飾邊也。」(552-29-19b)《釋文》：「徐公曠反，後放此。」(190-21a-1)

例18.亦見《禮記音》：「廣：公壙(反)。長：治亮(反)。」(第35行)同讀B音。例19.「緇布廣充幅」、例20.「其廣袤」中的二「廣」字分別在名詞「緇布」、代詞「其」之後，均有廣度義，與例6.「南北以堂深」一句相似，同讀B音。又各例中的「廣二尋」之「廣」、「長尋曰旐」之「長」，「高四尺」之「高」等均未作音，可能只是陸氏遺漏，當補。

《釋文》兼注兩讀之例二見，辨析亦嚴。

22.《禮記・文王世子》鄭注：「席之制，廣三尺三寸三分，則是所謂函丈也。」(390-20-8b′)《釋文》：「古曠反，又如字。」(181-3b-10)

23.又《樂記》：「今夫古樂進旅退旅，和正以廣。」鄭注：「旅，猶俱也，俱進俱退，言其齊一也。和正以廣，無姦聲也。」(686-38-19b)《釋文》：「如字，舊古曠反。」(197-5b-2)

例22.「廣」字後帶數量詞，宜讀B音。例23.「廣」爲形容詞，宜讀A音。可各依首音讀之。

《音辨》云:「廣，闊也，古黨切，對狹之稱。量廣曰廣，下古曠切，廣幾里幾步是也。」(6-3b)其他各家分類與「高」字同。

*52 厚

A. °ɣəu　匣厚　如字、音后　1/10

B. ɣəu°　匣候　胡豆反、戶豆反　8/10

BA 1/10

《釋文》A、B兩讀辨義清楚。

24.《毛詩·周南·關雎》序:「先王以是經夫婦，成孝敬，厚人倫，美教化，移風俗。」(15-1.1-9a)《釋文》:「音后，本或作序，非。」(53-2a-2)

「厚」字活用作動詞，仍讀平聲如字A音，與前例16.「廣」字同。

25.《禮記·檀弓上》:「水兕革棺被之，其厚三寸。」(152-8-21b)《釋文》:「胡豆反。度厚薄曰厚，皆同此音。」(170-17a-10)

26.《爾雅·釋木》郭注:「(櫠椵)，柚屬也。子大如盂，皮厚二三寸，中似枳，食之少味。」(157-9-1b′)《釋文》:「戶⑩豆反，又如字。」(428-10b-2)

例25.「其厚」之「厚」在代詞「其」後，有厚度義，與例20.相同，宜讀B音。例26.「厚」帶數量詞，應讀B音;陸氏兼注A音，止此一見，且屬又音，對兩讀的區別沒有甚麼影響。至於敦煌《禮記音》則似無B音一讀。

27.《禮記·雜記下》：「圭公九寸，侯伯七寸，子男五寸。博三寸，厚半寸。」(753-43-12a)《禮記音》:「賢苟(反)。」(第55行)

可見當時仍有堅持讀A音者，與陸德明不同。

《音辨》及周祖謨都沒有討論「厚」字，Downer 及周法高的分類仍與「高」字相同。

第十二節　勞苦勞之類

*53　勞：A音來紐豪韻；B音來紐號韻。平去之別。

*54　從：A音從紐鍾韻；B音從紐用韻。平去之別。

本類只有兩字。A音屬於一般常用義，B音乃引申出來的相關意義。其中「勞」字A音爲形容詞，B音爲動詞，兼具詞性區別的特徵；但有時在某些動賓詞組中亦分兩讀，則仍以勞來義作爲決定讀音的標準。「從」字的兩讀同屬動詞，根本就沒有詞性區別。由於彼此義有相關，故合爲一類，與普通的兩義區別不同。此外尚有「聽」、「張」二例或亦可算入此類，但因《釋文》的例句比較混亂，暫置於「辯證」中。

*53　勞

A. ₒlau　來豪　如字(孔安國)　3/93

B. lau°　來號

力報反、力到反、老報反、力告反（鄭玄） 83/93

AB 3/93 BA 3/93

《釋文》主要有平、去兩讀。平聲如字A音有勞苦義，形容詞。去聲B音引申有慰勞義，「勞」猶今之「道乏」，就是對人說你辛苦了。《釋文》用作動詞，後面必帶一個指人的名詞，即句中之受勞者。A、B兩讀有相關意義。此外尙有音遼一見(89-37b-10)，乃孫毓改字讀，不可從。

1.《詩·大雅·民勞》毛傳：「時賦斂重數，繇役煩多，人民勞苦，輕為姦宄。」(630-17.4-10a′)《釋文》：「如字。」(95-12a-9)

2.《周禮·秋官·司儀》鄭注：「勞客曰：道路悠遠，客甚勞。勞介則曰：二三子甚勞。」(580-38-11b′) 又《行夫》：「居於其國，則掌行人之勞辱事焉。」(581-38-14a)《釋文》:「客甚勞：如字，下甚勞、勞辱同。」(135-19b-7)

以上二例《釋文》均注A音，都是指前面名詞「人民」、「客」、「二三子」等對象說的，形容詞，用作謂語。至於「勞客」、「勞介」中的「勞」字不作音，按理則讀去聲B音，《釋文》或有遺漏。至於「勞辱事」之「勞」爲形容詞,用作修飾語。此外《釋文》尙有《穀梁·僖公元年》「孟勞」一例(70-7-3b／330-12a-8)，乃寶刀名，陸氏讀A音。

《釋文》B音極多，全屬動詞，引申有慰勞義。

3.《易·井卦》：「木上有水井，君子以勞民勸相。」(110-5-15b)《釋文》：「力報反，注同。」(27-18b-11)

4.《儀禮·鄉射禮》：「主人釋服乃息司正。」鄭注：「息猶勞也，勞司正謂賓之與之飲酒，以其昨日尤勞倦也。〈月令〉曰：勞農以休息之。」(145-13-6a′)《釋文》：「猶勞：力報反。下除勞倦一字皆同。」(147-10b-10)

案例 3. 孔疏云：「勞謂勞賚，相猶助也。井之爲義，汲養而不窮，君子以勞來之恩，勤恤民隱，勸助百姓，使有成功。」勞賚即勞來，例 4.「勞司正」、「勞農」同，均爲動詞，陸氏注B音。至於「勞倦」之「勞」則有勞苦義，形容詞，義有不同，陸氏讀A音，實有所別也。

《釋文》兼注兩讀者六例，分別以平、去爲首音，各佔三例。

5.《詩·魏風·碩鼠》：「碩鼠碩鼠，無食我苗。三歲貫女，莫我肯勞。」鄭箋：「不肯勞來我。」(212-5.3-13b)《釋文》：「如字，又力報反，注同。」(67-30b-1)

6.《論語·子路》：「子路問政。子曰：先之勞之。請益，曰：無倦。」《集解》引孔安國曰：「先導之以德，使民信之，然後勞之。《易》曰：『說以使民，民忘其勞。』」(115-13-1a)《釋文》：「孔如字，鄭力報反。」(351-14b-10)

例 5.「苗」、「勞」叶韻，陸氏以A音爲首音，是也。依箋文則有勞來義，動詞，故陸氏又注B音。例 6. 動賓詞組「勞之」有二義：一爲使之勞作，一爲慰勞之。孔安國以「先導之以德」釋「先之」，以「然後勞之」釋「勞之」，復引《易》「民忘其勞」爲證，是以「勞之」爲使之勞作，有致使義，《釋文》注A音。又《莊子·大宗師》：「夫大塊載我以形，勞我以生，佚我以老，息我以死。」(p. 262)「勞」與「佚」相對，顯爲操勞，亦有致使義，可見陸氏致使義不作音，即讀A音。同時亦可證B音與致使義無關。又例6.陸氏稱鄭玄注B音，案陳鱣《論語古訓》云：「鄭讀若郊勞之勞者，即《孟子》放勳曰勞之來之意也。」⑩由此可見動賓詞組「勞之」兩義不同，讀音亦有所別，由勞來義決定A、B兩讀。

7.《禮記・學記》鄭注：「習《小雅》之三，謂《鹿鳴》、《四牡》、《皇皇者華》也，此皆君臣宴樂相勞苦之詩。」(650-36-5a′)《釋文》：「力告反，又如字。」(195-1b-4)

三詩見《小雅・鹿鳴之什》，《四牡》序云：「勞使臣之來也。」(317-9.2-5a)《釋文》：「力報反，篇末注同。」(75-9a-6) 例7.陸氏以B音為首音，蓋有所據。又「勞苦」連文成詞，亦與A音的音義相合，所以陸氏又注A音。且前有「相」字，則此句可包括臣勞及君勞臣二解。於臣言之，讀A音，於君言之，則讀B音。勞苦、勞來兩義不同而實相關。

《音辨》云：「勞，勩也，力刀切。賞勩勸功曰勞，力到切。」(6-9b) 固以意義為別。周祖謨以為意義別有引申變轉，而異其讀(p.107)，是也。Downer 訂為致使義(p.283)，誤，說詳例6.。周法高以為兩讀僅為形、動之別，蓋未盡是，說詳例6.所論。此外，《馬氏文通》以《易・兌卦》「民忘其勞」為例，認為是名、動之別(p.254)，嚴學宭說同(p.67)，則誤解活用之論。

*54 從

A. ˳dziuong　從鍾

如字、才容反

B. dziuong° 從用

才用反、在用反（徐邈、劉昌宗、范宣、李軌） 144/265

AB 19/265 BA 33/265

《釋文》「從」字多音多義，今只論A、B兩音。平聲如字A音有聽從義，去聲B音有從行義，兩讀同爲動詞而意義相關，與「勞」字的音義區別相似。

8.《僞書·泰誓上》：「天矜于民，民之所欲，天必從之。」(154-11-7a)《釋文》：「才容反。」(45-1a-11)

9.《書·舜典》：「慎徽五典，五典克從。」孔傳：「五教能從無違命。」(34-3-2a)《釋文》：「才容反。」(37-4a-9)

10.《僞書·說命中》：「惟天聰明，惟聖時憲，惟臣欽若，惟民從乂。」孔傳：「民以從上為治。」[11] (140-10-4b)《釋文》：「才容反。」(43-16a-11)

三例均有聽從義，《釋文》單注A音。B音有從行義，有時亦表謙敬，引申有下從上義。

11.《論語·先進》：「從我於陳蔡者，皆不及門也。」(96-11-1b)《釋文》：「才用反，注同。」(350-12b-5)

12.《詩·邶風·擊鼓》毛傳：「君為主，敝邑以賦與陳蔡從。」(80-2.1-17b')《釋文》：「才用反，下陳蔡從同。」(58-11a-7)

13.《儀禮·士虞禮》：「祝迎尸，一人衰經奉篚，哭從尸。」(496-42-7b)《釋文》：「才用反，後以意求之。」(158-32a-7)

14.《詩·齊風·敝笱》：「齊子歸止，其從如雲。」鄭箋：「其從姪娣之屬。」(199-5.2-9a)《釋文》：「才用反，注

下皆同。」(66-28b-5)

例11.、例12.有下從上義，例12.又見《左傳·隱公四年》(56-3-16a/223-5a-2)。例13.、例14.則有隨後從行義。四例《釋文》全注B音。其他兩讀之例極多，由於牽涉詞義問題，情況十分複雜。

15.《左傳·僖公二十五年》：「昔趙衰以壺飧從行，餒而弗食。」杜注：「徑猶行也。」(264-16-5a)《釋文》：「才用反，舊如字。」(236-6a-6)

16.又《哀公二十七年》：「二月，盟于平陽，三子皆從。」杜注：「季康子、叔孫文子、孟武伯皆從舌⑫庸盟。」(1053-60-26a)《釋文》：「如字，注同；或才用反，非也。」(304-28b-7)

17.《公羊·桓公五年》：「秋，蔡人、衛人、陳人從王伐鄭。」(52-4-14b)《釋文》：「如字，又才用反，下及注同。」(308-6b-2)

18.《穀梁·桓公五年》：「秋，蔡人、衛人、陳人從王伐鄭。」(32-3-10b)《釋文》：「才用反，又如字，下同。」(327-6a-1)

案例15.有從行義，陸氏辨正舊音之非，故以去聲爲首音。例16.依杜注似解聽從舌庸之脅迫以盟，而不解從哀公行，故讀A音。例17.又見《左傳》(105-6-8a/225-9b-7)，與例18.句式全同，但首音各異；解經時互有取捨，而聽從、從行兩義差別甚微，兩讀或可並行不悖也。

19.《論語·憲問》集解引孔安國曰：「襄公從弟公孫無知殺襄公。」(126-14-8b′)《釋文》：「才用反。」(352-16a-8)

20.《禮記·檀弓上》：「請問居從父昆弟之仇如之何？」

(133-7-17b)《釋文》：「如字，徐才用反。」(169-15a-6)

案「從弟」、「從父昆弟」等表示旁支親族，蓋由從行義引申而來，與本支親族有別，故稱謂上皆着一「從」字。陸氏或注B音，如例19.；或以A音爲首音，B音爲前人又音，如例20.。此外在《爾雅·釋親》一節中，備列各種親族關係有從祖祖父、從祖祖母、從祖父、從父昆弟、從祖姑、從祖王母、從祖母、從父姊妹、從舅、從母等(p.61-62)，除「從舅」一詞明注B音外(415-17b-2)，其他全不作音，似讀A音；與例19.相較，矛盾極多，頗難明白。

《音辨》云：「從，隨也，疾容切；隨後曰從，秦用切。」(6-4a) Downer 歸入派生形式是表效果的一類(p.285)。

【辯　證】

⑰聽(A.t'iɛng° 透徑——B.˳t'iɛng 透青)

《說文》：「聽，聆也。从耳悳，壬聲。」徐鉉注「他定切」(p.250)，可知聆聽義讀去聲。《釋文》亦以去聲爲如字，有聆聽義。

21.《書·呂刑》：「皆聽朕言，庶有格命。」孔傳：「聽從我言，庶幾有至命。」(299-19-24b)《釋文》：「如字，又他經反。」(51-13b-5)

22.《詩·大雅·雲漢》：「靡神不舉，靡愛斯牲。圭璧既卒，寧莫我聽。」鄭箋：「曾無聽聆我之精誠而興雲雨。」(659-18.2-14a)《釋文》：「依義吐定反，協句吐丁反。」(98-17a-

9）

例21.以如字與平聲對舉，知爲去聲。經文「聽朕言」似是聆聽義，陸氏以去聲A音爲首音；但孔傳以「聽從」釋之，故又注平聲B音以爲又音。例22.箋文謂有聽聆義，陸氏依義以去聲A音爲首音；但「牲」、「聽」叶韻，故又注平聲B音。如果上述兩例的分析正確，則兩讀的區別是：去聲A音有聆聽義，平聲B音引申有聽從義，兩讀與「從」字相似，有相關意義。由於聽的結果可從可不從，不從則兩義明顯不同，從則兩義容易相混。且兩讀同是動詞，其意義只有細微差異，故陸氏游移其辭，兩讀的音義關係比較混亂，上述的假設也許不能成立。

《釋文》單注去聲A音者七例，單注平聲B音者六例；另兼注兩讀者兩例，已見前引。合共十五例。

23.《左傳·僖公二十四年》：「故不聽王命而執二子。」(255-15-18a)《釋文》：「吐定反。」(236-5a-1)

24.又：「鄭伯與孔將鉏、石甲父、侯宣多省視官具于氾，而後聽其私政，禮也。」(258-15-24a)《釋文》：「吐定反。」(236-5b-6)

25.又《成公五年》：「且人各有能有不能，舍我何害？弗聽。」(439-26-8b)《釋文》：「吐丁反。」(251-9a-1)

26.《禮記·大傳》：「聖人南面而聽天下。」(617-34-3b)《釋文》：「體寧反。」(193-27a-4)

以上例24、例26.相似，均有聆聽義，《釋文》一讀A音，一讀B音。例23、例25.相似，均有聽從義，《釋文》亦一讀A音，一讀B音。可見兩讀不能以聆聽及聽從兩義爲別。案《音辨》云：「聽，聆也，他丁切。聆謂之聽，他定切。」(6-6b) 兩讀的區別亦不清楚。周祖謨歸入意義別有引申變轉而異其讀一類 (p.106)，Downer 則認爲是派生形式是表效果的 (p.284)。惟諸家均誤以平聲爲如字，與《釋文》不同。

⑱張（A.꜀ṭiang 知陽——B.ṭiang꜄知漾）

《釋文》「張」字兩讀。大概平聲A音有張大義（不一定膨脹），意義較空泛，較抽象。B音有具體的漲、脹義。兩讀或有相關意義。

27.《詩・小雅・賓之初筵》:「大侯既抗，弓矢斯張。」鄭箋:「舉者舉鵠而棲之於侯也，《周禮》梓人張皮侯而棲鵠，天子諸侯之射，皆張三侯，故君侯謂之大侯，大侯張而弓矢亦張節也。」(490-14.3-3b)《釋文》:「斯張：如字。」(86-32b-6)

此例蓋同《說文》「施(113)弓弦也」一義(p.269)。《釋文》注A音，僅此一例。其單注B音者兩例。

28.《左傳・僖公十五年》:「亂氣狡憤，陰血周作，張脉僨興，外僵中乾。」杜注:「氣狡憤於外，則血脉必周身而作，隨氣張動。」(230-14-4b)《釋文》:「中亮反，注同。」(233-25b-9)

29.《左傳・成公十年》:「將食，張，如厠，陷而卒。」杜注:「張，腹滿也。注同。」(450-2b-30a)《釋文》:「中亮反，腹滿也，注同。」(252-11a-11)

例28.、例29.張脉、張動、腹張等均有脹大義，乃由張大義引申出來，陸氏讀B音。此外《釋文》兼注兩讀之例較多，蓋兩義同屬動詞，只有微細差異，不易分辨。

30.《左傳·宣公十八年》：「欲去三桓，以張公室。」杜注：「時三桓强，公室弱，故欲去之以張大公室。」(413-24-20b)《釋文》:「如字，一音陟亮反。」(249-5b-3)

31.《左傳·桓公六年》：「漢東之國，隨為大，隨張，必弃小國。小國離，楚之利也。少師侈請羸師以張之。」杜注：「張，自侈大也。」(110-6-17a)《釋文》：「豬亮反，自侈大也，注同，一音如字。」(225-10a-8)

例30.依杜注有張大義，故陸氏以A音爲首音；如理解爲脹大義者固未嘗不可，故又注去聲一讀。《釋文》尚有《穀梁》「三家張也」(190-19-10b)、又范注「則人君之張設固兼備矣」(119-12-9b′)、《周禮》鄭注「使之張顯」(125-8-8a′)等諸例，均兼注兩讀，而以如字爲首音，且有歧義。例31.依杜注有脹大義，故陸氏以B音爲首音；如解爲張大，則A音說亦可通。

《音辨》云:「張，陳也，陟良切。謂所陳事曰張，陟亮切；《禮》：掌次凡邦之張事。」(6-8a)「張事」即「帳事」，見《周禮·天官·掌次》(93-6-9b)，劉昌宗讀B音(112-9b-2)，蓋通作「帳」字。Downer 認爲派生形式是被動的或中性的(p. 287)。周法高歸入既事式一類云：「張：陳也，陟良切；脹滿，一作脹，知亮切。」(p.85) 詞性及意義有別。又周法高及Downer 另歸入動、名一類中，B音蓋有「帳」義，即《音辨》之說，實出假借也。總之，兩讀或有區別，但因例證較少，且多兼注兩讀，陸德明是否眞有這種區別，尚難論定。

第十三節　勞來供養類

*55　來：A音來紐咍韻；B音來紐代韻。平去之別。

*56　供：A音見紐鍾韻；B音見紐用韻。平去之別。

*57　毀：A音曉紐紙韻；B音曉紐寘韻。上去之別。

本類是受語音類推作用影響而產生的異讀，反映某些特殊詞語的讀音。《釋文》「來」、「供」兩字一般只讀A音，其B音僅見於「勞來」、「供養」兩個詞語中，亦爲動詞。區別謹嚴，自成一類。此外「毀齒」之「毀」讀B音也可以算是特殊詞語的讀音，例證雖少，但可以辨析某些前人理論上的錯誤，所以附論於此。又前論「足恭」、「先後」、「奔走」等詞語或亦可算入此類。

Downer 有派生形式用於複詞中 (Derived form used in compounds)一項，其所舉「巧：淫巧」各例多屬動、名區別。性質雖同，由於並非動詞異讀，本文暫不討論。

*55　來

A. ₒləi　　來咍

如字、力胎反（毛公、王肅）　　　　2/21

A_1音釐、力之反（劉昌宗，-i 之韻）

A_2音梨（叶韻，-iIi 脂韻）

A_3力知反（叶韻，-iI 支韻）

B.音賚，力代反、力再反（鄭玄）　　14/21

AA_2 1/21　　A_3A 1/21

AB 2/21　　A_1B 1/21

《釋文》「來」字兩讀，其中A_1、A_2、A_3之脂支不分，乃劉昌宗或叶韻音，與A音咍韻不同，由於沒有辨義作用，或屬方音變異，今合併爲一讀。平聲如字A音爲來去之來，《釋文》凡四例。

1.《詩・周頌・思文》：「貽我來年，帝命率育。」毛傳：「牟，麥；率，用也。」(721-19.2-12a)《釋文》：「並如字，牟，麥也。……《廣雅》云：麳，小麥；麰，大麥也。」(101-24b-10)

2.《爾雅・釋訓》：「不俟，不來也。」郭注：「不可待，是不復來。」(59-4-9b)《釋文》：「本或作徠、逨，同力胎反。」(414-16a-8)

3.《詩・邶風・終風》：「終風且霾，惠然肯來。莫往莫來，悠悠我思。」鄭箋：「有順心然後可以來至我旁。」(79-2.1-15b)《釋文》：「如字，古協思韻多音梨，後皆放此。」(58-11a-1)

4.《左傳・宣公元年》：「于思于思，棄甲復來。」(363-21-8b)《釋文》：「力知反，又如字，以協上韻。」(244-21b-6)

例1.的「來」解小麥。《說文》：「來，周所受瑞麥來麰，一來二縫（段注本作『二麥一夆』），象芒朿之形，天所來也，故爲行來之來。《詩》曰：詒我來麰。」(p.111)《周頌》蓋用本義。其餘三例均爲來去之來，陸氏全注A音。至於例3.、例4.又讀脂、之韻者，或因與「思」字叶韻而有異讀，仍屬平聲。

《釋文》「來」字注去聲B音者十四例，全爲「勞來」一詞注音，有時「勞來」亦分作「勞」、「來」兩詞。「勞來」多見於注文，以釋「勞」字，有慰勞義。另兼注兩讀者三例，B音全屬又音，鄭玄讀作「賚」字，有勤義；引申亦有賜義。「來」的B音與來去義無關，大概是受「勞」字類推的影響而有此一讀，而且陸氏只將此讀用於「勞來」一詞；其他兼注兩讀的三例因與「勞來」無關，故B音只視作又音，蓋尊重鄭玄假借改讀，其實陸氏仍然認爲該讀A音的。

5.《詩·小雅·鴻雁》序：「萬民離散，不安其居，而能勞來還定安集之。」(373-11.1-1a)《釋文》：「力代反。」(78-16a-11)

6.《詩·小雅·大東》：「東人之子，職勞不來。西人之子，粲粲衣服。」毛傳：「來，勤也。」鄭箋：「東人勞苦而不見謂勤。」(439-13.1-10a)《釋文》：「音賚，注同，勤也。」(83-26b-2)

7.《左傳·閔公元年》：「《詩》云：豈不懷歸，畏此簡書。」杜注：「《詩·小雅》美文王為西伯勞來諸侯之詩。」(187-11-2a′)《釋文》：「力代反。」(230-20a-7)

8.《書·梓材》：「亦厥君先敬勞，肆徂厥敬勞。」孔傳：「亦其為君之道，當先敬勞民，故汝往治民，必敬勞來之。」(211-14-24b′)《釋文》：「力代反。」(47-6b-8)

以上四例全爲「勞來」作音，例6.「勞」、「來」分爲兩詞，例8.以「勞來」釋「勞」，陸氏全讀B音。

9.《詩・大雅・下武》：「昭茲來許，繩其祖武。」毛傳：「許，進；繩，戒；武，迹也。」鄭箋：「茲，此；來，勤也。武王能明此勤行，進於善道，戒慎其祖考所履踐之迹，美其終成之。」(582-16.5-9a)《釋文》：「王如字，鄭音賚；賚，勤也，下篇來孝同。」(93-7a-4)

10.《詩・大雅・江漢》：「王命召虎，來旬來宣。」鄭箋：「來，勤也。旬當作營，宣，徧也。召康公名奭，召虎之始祖也。王命召虎，女勤勞於經營四方，勤勞於徧疆，理衆國。」(686-18.4-16a)《釋文》:「毛如字，鄭音賚，云: 勤也。下同。」(100-21a-4)

11.《儀禮・少牢饋食禮》：「來女孝孫，使女受祿于天。」鄭注：「來讀曰釐，釐，賜也。」(572-48-9b)《釋文》：「依注音釐，力之反，賜也。劉音釐，亦音來，力代反，亦訓賜也。」(161-37a-6)

三例均未見「勞來」一詞，陸氏雖兼注兩讀，但仍以A音爲首音。又例10.以「勤勞」釋「來」，適與「勞來」釋「勞」相似，而讀音平、去不同，蓋因假借爲「賚」字而兼注B音。

Downer 認爲去聲一讀有致使義，意謂：「來 to come ；徠、勑 to cause to come, to encourage 。」(p.283)並以例 7. 爲證。周法高亦歸入使謂式一項中，稱云：「來，至也，落哀切；勞也，洛代切，一作徠、勑（去聲）。」(p.77)，其後則以例 5. 爲證。其實兩例均無使之勞來義，不能說是致使句。此外，陸氏對一些可能是致使義的例子並不作音，仍讀A音。

12.《周禮・春官・樂師》：「詔來瞽皐舞。」鄭注引鄭司農

曰：「又告當舞者持鼓與舞俱來也。」鄭注：「玄謂詔來瞽詔視瞭扶瞽者來入也。」(351-23-4b)

13.《禮記・中庸》：「凡為天下國家有九經，曰：……來百工也。」(888-52-20b)

例12.「來」依鄭衆解有俱來義，鄭玄有來入義，皆爲使來義。例13.孔疏：「謂招來百工也。」(p.889) 亦有使來義。《釋文》不作音，即讀A音。可見B音與致使義無關。

*56 供

A. ₒkiuong 見鍾 如字，音恭 13/28

B. kiuongᵒ 見用

紀用反、九用反、恭用反、俱用反、居用反（徐邈）13/28

AB 2/28

《釋文》「供」字兩讀，平聲如字A音見於《尚書》、《莊子》、《爾雅》三書，另兼注兩讀者二例，亦見於《尚書》及《爾雅》。去聲B音見於《左傳》、《公羊》、《毛詩》、《儀禮》、《禮記》諸書，全爲「供養」一詞作音。

14.《書・禹貢》孔傳：「賦謂土地所生，以供天子。」(78-6-4a′)

《釋文》：「音恭。」(39-8b-5)

15.《書・召誥》：「我非敢勤，惟恭奉幣，用供王，能祈天永命。」孔傳：「惟恭敬奉其幣帛，用供待王。」(224-15-13a)

《釋文》：「音恭，徐紀用反。注供待同。」(48-7a-11)

陸氏於「供」或「供待」讀A音，徐邈則讀B音。

《釋文》「供養」讀B音，似受「養」字類推的影響而成爲特殊詞語的讀音。

16.《禮記·月令》:「乃趣獄刑，毋留有罪。收祿秩之不當，供養之不宜者。」(340-17-7a)《釋文》:「供養:九用反，下餘亮反，注同。」(178-33a-7)

17.《公羊·文公十三年》:「生以養周公。」何注:「生以魯國供養周公。」(177-14-6a′)《釋文》:「以養:餘亮反，注皆同。供養:九用反，下同。」(315-20b-10)

大概陸氏只承認「供養」讀B音，其他非「供養」之例仍讀A音，或與徐邈不同。此外顏師古及李賢亦有B音一讀，例如《漢書·敍傳》:「迎延滿堂，日爲供具，執子孫禮。」顏注:「酒食之具也，供音居用反。」(p.4199)兩書尚有「供養」、「供帳」、「供張」各例，同讀B音；其區別兩讀的標準與徐邈相近，非如陸氏僅限於「供養」一詞。

諸家未論「供」字兩讀。

*57 毀

A. ◦xiue 曉紙 如字 1/2

B. xiue◦ 曉寘 況僞反 1/2

《釋文》僅得二例，一讀上聲，一讀去聲。例句極多。

18.《孝經·開宗明義章》:「身體髮膚，受之父母，不敢毀傷，孝之始也。」(11-1-3a)《釋文》:「如字。《蒼頡篇》云:毀，破也。《廣雅》云:虧也。」(341-1b-4)

19.《周禮·秋官·司厲》：「凡有爵者與七十者與未齔者，皆不為奴。」鄭注：「齔，毀齒也。男八歲女七歲而毀齒。」(543-36-9b′)《釋文》：「況偽反，下同。」(133-15a-5)

「毀」乃常用字，一般不作音。B音可能只是「毀齒」一詞的特殊讀音，指兒童換牙；惜僅一見，別無旁證。其後《廣韻》亦錄「毀齒」去聲義(p.349)。

《音辨》云：「毀佗曰毀，許委切。自壞曰毀，況僞切。」(6-11a)毛居正《六經正誤》云：「凡物自壞曰毀，音上聲況偉反。從而壞之曰毀，音去聲況僞反。賈氏《音辯》以自壞之毀爲去聲，壞之之毀爲上聲，非也。」(5-22b)這大概是受了「敗」、「壞」類推的影響而產生出來的讀音，《廣韻》亦無自毀、毀他之說，或出宋人首創。且賈、毛二氏對自毀、毀他之說亦適相反，後人糾纏其間，徒添迷亂。例如周祖謨據毛居正說認爲兩讀是區分自動詞變爲他動詞者：「據是音去聲者，乃毀他之義也。」(p.101)周法高則據賈昌朝說以上聲爲使謂式(p.79)。兩說都缺乏有力的證據，自難成立。

注　釋

78 《詞語之間的搭配關係——語法札記》(p. 20)。

79 劉殿爵教授曾考慮以「對壘」的概念區別「敗」字的兩讀：

一、有X、Y雙方對壘而X敗Y者，「敗」讀B音。

二、無雙方對壘而只言X敗者，讀A音。

三、X敗Z，而X、Z並非對壘者，讀A音。

劉教授又認爲現代語法自動、他動是語法範疇，X defeats Y 可以是 X army defeats Y army，也可以是He defeats his own purpose。前者是對壘，後者不是對壘；但這區別與語法無關。此外「語」字B音指人亦有類似區別。由於所牽涉的「壞」、「沈」、「解」、「雨」、「禁」諸字均無此區別，本文暫不作較大的改動。

80 楊伯峻、徐提合編《春秋左傳辭典》釋「沈」云：「使沈沒，今作『沉』：沈其二子，沈玉而濟。」(p.329) 僅列一個義項，而以致使義釋之，亦恐不確。例如沈玉成把這兩句譯爲「把她的兩個孩子丟進黃河裏」(p.226)，及「把玉沈入黃河然後渡河」(p.298)。此外，李宗侗則譯爲「把她兩個兒子就扔到黃河裏」(p.688)，及「把玉石扔在河裏就渡過去了」(p.875)。都沒有譯爲致使義。可見理解爲「使其二子沈沒」、「使玉沈沒而濟」實有不妥。

81 在拉丁語系的語法中，受動詞影響的名詞(即主語以外的名詞)該用甚麽格，主要是根據習慣，一般是無理可尋的。

82 原作「陰」，誤。見《十韻彙編》(p.103)。周祖謨認爲《王二》應是《裴務齊正字本刊謬補缺切韻》，參見19。

83 「祖」原作「徂」。黃焯云：「宋本、朱鈔『徂』作『祖』，葉鈔作『阻』。」(p.262) 今宋本正作「祖」。

84 見《訓詁學》(p.83)。

85 見《莊子今註今譯》(p.230)。

86 劉殿爵教授〈比較語法與翻譯〉一文釋云：「嘗試詞代表動作，是一種

發生的事情 (occurrence)。成就詞不代表動作。動作可以持續，成就不能持續。我們說「我們一直看著他的手」，不說「我們一直見著他的手」。這裏值得提出一點，表示動作的動詞和不表示動作的動詞這一區別在翻譯上是很重要的。至於嘗試詞和成就詞的區別語言與語言之間有很大的不同。有些語言這兩種詞不大區別，例如日語的 miru 是見又是看，kiku 是聞又是聽。英語這區別是有的，例如 look 與 see, listen 與 hear, look for 與 find ，但像這樣相對立的動詞爲數不多，而且與漢語在這一點上有不同之處。漢語嘗試詞和成就詞是完全兩回事，所以看和見不同，成功的時候要說「看見」，從這就可以看出「見」不包括「看」。平常開玩笑把「看見」翻成 look see，聽起來覺得滑稽。滑稽的原因之一是中國話的「見」不包括「看」的意思，而 see 則包括 look ，所以 look see 連結成詞把 look 的意思重複了，所以覺得滑稽。在現代漢語裏這區別是極普遍的。凡是「x不y」或「x得y」的結構，例如「看不見」、「看得見」，前面的x是嘗試詞，後面的y是成就詞，成就不限於用動詞表示，也常常用形容詞表示。我們不但說「看見一個人」，也說「塗紅了臉」。「見」是動詞，是成就詞。「紅」是形容詞，也是成就詞。」(p.9)

87 見孫奭《孟子音義》引(卷上，頁十)。

88 原作「剛」，據阮校引毛本改(p.159)。

89 朱駿聲亦以「管人」之「管」假借爲「館」(p.751)。

90 參見黃坤堯〈釋文「見」字音義分析」〉(p.105-113)。

91 見《上古語法札記》中「問、見、告」一節(p.306-308)。

92 見陳奇猷《呂氏春秋校釋》(p.1186)。「視日」原作「視曰」，當涉下文誤倒，今據陳昌齊、孫鏘鳴說改正。

93 參見黃坤堯〈異讀理論中的致使效應〉。

94 見〈古漢語動賓語義關係的制約因素〉(p.52)。

95 見《經籍籑詁》(p.1951, 1968)。

96 通志堂本原作「待」，誤。今據宋本改正。

97 案鄭注云：「四時各有（所）宜學，士謂司徒論俊選所升於學者。」今本《禮記注疏》無「所」字，阮校云：「閩監本、毛本『宜』上有『所』字，衛氏集說同。盧文弨云：所字當有，宜字絕句，否則學字當重。」(p.407) 如依盧文弨說則「學士」爲合成詞，與「世子」同爲敎的對象，未是。陸德明可能亦有此誤會，所以沒有注音；或屬一時疏忽，容易使人誤讀爲如字。

98 見清・洪亮吉《春秋左傳詁》（卷二十，頁二十二）。四部備要本。又李解民點校本 (p.875)。

99 《音辨》原作「恭」，避宋諱。

100 今本缺此條，黃焯亦失校。茲據唐寫本殘卷（伯 2617）補。

101 《周禮・春官・占夢》云：「遂令始難歐疫。」鄭注：「難謂執兵以有難卻也。……故書難或爲儺。杜子春儺（原作『難』，據阮校改正）讀爲難問之難，其字當作難。」(382-25-3b)《釋文》：「戚乃多反，劉依杜乃旦反，注以意求之，儺字亦同。」(123-32a-1) 蓋爲「儺」字作音，周祖謨據此以訂杜子春難問之難讀去聲。

102 孔疏：「節，正也。」費解。今案《大戴禮記・哀公問於孔子》作「則安其居處，醜其衣服，卑其宮室。」，「節」爲衍文。見王聘珍《大戴禮記解詁》(p.12)。

103 見《詩經今注》(p.273)。

104 岳珂（？）作「力縱反」(p.10)，則訛誤久矣。淸人錢馥、錢大昕以爲「力住」之訛，當爲「屢」字作音。黃焯云：「然據錢（大昕）說，德明止爲『屢』字作音　，必確知德明讀『空』如字而後可，使德明讀『空』爲空乏，則『力縱反』或爲『口縱』、『苦縱』之譌，說亦可通，終莫能斷也。」(p.214) 又朱熹《四書章句集注》「空」字不作音，仍讀平聲 (p.127)。《明本排字九經直音》云：「（音）控，又平。」(p.17) 兼注去、平兩讀。

105 「尸」原作「尺」，誤，據宋本改正。又「到」宋本、盧本同作「倒」字，並誤。黃焯據宋余仁仲刊本《周禮》附《釋文》校正。

106 見《儀禮鄭注句讀》(p.41)。

⑩⑦ 原作「戶」，誤，據宋本改正。

⑩⑧ 見《音韻存稿・隋代詩文用韻與廣韻的又音》(p.221)。

⑩⑨ 宋本亦誤作「尸」字，盧本已改正。

⑪⓪ 見《論語古訓》(卷七，頁一)。

⑪① 阮校云：「按此節今本疏混入注，又脫上截四十二字，山井鼎據古本宋板正誤補闕。」(p.148) 今據阮校改正。

⑪② 原作「后」，阮校據石經經傳改。

⑪③ 段注改「施」爲「㢧」(640-12下-58b)。

第五章　結　論

第一節　動詞異讀統計表及有關說明

前章將《釋文》的動詞異讀分爲十三類，並作詳細的個別研究。書中共分析57例字，另辯證18例字，合共75字;又引用396例句以爲說明。今擬將《釋文》所見57例字中的兩讀數據作一簡表，除陸德明外，其他有關前代作音人及出現次數均附錄於後，以便比較研究。

爲行文方便，表中以A–M十三個英文字母代表本文所分的十三類，並依每類的編次排列。又所註數字乃《釋文》A、B兩讀的數據，可能包括其他類型的異讀。又「解」字A2、D4兩見，所列仍是兩讀的總數而非個別的統計數字。

《釋文》動詞異讀統計表

例　字	A　音	B　音	AB	BA	區別特徵
A1 敗	3/49	36/49（徐邈$_1$）	9/49	1/49	並　幫
A2 壞	3/40（字林$_1$、徐邈$_1$）	26/40（字林$_3$）	1/40	7/40	匣　見
A3 沈	7/23（徐邈$_1$）	1/23（徐邈$_1$、劉昌宗$_2$）	3/23	4/23	平　去
A4 解	22/171（施乾$_1$）	71/171（徐邈$_2$）	8/171	8/171	見　匣

B1 雨	1/40（崔靈恩$_1$）	31/40	2/40	6/40	上	去
B2 語	3/89	84/89		2/89	上	去
B3 禁	2/11	1/11	5/11	3/11	去	平
B4 足		2/7（劉昌宗$_1$）		5/7	入	去
B5 昭（炤）	4/45	10/45（徐邈$_1$）	2/45	1/45	平	去
C1 射	7/157（李軌$_1$、徐邈$_1$、沈重$_1$、鄭玄$_1$）	102/157（徐邈$_1$）	2/157	11/157	去	入
C2 刺	41/67（徐邈$_1$、劉昌宗$_1$）	16/67（劉昌宗$_1$、沈重$_1$）	3/67	5/67	去	入
C3 走	1/2	（徐邈$_1$）	1/2		上	去
C4 趣	1/22（劉昌宗$_1$）	11/22（徐邈$_2$）	2/22	2/22	平	去
D1 治	3/287（皇侃$_1$、謝嶠$_1$）	275/287（徐邈$_2$、施乾$_1$）	3/287	6/287	平	去
D2 解	22/171（施乾$_1$）	71/171（徐邈$_2$）	8/171	8/171	見	匣
D3 聞		21/41（徐邈$_2$、劉昌宗$_1$）	6/41	14/41	平	去
D4 繫	5/16	6/16（徐邈$_1$、劉昌宗$_1$）	3/16	2/16	見	匣
E1 染	12/15（劉昌宗$_1$）			2/15	上	去
E2 漁（a歔）	5/7		2/7		平	去
E3 縫	5/18（戚袞$_1$）	8/18（徐邈$_1$、劉昌宗$_1$）	4/18	1/18	平	去
E4 凌				3/3	平	去

F1 見	7/673(鄭玄$_1$、王肅$_1$、戚袞$_1$)	624/673(徐邈$_2$、皇侃$_1$、劉宗昌$_1$)	17/673	25/673	見 匣
F2 告	2/16	10/16	1/16	2/16	去 入
F3 觀	3/85(王肅$_1$、徐邈$_1$、顧野王$_1$、謝嶠$_2$)	60/85(施乾$_2$)	5/85	17/85	平 去
F4 視(示)	12/17(徐邈$_9$、沈重$_1$)	4/17(徐邈$_1$)	1/17		上去/禪神
G1 食	7/177(徐邈$_2$)	149/177(鄭玄$_1$、徐邈$_2$、劉昌宗$_1$)	11/177	10/177	入去/神邪
G2 飲		60/63(鄭玄$_1$、王肅$_1$、徐邈$_1$)		3/63	上 去
G3 啖(啗)	12/14(劉昌宗$_1$)	1/14(徐邈$_1$)	1/14		上 去
G4 趣	6/24(徐邈$_1$)		4/24	2/24	去 入
H1 借	2/12	8/12		1/12	入 去
H2 假	16/46(毛公$_3$、馬融$_1$、鄭玄$_1$、徐邈$_2$、沈重$_2$、梁武帝$_1$)			1/46	上 去
H3 藉	4/35	27/35	1/35	1/35	入 去
H4 貸	3/17	11/17			入去/定透
H5 乞			1/1		入 去
H6 稟	4/6	(劉昌宗$_1$)	1/6		上 去
H7 學	1/9	7/9	1/9		入 去
I1 養	1/63	51/63(徐邈$_6$)	6/63	4/63	上 去
I2 仰		(徐邈$_3$)	4/4		上 去
I3 風	1/21(王肅$_1$、徐邈$_1$)	14/21(徐邈$_2$、沈重$_1$)	4/21	2/21	平 去

J1 好	4/424（毛公$_{2}$、王肅$_{1}$、崔靈恩$_{1}$）	344/424（鄭玄$_{2}$、王肅$_{1}$、徐邈$_{1}$）	16/424	10/424	上	去
J2 惡	15/500（馬融$_{1}$、鄭玄$_{2}$）	364/500	24/500	28/500	入	去
J3 遠	1/142（師讀$_{1}$）	126/142（馬融$_{1}$、王肅$_{1}$、韓康伯$_{1}$、徐邈$_{2}$、皇侃$_{1}$）	5/142	10/142	上	去
J4 近	5/246（徐邈$_{1}$）	217/246（徐邈$_{1}$、沈重$_{1}$）	11/246	11/246	上	去
J5 先	5/102	76/102（徐邈$_{1}$）	2/102	19/102	平	去
J6 後	1/34	22/34（徐邈$_{4}$）	7/34	4/34	上	去
J7 前		（徐邈$_{1}$）	1/1		平	去
J8 難	3/366	335/366（杜子春$_{1}$、劉昌宗$_{1}$）	8/366	9/366	平	去
K1 高		2/7（劉昌宗$_{1}$）	3/7	2/7	平	去
K2 深		11/13	1/13	1/13	平	去
K3 長	17/474（盧植$_{1}$、馬融$_{1}$、施乾$_{1}$、崔靈恩$_{1}$、王肅$_{1}$、司馬彪$_{1}$）	22/474	2/474	8/474	平	去
K4 廣	1/55	50/55（徐邈$_{1}$）	1/55	1/55	上	去
K5 厚	1/10	8/10		1/10	上	去
L1 勞	3/93（孔安國$_{1}$）	83/93（鄭玄$_{1}$）	3/93	3/93	平	去
L2 從	11/265	144/265（李軌$_{1}$、徐邈$_{1}$、劉昌宗$_{2}$、范宣$_{1}$）	19/265	33/265	平	去
M1 來	4/21（毛公$_{1}$、王肅$_{1}$、劉昌宗$_{1}$）	14/21（鄭玄$_{2}$）	3/21		平	去
M2 供	13/28	13/28（徐邈$_{1}$）	2/28		平	去
M2 毀	1/2	1/2			上	去

在上表中，《釋文》動詞兩讀的語音區別特徵可歸納為三項：

⑴平上入和去聲的變換：這是最重要的一種變換方式，就是平、上、入三聲讀如字A音；去聲讀B音。計得平去21字，上去17字，入去8字。

⑵去聲和平入二聲的變換：去聲字的變換方式是去聲讀如字A音，平聲或入聲讀B音。本文計得去平1字(「禁」)、去入4字(「射」、「刺」、「告」、「趣」)。除「趣」字未見討論外，諸家處理其餘五字的兩讀關係多誤；例如賈昌朝、Downer(各四字)、周祖謨(「禁」、「告」二字)、周法高(「告」一字)均以平、入聲為如字A音，去聲為B音，與陸德明不同。

⑶清濁聲紐的變換：這一類本來也多是讀去聲的，其變換方式有清聲紐與濁聲紐、濁聲紐與清聲紐、濁聲紐和濁聲紐的變換；有時也兼具聲調變換的特徵。本文計得見匣3字(「解」、「繫」、「見」)、匣見1字(「壞」)、並幫1字(「敗」)、定透1字(「貸」)、禪神1字(「視」)、神邪1字(「食」)。諸家處理「敗」、「壞」二字的兩讀區別多誤，賈昌朝、Downer、周法高均以清聲紐為如字A音，濁聲紐為B音，實與陸德明不同。又周祖謨仍以為濁清變換則不誤。

從上表中，可見《釋文》動詞兩讀之說大多是前有所承的，陸德明演繹這種以異讀別義的方法，一方面可以在誦讀經典時理順文意，一方面也可以分化一些有歧義的句子結構。表中讀A音的以徐邈(11見)最多，其次為王肅(6見)、劉昌宗(5見)、鄭玄(4見)、毛公、馬融、崔靈恩、施乾、沈重(各3見)、其他尚有孔安國、戚袞、謝嶠、顧野王、盧植、司馬彪、梁武帝、師讀（周弘正？）等。讀B音的亦以徐邈(28見)最多，其次爲劉昌宗（12見)、鄭玄(5見)、王肅（3見)，其他尙有杜子春、馬融、韓康伯、范宣等。此外《字林》（呂忱）、李軌、皇侃各家均曾討論過A、B兩讀，各一二見。雖然見解不一，要之音義區別並非陸德明一家之私說可知。

總之，陸氏利用讀音來區別詞義是前有所承的，同時也符合了漢語單音節的特質，這是比較容易理解的訓詁方法，其影響及於唐代士林（參見第二章第一節）。

第二節　陸德明的動詞理論難與現代語法範疇吻合

古漢語以異讀別義的方法是一種特有的語言現象；由於聲調（或聲紐）的數量有限，而語言的意義卻可以無限引申，雖說以簡馭繁，一音一義互相對應，畢竟還有很多照應不足之處。例如同是動詞，陸德明究竟憑甚麼標準區分爲兩讀呢？陸氏雖然列舉了大量的語言事實，卻沒有片言隻字的說明，使人易生迷惑。由於語言變易，今古不同，古動詞難免會發生語音、語義以至語感的變化。我們單憑現代的語法知識實在無法了解陸德明的動詞理論，相信還有待深入的研究。

爲甚麼陸德明會將一些動詞分爲兩讀處理呢？當然這不可能是陸德明的個人創作，一定要有相當的語言事實作基礎，有相當的學者支持及形成共識，才能引申推廣，形成一種音義體系。否則徒以獨特的異音，強人所難，又豈能服衆，維持久遠呢。唐代以後，經典的讀音隨注疏流行，一般已固定下來，爲後代讀書人所遵承。可見陸氏的音義區別當然有它的合理性了。

宋代比較注意動詞異讀的是賈昌朝、毛居正等人，他們用宋人的語法知識研究音義問題，已經和陸德明有所不同了，前文已有說明。近人以西方的語法知識研究動詞異讀的，則該首推馬建忠了。《馬氏文通》將動詞分爲外動（附：自反動字）、受動、內動、同動、助動和無屬動字六小類。馬氏在「動字辨音」（p. 249）一節中開列了147個動詞，很多還有兩讀區別的，馬氏便認爲是動詞詞性不同了，卻忽略了兩讀在意義方面的聯繫。馬氏的動詞異讀包括：

內動→外動：降、語、倒、放、飲、唖、覺。

外動→內動：漂、當、勝、留、臨、去、吐、伏。

外動→外動：共、擗、穿、標、攘、占、累、仰、識、錯、畫。

內動→內動：還、恐、走、喝。

外動→動：施。

受動→外動：遺、禁。

外動→受動：治。

受動→內動、外動：反。

助動→外動：應。

外動→受動→內動：造。

自反動字→外動：轉。

其他牽涉名字、靜字、狀字的尚有：

外動、名→外動：從、汙。

外動→外動→名：追。

外動→外動、名：徼。

外動→靜→外動→名：調。

外動→名→外動→靜→狀：刺。

內動→外動→名：出。

外動→內動→名：合。

內動→外動、名：過。

外動→名→內動：樂。

靜、外動→外動：縱。

靜→外動→內動：差。

靜→外動→外動：挑。

外動→靜→外動：重。

外動→內動→狀：漸。

外動→受動→狀：選。

外動→靜、內動：瀉。

共 55字，主要為內動、外動的區別。馬氏大概只是從兩讀的表層意義着眼，未經深入分析，尤其未能注意音、義間的關係。所以馬氏的「動字辨音」只是一片混亂，當然也欠缺學理上的說明了。此外，馬氏最致命的缺點是將動詞分為六小類，呂叔湘、王海棻合撰的《馬氏文通述評》云：「《文通》裏邊動字分類的邏輯性不強。受動字只是外動字的用法問題。……《文通》在外動字節內立『自反動字』一名，其實也只是一個用法問題。無屬動字有外動、內動之分，有止詞者為外動，無止詞者為內動，不宜與外動、內動並列。同動字可以單獨立為一類，只是馬氏立說混亂，使得這一部分的問題較多，主要是同動字與其他字類之間劃界不淸。……另一個値得探討的問題是有些動字是內動還是外動難於決定。」⑭可見單從詞性區別着眼，將無法解決動詞異讀的問題。其後張正男《群經音辨辨字音淸濁門疏證》更沿用馬氏的方法分析異讀，結果出現了動詞、泛指動詞、特指動詞、主動動詞和致使句之動詞（如「沈」）、被動動詞（如「飲」）等名目，更使人眼花撩亂了。

至於周祖謨、Downer 、周法高三家分別從語法及意義兩個角度來研究異讀問題，始略具體系。不過諸家的通病是想建立一套異讀系統，結果也不太理想。由於選取的例句欠代表性，有時又忽略了兩義內在的聯繫，大家只能就各字的表層意義勉強歸類；而且有時誤訂如字一讀，本末倒置，所以他們的系統各有漏洞，也不能令人滿意。本書單就《釋文》的例證立論，有一定的時代性。雖然現在勉強將《釋文》各個例字按音義特性區分爲十三類，每類各有少數例字合用，其實也談不上甚麼異讀系統了。此外每個例字都各有其獨特的語義和引申義，以及與其他句子成分之間的關係，雖然編爲一類，難免也有些例外的情況出現，所以我們也只就一些類近的特點立論，不必完全相同。

透過十三類動詞異讀的分析研究，我們發現陸德明也許曾經想過對動詞做系統化的分類整理工作；由於動詞本身的問題相當複雜，當時又沒有完善的語法系統可供借鑑，所以陸氏並沒有甚麼成績，只剩下一些零碎的材料而已。另一方面陸氏的工作也做得不夠徹底，有些B音的音義特徵並不見得可靠。例如第五節「染人漁人類」、第十一節「區別形容詞高深長廣厚類」等，均難使人接受。

陸德明對動詞異讀的研究似以語義、語序、語感爲主要的判斷依據，難與現代的語法範疇相合。例如今人最喜歡將動詞分爲內動、外動兩類，但陸德明看來並沒有這種意圖；第一節「自敗敗他類」是由動詞跟前面名詞或後面名詞所代表的人物之間的關係來決定動詞的兩讀，第二節「動詞後帶名詞類」則純從形式方面判斷，均與今人所謂內動、外動不同。又如第十節「區別形容詞好惡遠近類」其實並非簡單的形、動之別，而是包含了靜態義及動態義的概念，也就是由移動義決定形容詞的讀音。這些都可以說是語義的區別而非語法的區別，其他各類更多以語義的區別爲主。諸家如想單從語法方面研究動詞異讀的問題，也許會走寃枉路了。其中最主要的原因大概是印歐語系的動詞有多種語法上的區別，可以透過形式上的標誌反映實質的區別，往往有一定的對應關係。但漢語沒有形態變化，要辨認動詞只能憑意義而非語法，即有所謂語法區別，一般也只能從語序着眼，有時還是相當主觀的。由於大家有共同的語感，漸漸也就習以爲常了。

最近大家比較注意現代漢語的句型和動詞的研究，以深入探尋漢語的特質和語法規律[115]。例如范曉介紹近期有關動詞的分類法云：

> 有的根據動詞的某些語法特點分成動態動詞和靜態動詞(或動作動詞和非動作動詞)兩大類；有的根據動詞的某些語義語法特徵分為意志動詞和非意志動詞（或自主動詞和非自主動詞）兩大類；有的根據動詞帶動態助詞「了」、「着」、「過」的情形分為若干類；有的根據動詞帶趨向動詞的情形分為「位移動詞」、「非位移動詞」等。[116]

一直以來，我們都借助西方的語法體系來研究漢語，削足適履，並不適合。本書有關陸德明動詞異讀的研究雖然還有很多不足之處，但我們比較注意漢語本身的特點，不摻雜西方語法學的觀點，對於現代的研究者來說，是否更具參考價值呢？

第三節　陸德明推廣異讀的歷史意義

《經典釋文》和《切韻》不同，它不是正音的著作，也不是語音字典。《釋文》只是一部訓詁學專著，除了注釋經典音義之外，陸氏還利用漢語的聲調變化或聲紐變換做成有系統的異讀（音變），使大家在誦讀經典的時候，可以憑讀音區別意義。這大概是單音節語的辨義特色，源遠流長。例如「伐」字，《公羊·莊公二十八年》云：

春王三月，甲寅，齊人伐衞。衞人及齊人戰，衞人敗績。伐不日，此何以日？至之日也。戰不言伐，此其言伐，何至之日也？春秋伐者為客，伐者為主，故使衞主之也。曷為使衞主之？衞未有罪爾。敗者稱師，衞何以不稱師？未得乎師也。（108-9-1a）

何休注云：

伐人者為客，讀伐長言之，齊人語也。……見伐者為主，讀伐短言之，齊人語也。

經文「伐者」詞形相同，一爲客，一爲主，令人費解。何休用齊語長言、短言區別爲兩讀，而語義亦分化爲「伐人」、「見伐」不同，似爲主動被動之別。陸德明此條但引何休訓詁，却不作音，顯無異讀，可見唐人處理動詞異讀的標準已與漢代學者不同。

《釋文》「伐」字有入、去兩讀。《周禮》「九伐」二見，「象伐」一見，陸氏以入聲如字爲首音，劉昌宗全讀去聲「扶廢反」(126-2a-2、134-18a-10、137-24b-3)，似有區別動詞、名詞之意，但陸氏列作又音，不擬妄生區別。

「伐」字今音國、粵語均只一讀，但漢代齊語讀長言、短言似有主動、被動之別，南朝劉昌宗以聲調入、去爲別，似有意區別動詞和名詞。雖然後人未必同意強分兩讀，然而這卻是一種傳統的訓詁方法。陸德明曾經大力推廣這種音義之學，得到時人的認同，自有其獨特的歷史意義和實用價值了。

《釋文》的異讀似乎還可以分化有歧義的同形結構。例如「治國」究竟是動賓詞組治理國家呢，還是與「亂邦」相對的偏正詞組呢？陸德明利用讀音爲別。前者讀平聲是嘗試詞，後者讀去聲爲成功詞。又如「遠之」一詞，解爲以遠者言則有靜態義，讀上聲；解爲遠離則有動態義，讀去聲。「勞之」解爲使之勞作則讀平聲，有致使義，解爲慰勞之則讀去聲，兩義不同，但互有引申關係，故讀音亦異。

此外，《釋文》兼注兩讀之例子亦多，大部分是有歧義的句子，可以兼存兩說。少數是陸德明或某家誤解詞義或句義，因而產生誤讀。例如「好惡」一詞古代原本只有美惡義，陸德明以爲可作善惡解，不明白字義的變遷，往往以如字一讀爲首音，大誤。其實「好惡」連用多指人情的愛惡態度說的，表動態義，當讀去聲。對於兼注兩讀的例子，書中引錄已多，並且分別解釋引致兩讀的原因，了解陸德明區別兩讀的標準。

總之，陸德明的讀音有一定的規律可循，學者誦讀經典時，如果能掌握讀音的區別，不但可以正音，而且還會正確的了解經義。甚至經過一番融會貫通之後，更可以分化某些語句的歧義，達到解經的目的。陸氏處理動詞異讀實以辨義爲主，不在解釋語法現象上面，所以我們只能就字論字，討論每個字的音義關係或音變條件，並沒有附會到現行的語法系統中去，否則曲解陸氏原意，以訛傳訛，可能更是得不償失了。

注　釋

⑭ 見《馬氏文通述評》（p.5）。

⑮ 中國社會科學院語言研究所現代漢語研究室曾於1985年11月14-18日假廈門大學召開句型和動詞學術討論會。這是繼詞類問題及主賓語問題後又一項重要的研究課題。

⑯ 見范曉《有關動詞研究的幾個問題》（p.37）。

附錄：主要參考書目

（按姓氏筆畫排列）

二 畫

丁邦新　從閩語白話音論上古四聲別義的現象。《文史論文集》p.57-63，臺灣商務印書館。臺北・1985。

丁　度等編（宋）　集韻附索引。上海古籍出版社影述古堂影宋鈔本。上海・1985 。

三 畫

上田正（日本）　切韻諸本反切總覽。京都大學文學部中文研究室內均社。京都・1975 。

大島正二（日本）　唐代字音の研究——資料索引。汲古書院。東京・1981。

四 畫

王　力　a. 漢語史稿。科學出版社。北京・1958 。

b. 古漢語自動詞和使動詞的配對。《中華文史論叢》第六輯 p.121-142，上海・1965。又見 c.p.11-29。

c. 龍蟲並雕齋文集(第三册)。中華書局。北京・1982。

d. 同源字典。商務印書館。北京・1982。

e. 經典釋文反切考。《音韻學研究》第一輯 p.23-77，中華書局。北京・1984。又見 c. p.135-211。

王克仲　古漢語動賓語義關係的制約因素。《中國語文》1986年第一期 p.51-57・北京。

王利器　a. 經典釋文考。《國立北京大學五十周年紀念論文集》p.1-47，北平・1948。

b. 顏氏家訓集解。上海古籍出版社。上海・1980。

王松茂　漢語語法研究參考資料。中國社會科學出版社。北京・1983。

王念孫(清)　廣雅疏正。中華書局影家刻本。北京・1983。

王　弼(魏)　老子道德經注。見樓宇烈《王弼集校釋》p.1-193。中華書局。北京・1980。

王聘珍(清)　大戴禮記解詁。中華書局。北京・1983。

王夢鷗　禮記今註今譯。臺灣商務印書館。臺北・1970。

方孝岳　論經典釋文的音切和版本。《中山大學學報》1979年第三期 p.51-55，廣州。

毛居正(宋)　六經正誤。漢京文化事業有限公司影《通志堂經解》本。臺北・1979。

中國語文雜誌社編 a. 漢語的詞類問題(第一、二集)。中華書局。北京・1955，1956。

b. 漢語的主賓語問題。中華書局。北京・1956。

文　煉　詞語之間的搭配關係——語法札記。《中國語文》1982年第一期p.17-22，北京。

五　畫

申小龍　漢語動詞的分類角度。《語言教學與研究》1986年第1期p.66-78，北京。

司馬光等編（宋）　類編。中華書局影姚刋三韻本。北京·1984。

司馬遷（漢）　史記。中華書局新標點本。北京·1959。

六　畫

任大椿（清）　列子釋文考異。《無求備齋列子集成》影清乾隆五十二年(1787)燕禧堂刋本。藝文印書館。臺北·1971。

任銘善　a. 字音三問。《國文月刊》第77期p.1-4，上海·1949。

b. 古籍中的破音異讀問題補義。《中國語文》1965年第一期p.44-48，北京。

江汝洺　經典釋文之音義研究。香港中文大學碩士論文。香港·1970。

朱德熙　a. 語法講義。商務印書館。北京·1981。

b. 語法答問。商務印書館。北京·1985。

朱　熹(宋)　四書章句集注。中華書局新編諸子集成本。北京·1983。

朱駿聲（清）　說文通訓定聲。藝文印書館影本。臺北·1971。

七　畫

何大安　經典釋文所見早期諸家反切結構分析。國立臺灣大學碩士論文。臺北·1973。

何容主編　國語日報破音字典。國語日報出版社。臺北·1979。

何　超(唐)　晉書音義。見《晉書》p.3217－3303，中華書局新標點本。北京·1974。

阮元審定(清)　十三經注疏附校勘記。藝文印書館影嘉慶二十年(1815)江西南昌府學開雕本。臺北·1955。

阮元譔集(清)　經籍纂詁。中華書局影阮氏琅環仙館原刻本。北京·1982。

坂井健一(日本)　魏晉南北朝字音研究——經典釋文所引音義考。汲古書院。東京·1975。

沈玉成　左傳譯文。中華書局。北京·1981。

佚　名　明本排字九經直音。商務印書館叢書集成初編。上海·1937。

李行健　動詞和句型的研究獻疑。《語文研究》1986年第二期p.11－16，太原。又見《報刊資料選滙·語言文字學》1986年第六期p.69－74，北京。

李　榮　隋代詩文用韻與廣韻的又音。《音韻存稿》p.210-224，商務印書館。北京·1982。原載《中國語文》1962年第八、九期合刊p.374－383(筆名「昌厚」)，北京。

李宗侗　春秋左傳今註今譯。臺灣商務印書館。臺北·1971。

李　賢(唐)　後漢書注。中華書局新標點本。北京·1965。

李臨定　施事、受事和句法分析。《語文研究》1984年第四期p.8－17，太原。又見《複印報刊資料·語言文字學》1985年第一期p.71－80，北京。

呂叔湘　a. 漢語語法分析問題。商務印書館。北京・1979。又見《漢語語法論文集》p.481-571，商務印書館。北京・1984。

b. 語法學習。中國青年出版社。北京・1953。

呂叔湘、王海棻　馬氏文通述評。《中國語文》1984 年第一期 p.1-15，北京。

呂冀平、陳欣向　古籍中的破音異讀問題。《中國語文》1964年第五期 p.386-375，北京。

吳承仕　a. 經典釋文序錄疏證。新文豐出版股份有限公司影本。北京・1975。又秦青點校重排本。中華書局。北京・1984。

b. 經籍舊音辨證・經籍舊音序錄。中文出版社影本。日本京都・1975。（案即臺北大化書局）。又龔弛之點校重排本。中華書局。北京・1986。

吳傑儒　異音別義之源起及其流變。國立臺灣師範大學碩士論文。臺北・1982。又見《國立臺灣師範大學國文研究所集刊》第27號。臺北・1983。

吳靜之　上古聲調之蠡測。《國立臺灣師範大學國文研究所集刊》第 20 號。臺北・1976。

余迺永　互注校正宋本廣韻。聯貫出版社。臺北・1974。

杜　預(晉)　春秋經傳集解。文學古籍刊行社影明翻相臺本。北京・1955。

八　畫

周大璞　論語音和語義的關係。《古漢語論集》第一輯 p.210-256，湖南教育出版社。長沙・1985。又見《訓詁學要略》p.205-

236，湖北人民出版社。武漢・1984。

周法高　a. 上古語法札記。《中央研究院歷史語言研究所集刊》第22本p.171-207，臺北・1950。又見 i. p.291-327。

b. 中國語法札記。同上第24本 p.197-281，1953。又見i. p.349-433。

c. 中國古代語法——稱代篇。中央研究院歷史語言研究所專刊之三十九。臺北・1959。今據1972年臺聯國風出版社重刊本。

d. 中國古代語法——造句篇上。同上。1961。

e. 中國古代語法——構詞篇。同上。1962。

f. 顏氏家訓彙注。中央研究院歷史語言研究所專刊之四十一。臺北・1960。今據1975年臺聯國風出版社重刊本。

g. 論切韻音。《中國文化研究所學報》第一卷p.89-112，香港・1968。又見j. p.1-24。

h. 論上古音和切韻音。同上第三卷第二期p.321-459，1970。又見 j. p.95-229。

i. 中國語言學論文集。聯經出版事業公司。臺北・1975。

j. 中國音韻學論文集。中文大學出版社。香港・1984。

周祖謨　a. 四聲別義釋例。原刊《輔仁學誌》第十三卷第一、二期合刊p.75-112，北平・1945。今據c. p.81-119。

b. 顏氏家訓音辭篇注補。原刊《輔仁學誌》第十二卷第一、二期合刊p.201-220，北平・1943。今據c. p.405-433。

c. 問學集。中華書局。北京・1966。

d. 唐五代韻書集存。中華書局。北京・1983。

周　春（清）　十三經音略。百部叢書集成影粵雅堂叢書本。藝文印書館。臺北・1972。

金周生　廣韻一字多音現象初探。輔仁大學碩士論文。臺北・1979。

岳　珂（宋）　相臺書塾刋正九經三傳沿革例。百部叢書集成影粵雅堂叢書本。藝文印書館。臺北・1972。

邵榮芬　經典釋文音系。學海出版社。臺北・1992。

九　畫

洪心衡　關於讀破的問題。《中國語文》1965年第一期p.37-43，北京。

洪亮吉（清）　春秋左傳詁。四部備要本。又李解民點校本，中華書局。北京・1987。

洪　誠　訓詁學。江蘇古籍出版社。江蘇・1984。

兪平伯　音樂悅樂古同音說。《國文月刋》第59期p.17-18。上海・1947。

段玉裁（清）　說文解字注。上海古籍出版社影經韻樓藏版。上海・1981。

哈佛燕京學社引得編纂處　十三經引得。南嶽出版社影本。臺北・1978。

姜亮夫　瀛涯敦煌韻輯。上海出版公司。上海・1955。今據鼎文書局影本。臺北・1972。

馬建忠(清)　馬氏文通。1904年商務印書館初版。今據章錫琛《馬氏文通校注》本。

范　曉　有關動詞研究的幾個問題。《語文導報》1986年第五期

p.35-37，杭州。又見《報刊資料選滙·語字文字學》1986年第六期p.66-68，北京。

馬樹杉　論孔穎達音義關係說。《南京師大學報》1986年第二期p.46-49，南京。

十　畫

孫玄常　馬氏文通札記。安徽教育出版社。合肥·1984。

孫　奭（宋）　孟子音義。漢京文化事業有限公司影《通志堂經解》本。臺北·1979。

高名凱　漢語語法論。科學出版社。北京·1957。

高　亨　詩經今注。上海古籍出版社。上海·1980。

徐　鍇（宋）　a. 說文解字繫傳通釋。四部叢刊初編影常熟瞿氏藏殘宋本配吳興張氏藏影宋寫本。

b. 說文解字篆韻譜。日本天理圖書館善本叢書漢籍之部第六卷影元刊本。八木書店。東京·1981。

十一畫

崔文印　相臺岳氏刊正九經三傳沿革例及其在校勘學上的價值。《史學史研究》1986年第三期p.34-40、17，北京。

張日昇　試論上古四聲。《中國文化研究所學報》第一卷p.113-170，香港·1968。

張正男　群經音辨辨字音清濁門疏證。聯貫出版社。臺北·1973。

張　參（唐）五經文字。藝文印書館影知不足齋叢書本。臺北。

張爾岐（清）儀禮鄭注句讀。學海出版社影本。臺北·1978。

陳安明、陳　烱　語法的語義的和語用的分析（胡附、文煉在析句方法上的新探索）。《滁州師專學報》1985 年第二期 p.85-91，安徽。又見《複印報刊資料・語言文字學》1985年第七期 p.14-20，北京。

陳奇猷　呂氏春秋校釋。學林出版社。上海・1984。

陳紹棠　讀破探源。《中國語文研究》第七期 p.119-134，香港・1985。

陳勝長、江汝洺　高本漢諧聲譜。香港中文大學聯合書院中國文學系出版。香港・1972。

陳鼓應　莊子今註今譯。臺灣商務印書館。臺北・1975。

陳　鱣（清）　論語古訓。《無求備齋論語集成》影浙江書局刊本。藝文印書館。臺北・1966。

陸志韋　漢語和歐洲語用動辭的比較。《燕京學報》第 20 期 p.225-243。北平・1936。

陸德明（唐）　a. 經典釋文。上海古籍出版社影北京圖書館藏宋刻本。上海・1980。

b. 經典釋文。鼎文書局影通志堂本。臺北・1975。又中華書局影本，黃焯斷句。北京・1983。

c. 經典釋文。漢京文化事業有限公司影抱經堂本，清・盧文弨校。臺北・1980。

d. 周易音義殘卷。伯 2617。又見《鳴沙石室古籍叢殘》第四册，《羅雪堂先生全集》三篇第八册。

e. 周易音義殘卷。斯 5735。

f. 古文尚書音義殘卷。伯 3315。又見《涵芬樓秘笈》第四集，《吉石盦叢書》第一集，《羅雪堂先生全集》初編第十四冊。

g. 禮記音義之四殘卷。日本京都帝國大學文學部影印唐寫本。狩野直喜校記。

h. 敦煌出土禮記音殘卷（簡稱《禮記音》）。斯2053。又見日本・大島正二《唐代字音の研究》附錄。

i. 禮記音義殘卷（？）。殷字44號。許國霖《敦煌雜錄》下輯。商務印書館。上海・1937。

j. 論語音義殘卷（?）。殷字42號。許國霖《敦煌雜錄》下輯。

k. 莊子音義殘卷。伯3602。又見《沙州諸子二十六種》。廣文書局。臺北・1971。

梅祖麟　四聲別義中的時間層次。《中國語文》1980 年第六期 p.427 - 443，北京。

許　愼（漢）　說文解字，宋・徐鉉校定。中華書局影清・陳昌治刻本。香港・1972。

郭慶藩（清）　莊子集釋，王孝魚整理。中華書局。北京・1961。

章錫琛　馬氏文通校注。中華書局。北京・1954。

十二畫

黃坤堯　a. 新校索引經典釋文（鄧仕樑先生合編）。學海出版社。臺北・1988。

b. 《釋文》「見」字音義分析。《香港中文大學中國文化研究所學報》第20卷 p.105 - 113。香港・1989。

c. 《釋文》兩類特殊如字分析。香港大學《東方文化》第28卷第1期 p.44-55。香港・1990。

d. 《經典釋文》動詞異讀分析。《香港中文大學中國文化研究所學報》第21卷 p.179-216。香港・1990。

e. 異讀理論中的致使效應。《漢學研究》第9卷第2期。p.365-383。臺北・1991。

黃　焯　a. 經典釋文彙校。中華書局。北京・1980。

b. 關於經典釋文。《訓詁研究》第一輯 p.218-228，北京師範大學出版社。北京・1981。

十三畫

董同龢　漢語音韻學。臺灣學生書局。臺北・1972。

楊伯峻　破音略考。《國文月刊》第74期 p.22-24，上海・1948。又見《楊伯峻學術論文集》p.1-8，岳麓書社。長沙・1984。

楊伯峻、徐　提　《春秋左傳辭典》。中華書局。北京・1985。

賈昌朝（宋）　a. 群經音辨。四部叢刊續編影日本岩崎氏靜嘉文庫藏影宋鈔本。

b. 群經音辨。百部叢書集成影畿輔叢書本。藝文印書館。臺北・1972。

十四畫

趙元任　a. 語言問題。臺灣商務印書館。臺北・1968。又商務印書館。北京・1980。

b. 中國話的文法，丁邦新譯。中文大學出版社。香港・1980。又呂叔湘譯稱《漢語口語語法》，商務印書館。北京・1979。是書原名 A Grammar of Spoken Chinese. University of California Press, Berkeley and Los Angeles, 1968.

齊鐵恨　同義異讀單字研究。復興書局。臺北・1973。

十五畫

劉世儒　孔穎達的詞類說和實詞說。《訓詁研究》第一輯 p.144-176，北京師範大學出版社。北京・1981。

劉師培（清）　中國文學教科書。《劉申叔先生遺書》p.2401-59，臺灣大新書局。臺北・1965。

劉　淇（清）　助字辨略。中華書局。北京・1954。

劉　復、魏建功、羅常培等　十韻彙編。北京大學出版組。北平・1935。今據臺灣學生書局影印本。臺北・1973。

劉殿爵教授　比較語法與翻譯。《中國語文通訊》第 12 期 p.3-16。香港・1991。

鄧守信　漢語及物性關係的語意研究。臺灣學生書局。臺北・1984。

蔣希文　徐邈反切聲類。《中國語文》1984年第三期 p.216-221，北京。

潘重規　a. 瀛涯敦煌韻輯新編。新亞研究所。香港・1972。

b. 玉篇附索引。國立中央圖書館國字整理小組影元建安鄭氏鼎新綉梓本。臺北・1982(?)。末附日本舊鈔卷子本《原本玉篇零卷》，同編索引。

c. 經典釋文韻編。中華民國行政院文化建設委員會國字整理小組。臺北·1983。

鄭 奠、麥梅翹 古漢語語法學資料彙編。中華書局。香港·1972。

蔡鏡浩 關於名詞活用作動詞。《語言教學與研究》1985年第四期 p.147-155，北京。

十六畫

錢大昕（清） 十駕齋養新錄。四部備要本。

龍宇純 唐寫全本王仁昫刊謬補缺切韻校箋。香港中文大學。香港·1968。

十七畫

謝冰瑩等 新譯四書讀本。三民書局。臺北· 1967。

謝紀鋒 從說文讀若看古音四聲。《羅常培紀念論文集》p.316-344，商務印書館。北京·1984。

十八畫

簡宗梧 a. 經典釋文徐邈音之研究。國立政治大學碩士論文。臺北· 1970。

b. 經典釋文引徐邈音辨證。《中華學苑》第七期 p.55-72，臺北·1971。

顏師古（唐） 漢書注。中華書局新標點本。北京· 1962。

十九畫

羅常培　a. 經典釋文和原本玉篇反切中的匣于兩紐。《中央研究院歷史語言研究所集刊》第八本第一分 p.85-90，李莊·1939。今據《羅常培語言學論文選集》p.117-121，中華書局。北京·1963。

b. 經典釋文中徐邈音辨。《羅常培紀念論文集》p.28-33，商務印書館。北京·1984。

二十畫

嚴學宭　釋漢儒音讀用本字例。國立中山大學《文史集刊》第一册 p.53-85，廣州·1948。今據龍門書店影本。香港·1966。

二十一畫

顧炎武（清）　音學五書。中華書局影觀稼樓仿刻本。北京·1982。

顧野王（梁）　玉篇。據國立中央圖書館國字整理小組影元建安鄭氏鼎新綉梓本。臺北·1982(?)。末附日本舊鈔卷子本《原本玉篇零卷》。

外文書目

G. B. Downer. Derivation by Tone-Change in classical Chinese, Bulletin of the School of Oriental and African Studies,

University of London, Volume XXII, Part 2, p. 258-290, London, 1959.

Bernhard Karlgren. a. Word Families in Chinese, the Bulletin of the Museum of Far Eastern Antiquities (簡稱 BMFEA), No. 5, p. 9-120, Stockholm, 1933.張世祿譯稱《漢語詞類》。聯貫出版社。臺北•1976。

b. The Chinese Language, An Essay on its Nature and History. The Ronald Press Company, New York, 1949.杜其容譯稱《中國語之性質及其歷史》。國立編譯館中華叢書編審委員會。臺北• 1963。

c. Cognate Words in the Chinese Phonetic Series, BMFEA, No. 28, p. 1-18, Stockholm, 1956.

d. Tones in Archaic Chinese. BMFEA, No. 32, p. 113-142, Stockholm, 1960.

D.C.Lau A. Tao Te Ching. The Chinese University Press. Hong Kong, 1982.

b. Confucius The Analects (Lun yü). The Chinese University Press. Hong Kong, 1983.

國立中央圖書館出版品預行編目資料

經典釋文動詞異讀新探／黃坤堯著.--初版.--臺北市：
臺灣學生，民81
面；　　公分.--（中國語文叢刊;14）
參考書目;面
ISBN 957-15-0412-2（精裝）.--ISBN 957-15
-0413-0（平裝）

1.經典釋文-批評,解釋等

802.17　　81004199

經典釋文動詞異讀新探（全一册）

著作者：黃坤堯
出版者：臺灣學生書局
本書局登記證字號：行政院新聞局局版臺業字第一一〇〇號
發行人：丁文治
發行所：臺灣學生書局
臺北市和平東路一段一九八號
郵政劃撥帳號00024668
電話：3634156
FAX：(02) 3636334
印刷所：常新印刷有限公司
地址：板橋市翠華街8巷13號
電話：9524219・9531688
香港總經銷：藝文圖書公司
地址：九龍偉業街99號連順大厦五字樓及七字樓　電話：7959595

定價　精裝新台幣二八〇元
　　　平裝新台幣二二〇元

中華民國八十一年九月初版

80248　

ISBN 957-15-0412-2（精裝）
ISBN 957-15-0413-0（平裝）

臺灣學生書局出版

中國語文叢刊

①古今韻會舉要的語音系統	竺家寧著
②語音學大綱	謝雲飛著
③中國聲韻學大綱	謝雲飛著
④韻鏡研究	孔仲溫著
⑤類篇研究	孔仲溫著
⑥音韻闡微研究	林慶勳著
⑦十韻彙編研究（二册）	葉鍵得著
⑧字樣學研究	曾榮汾著
⑨客語語法	羅肇錦著
⑩古音學入門	林慶勳、竺家寧著
⑪兩周金文通假字研究	全廣鎮著
⑫聲韻論叢　第三輯	中華民國聲韻學學會、輔仁大學中國文學系所主編
⑬聲韻論叢　第四輯	中華民國聲韻學學會、東吳大學中國文學系所主編
⑭經典釋文動詞異讀新探	黃坤堯著